JOHANNA FRID

Haralds Mama

Weitere Titel der Autorin:

Nora – Brenn Oslo brenn

JOHANNA
FRID

HARALDS MAMA

Roman

Übersetzung aus dem Schwedischen
von Susanne Dahmann

eichborn

NACHHALTIG PRODUZIERT

Die Bastei Lübbe AG verfolgt eine nachhaltige Buchproduktion. Wir verwenden Papiere aus nachhaltiger Forstwirtschaft und verzichten darauf, Bücher einzeln in Folie zu verpacken. Wir stellen unsere Bücher in Deutschland und Europa (EU) her und arbeiten mit den Druckereien kontinuierlich an einer positiven Ökobilanz.

FSC www.fsc.org
MIX
Papier | Fördert gute Waldnutzung
FSC® C014496

Eichborn Verlag

Titel der schwedischen Originalausgabe:
»Haralds mamma«

Die Gedichtzeilen auf S. 277 sind zitiert aus:
Inger Christensen: alfabet/alphabet
Aus dem Dänischen von Hanns Grössel
Kleinheinrich Verlag, Münster 2001

Textredaktion: Hanna Granz
Umschlaggestaltung: Manuela Städele-Monverde
nach einem Design von Beatrice Bohman
Einband-/Umschlagmotiv: © Penta Springs Limited/Alamy Stock Photo
Satz: GGP Media GmbH, Pößneck
Gesetzt aus der Adobe Caslon
Druck und Verarbeitung: GGP Media GmbH, Pößneck

Printed in Germany
ISBN 978-3-8479-0218-8

2 4 5 3 1

Sie finden uns im Internet unter eichborn.de.

Für meine Geschwister, natürlich

Hier bist du nun, mein kleiner Liebhaber
auf dem großen Bett deiner Mutter
Ich kann dich küssen, dich halten,
Deine schöne Zukunft erwägen;
Guten Tag, meine kleine Statue
Aus Blut, Freude und nacktem Fleisch
Mein kleiner *Doppelgänger*, mein Wesen

Cécile Sauvage

1

Jemand sagte meinen Namen, im Befehlston. Nicht wie ein freundlicher Gruß, sondern wie wenn man in der Sprechstunde beim Onkologen aufgerufen wird. Ein Todesurteil. Es war nur ein Name. Die Frau, die ihn gerufen hatte, betrachtete mich mehr oder weniger lächelnd. Ich trug schmal geschnittene schwarze Hosen mit Bügelfalte und eine Seidenbluse, darunter ein seidenes Unterhemd mit breiter Spitzenkante und ein Paar helle Wildlederschuhe mit hohem Absatz. Über der Schulter hatte ich meinen Mantel drapiert. Er war cremeweiß und französisch.

»Ach, hallo«, sagte ich. Hallo und ach. Mein Mund war trocken, nuschelte ich ein wenig? »Lange nicht gesehen.«

»Das stimmt.«

Das letzte Mal hatten wir uns im Oktober gesehen. Nein, im September. Jetzt war es Dezember, und sie hatte eine gigantische Daunenjacke, Stepphosen und Winterstiefel an. Eine Axt in ihrer Hand wäre nicht weiter aufgefallen, damit könnte sie sich, wenn nötig, durch die norrländischen Wälder hauen und nebenbei noch einen Bären schlachten.

»Im Herbst haben wir uns gesehen«, sagte ich. Ich versuchte selbstsicher zu klingen. Meine Stimme war zu dünn und angespannt. Sie schnitt durch mein Ohr, wo sie zu einer spitzigen Nadel wurde. Ich hoffte, dass sie mich nicht umarmen würde, so in einer Art flauschiger Strafe. Das perfekte Verbrechen.

»Ich wollte trotzdem Hallo sagen«, erwiderte sie bestimmt. »Das war mir wichtig.« Ihr Gesicht sah aus diesem Winkel seltsam aus, irgendwie angefressen vom starken Licht. Die Sonne schien wirklich zu intensiv, es war fast schon anstrengend. »Ganz gleich, was man voneinander hält, sollte man sich doch zumindest Mühe geben. Grundlegende Höflichkeit zeigen. Also, *ich* finde so etwas wichtig.«

»Das finde ich auch«, log ich.

Ohne zu fragen, zog sie einen Stuhl heraus. Der war aus Metall, und schickte kratzende elektrische Blitze durch meinen Kopf. »Ich darf mich doch wohl hier hinsetzen?«, fragte sie und setzte sich. Das Leben war ein absurdes Theaterstück. Hoffentlich war ich nur eine unbedeutende Zuschauerin, die jederzeit den Saal verlassen konnte. Das Amphitheater. Um welche Art von Sitzplatz es sich auch immer handelte.

»Und jetzt sehen wir uns doch wieder«, stellte sie fest. Ich war eine Zuschauerin, die den Saal nicht verlassen konnte. Wir befanden uns auf einem sehr kleinen Flugplatz irgendwo in Nordschweden. Tatsächlich so weit nördlich, wie man nur kommen kann, ohne in Norwegen oder Finnland zu landen. Schlicht gesagt: Wir waren nirgends. Es gab nicht den kleinsten Ort in der Nähe, der öffentliche Nahverkehr war im Grunde nicht existent. Vielleicht war dies nicht mal ein Flugplatz – das Flugfeld teilte er mit einer militärischen Luftbasis, und technisch gesehen befanden wir uns in dem zivilen Teil, den man Flughafen nennen konnte. War das spannend genug als Gesprächsthema? Konnte man damit eine Konversation aufrechterhalten? Was war mit dem Gebäude, der Umgebung?

»Du bist wahrscheinlich grade erst angekommen, oder?«, sagte sie. »Du hast wahrscheinlich nicht die ganze Nacht hier gesessen. Hast du die ganze Nacht hier gesessen?«

»Ich bin heute früh angekommen.«

Sie schien unbeeindruckt.

»Also, ich habe ja das Auto genommen. Winterreifen. *Ich* bin die ganze Nacht gefahren. Einmal durchs ganze Land.«

»Von Smygehuk aus? Das ist doch der südlichste Zipfel Schwedens, oder?« Ein Himmelfahrtskommando, hoffentlich.

»Hier nimmt man es aber ganz genau, höre ich!« Sie lachte. Ihr gewöhnliches, herzliches Lachen. »Nein, natürlich aus Linköping. Ich verpasse den Geburtstag eines Enkelkinds, um hier zu sein.« Umständlich zog sie den Reißverschluss ihrer Daunenjacke herunter. »Also, im Laufe der Jahre bin ich natürlich schon eine ganze Reihe Helikoptereinsätze geflogen. So eine kleine Fahrt hin oder her ist da nicht die Welt.«

»Das ist wirklich ganz unglaublich.« Meinte ich unglaublich wie in fantastisch oder wie in unwahrscheinlich? Keine Ahnung. »Und Bengt ist natürlich auch da? Steht in den Kulissen bereit?«

»*Bengt* ist draußen auf *Der Insel.*« Diese stählerne Stimme. »Wir müssen jetzt anfangen vorzuziehen. Den Porree.«

Ich hatte es immer schon vermessen gefunden, dass sie das Sommerhaus der Familie so betonte, als gäbe es nur *die eine* Insel. So wie *die Hauptstadt*, oder *der Messias*. Oder *Mama*.

»Natürlich, ihr setzt jetzt die Kartoffeln.« Ich wollte nicht wissen, wann man Kartoffeln setzt. Im Sommer? Ich hatte so ein vages Bild von rotwangigen Knechten in karierten Hemden, die munter und rhythmisch auf einem Acker arbeiteten. Vielleicht stammte das von einer Chipstüte.

»Nicht vor April.«

Ich vermochte mein Gesicht nicht in die Sorte Falten zu arrangieren, die es aussehen ließen, als würde mir ihr Gemüsebeet irgendetwas bedeuten. Diese deprimierende »Datsche«, die mich einfach nur wünschen ließ, die Altersdemenz möge mich früh abräumen. Wusch.

Die Sonne schien unbarmherzig herein und legte sich in großen Rechtecken über den Boden. Sie wandte das Gesicht zum Licht und demonstrierte *Genießen*. Da draußen gab es wirklich nichts zu sehen. Glitzernde Schneeweiten. Ich machte Anstalten, aufzustehen, doch ihre kleine Meditation erwies sich als Finte. Sofort schlug sie zu.

»Wie ich hörte, hattest du einen Hotelaufenthalt geplant«, sagte sie. »Natürlich magst du so was.« Sie lachte wieder, und ich sah die Plomben in ihrem Mund.

»Ja, genau. Wir beide.«

»Du.«

»Es ist ein Spa.«

Sie verzog keine Miene.

»Pool. Sauna …« Erfolglos versuchte ich, auf noch mehr bezeichnende und offensichtliche Eigenschaften von Spa-Anlagen zu kommen.

»Soll ja Leute geben, die das mögen. Teuer, sage ich nur. Wo man genauso gut zu Hause baden kann.«

»Wir haben eine Duschkabine.«

»Ach, stimmt ja. Ist eine Weile her, dass ich dort war.« Sie nickte mir zu. Wie bei einem altmodischen Spielzeug war ihr Kopf in einer monotonen Bewegung gefangen.

»So lange, dass du schon wieder vergessen hast, wie unser Bad aussieht?«, fragte ich und versuchte ein eigenes herzliches Lachen. Sie ging nicht darauf ein.

»Spa, soso. Das muss aber auch jemand bezahlen.« Sie seufzte. Sollte ich behaupten, einen Blankokredit aufgenommen oder das Geld zusammengehurt zu haben? Oder ihr einfach den Mund mit meinen Steuererklärungen stopfen?

»Manchmal will man sich etwas gönnen. Ein bisschen feiern.«

»Feiern? Was denn?« Sie hatte das Gesicht einer alten Raucherin, mit dünnen Linien um den Mund.

Ich habe grade eine ästhetische Intimchirurgie machen lassen, und wir wollen die Herrlichkeit einweihen.

Sie kollerte. »Was willst du denn wohl feiern?« Ich wünschte, ich könnte sagen, dass ihr Blick gefährlich glitzerte, brandgelb und furchteinflößend mit schmalen Pupillen, aber ihre Augen sahen immer noch aus wie von saurem Regen gespeiste Weiher. »Eine Sünde ist das, so viel Geld für so was auszugeben. Aber vielleicht ist das eine Generationenfrage. So wie man auch immer das neueste Handymodell haben muss.«

Ihr Gesicht softete die Umgebung ab, verwandelte sie in Hintergrundrauschen und machte die übrigen Wartenden zu gesichtslosen Statisten. Ich saß immer noch auf dem Stuhl, von dem mich zu erheben ich nicht geschafft hatte.

Ich wollte aufstehen oder wenigstens die Beine übereinanderschlagen, mir eine Locke hinters Ohr streichen, war aber auf peinliche Weise festgefroren. Am liebsten hätte ich mein Gesicht in den Händen verborgen. Kuckuck. Ihr wurde anscheinend langsam warm in den dicken Klamotten. Sie redete weiter, an meinem Passus nicht interessiert.

»Nun, was uns betrifft, wird es kein Poolgeplantsche geben. Einfach auf direktem Weg zur *Insel.* Im Winter ist es da auch sehr schön. Aber das kannst du ja nicht wissen. Bengt wird nicht gerade begeistert sein, wenn wir kommen, aber ich glaube, er fährt dann einfach für ein paar Tage nach Linköping. Dann kriegt er ein bisschen Zeit für sich alleine, und wir haben Zeit für uns.« Sie lachte mit weit geöffnetem Mund. War das, was ich als herzlich interpretierte, in Wirklichkeit ein verzweifeltes, hysterisches Lachen?

»Wir werden es uns einfach eine Woche gut gehen lassen. Oder zwei, oder drei. Wir haben es so gut da draußen. Einfach nur gut. Und im Grunde hatten wir es auch letzten Sommer sehr gut dort.« Sie wandte den Blick ab. In meinen Schläfen begann es zu pochen. »Wenn man sich mal all das andere wegdenkt, das da passiert ist.« Sie sah mich wieder an, und jetzt war ihr Tonfall forsch.

»Man muss nach vorne denken! Die *Insel* ist ein wohltuender Ort. So ist es einfach. Sie bedeutet uns sehr viel. Wir haben sie ja schon lange in der Familie. Manchmal fließen die Jahre einfach ineinander. Wenn ich nach einem späten Bad am Abend so dasitze, während die Sonne untergeht und das Handtuch immer noch feucht ist, dann ist es, als könnte ich meinen Vater nach mir rufen hören.

Nicht, weil ich Hellsehen könnte oder irgendwie spirituell wäre oder so«, versicherte sie mir. Es bestand nicht die geringste Gefahr, dass ich sie in irgendeiner Weise für spirituell halten könnte.

»Und dann wieder fühlt es sich genauso an, wie als die Kinder klein waren. Mein kleiner Bub! Stundenlang konnte er draußen sein. Bei jedem Wetter! Kälte spürte er gar nicht. Den ganzen Tag lief er in Badehosen herum. Oder einfach nur mit einem Hut. Egal welchem Hut. Ja, du kannst dir vorstellen – obwohl, wie solltest du das können –, wie glücklich er als Kind war. Geschwommen ist er wie ein Seehund. Geklettert wie ein Äffchen. Lief herum und zog an seinem kleinen Pimmel. Er war so neugierig. Du weißt ja, wie kleine Jungs sein können. Interessiert an allem, von Atomwissenschaft bis wie Kinder entstehen. Er war so süß. Aber auch hart im Nehmen. Der konnte was vertragen. Einmal lag eine tote Ratte auf dem Plumpsklo, und er stürzte sich hinein – *stürzte sich hinein* –, holte sie raus und schmiss sie weg! Dann gab es natürlich eine Beerdigung. Das hat er so schön arrangiert. Ich will hier nicht groß angeben, man wird ja auch leicht ein bisschen betriebsblind, aber er ist ja auch so musikalisch! Wenn man das nicht in sich hat, kommt man schließlich nicht in einen Kompositionsstudiengang rein. Wenn ich es mir recht überlege, sehe ich in der Hinsicht doch ziemlich klar. Er hat schon damals alles eingesammelt, es konnte ein Stock oder ein Stein sein, und er hat *Musik erschaffen.*« Sie verstummte, nachdenklich, konzentriert. »Ja, so ist es.«

Man soll niemals einem fremden Hund in die Augen starren. Dann beißt er. Wenn der Hund einen Ausfall macht und einem sein stinkendes Maul in den Arm schlägt, dann soll man nicht an dem Arm ziehen, denn das lässt ihn noch fester zubeißen. Man muss den Arm in die Richtung des Kiefers drücken, bis der Hund loslässt. Und die Polizei rufen, damit sie kommt und ihn mit einem einzigen Schuss tötet.

»Aber diesmal werden wir ein bisschen Sachen reparieren und uns beschäftigen.« Nüchterner Tonfall. »Das Dach der kleinen Hütte muss dringend gemacht werden, zusammen kriegen wir immer so viel geschafft. Wir sind ein richtig gutes Team. Bengt ist auch tüchtig, aber das ist ja nicht dasselbe. Vielleicht nehmen wir auch ein kleines Winterbad. Aber erst müssen wir mal runterfahren! Eine verdammt lange Reise.«

Sie verschränkte die Arme vor der Brust. Würde sie mir eine Zigarette anbieten, wie man es mit Kriegsgefangenen macht, ehe man ihnen den Nackenschuss gibt? Oder eine letzte Mahlzeit? Das Angebot im Flugplatzkiosk war nicht gerade üppig. Ein Twix, eine Flasche Mineralwasser. Und tschüss.

»Deshalb war es also gar nicht nötig, dass du extra hierhergekommen bist. Nun, das war jetzt echt eine lange Erklärung, aber mehr wollte ich eigentlich gar nicht sagen. Und natürlich Hallo.«

Ding – dong. Jemand räusperte sich im Lautsprecher, und es knackte:

»Eins, zwei, eins. Test, Test.« Der Conférencier eines Bingo-Abends in der Hölle.

»Guten Tag, werte Passagiere! Wir haben keine guten Nachrichten, aber davon lassen wir uns doch nicht diesen schönen Tag ruinieren!« Diesen schönen Tag. Wolkenfreier Himmel.

»Aufgrund von Eis auf der Startbahn wird sich der Flug von Strömme verspäten.« Eis auf der Startbahn? Ich befand mich näher an der Nordkalotte, als ich in meinem ganzen Leben je gewesen war. Es konnte doch wirklich nicht das erste Mal sein, dass man hier auf das Phänomen *Eis* traf.

»Derzeit rechnen wir mit einer anderthalbstündigen Verspätung.«

Haralds Mama rief etwas Gekränktes, ich konnte die Worte nicht richtig verstehen, aber es war offensichtlich, dass sie das hier als einen persönlichen Affront nahm. Etwas sank durch mich hindurch, Blei, etwas schrecklich Schweres und potenziell Lebensbedrohliches. Mein Flug nach Stockholm. Meine Rettungsleine. Meine letzte Verbindung zur Zivilisation. Zur Wirklichkeit.

»Wegen der großen Anzahl von Passagieren, die von Strömme weiter in unsere wunderschöne Hauptstadt reisen wollen, haben wir den Abflug auch dieses Fluges verschoben. Wir melden uns, sobald wir weitere Informationen haben!« Du bist lobotomiert, sagte ich zu mir selbst. Im Moment hast du keine Gefühle. Du hast das Recht zu schweigen. Alles, was du sagst, kann und wird in einem Gerichtsverfahren gegen dich verwendet werden. Du hast das Recht auf einen Anwalt …

»Nature calling«, sagte ich und schaffte es endlich, mich in die Vertikale zu bringen. Wild starrte ich um mich auf der Suche nach einer Toilette, nach dem gesegneten Schild, das signalisiert: *HIER KANNST DU DICH VERSTECKEN.*

Ich ließ mein Plastiktablett auf dem Tisch stehen und bemerkte im Vorbeigehen, dass es identisch mit ihrem war: weiße Kaffeetasse, in Folie gewickelte Stulle, Roggenbrot. Aus irgendeinem Grunde hatte sie auch eine Birnenlimonade im Tetra mit Trinkhalm gekauft. Wie idiotisch musste man sein? Ich merkte, dass meine Hände in Pfötchenstellung erstarrt waren. Entspann dich, entspann dich, du hast keine Gehirntätigkeit im Frontallappen, vegetativer Zustand. Unter den Achseln und auf der Stirn war ich nass, die Bluse saß wie auf den Körper geleckt. Es gibt keinen Grund zur Panik, rufen die Feuerwehrleute immer, wenn sie eigentlich meinen: *RAUS AUS DEM GEBÄUDE, UND ZWAR SO SCHNELL WIE MÖGLICH*. Das Licht war gelb, ein Kind kreischte laut und durchdringend. Weinte ich? Vor Wut? Ich fuhr mir in einer hoffentlich unbemerkten Bewegung mit der Handwurzel über die Wange. Aus Enttäuschung? Nein. Ich weinte nicht.

Freud meint, Angst heißt, sich zu fürchten, ohne zu wissen wovor. Was ich sagen kann, ist, dass ich unspezifiziertes Entsetzen empfand. Vielleicht ist Entsetzen nur das, was uns fremd ist, das wortlos Schreckliche. Genau wie Scham – das Geheime und Verletzliche, was offenbart wird. Ich glaube, dass die Scham und das Entsetzen die Wortlosigkeit gemeinsam haben. Wir sagen, wir würden der Wahrheit ins Auge blicken, und vielleicht ist die Wahrheit das, was wir wissen, oder wovon angenommen wird, dass wir es wissen, oder was wir zu wissen meinen. Die Landschaft, in der wir unterwegs sind, ist das Unbekannte. Oder alles – die Scham, das Geheime und das Entsetzen – ruht in dem, was Freud *Das Unheimliche* nannte. Das Unbehagliche in dem, was wir gut kennen, oder das Fremde in dem, was uns wohlbekannt ist.

Der menschlich glitzernde Blick eines Affen. Sie erinnerte mich an irgendetwas, oder etwas gehörte für mich mit ihr zusammen – etwas Altes, ein Gefühl von Unbehagen, das älter war als mein Körper, mein Blut, meine Erinnerungen. Die Assoziationskette war natürlich meine eigene: chinesisches Waterboarding, verrückte Hunde, die sich von der Koppel, an der sie festgezurrt sind, losreißen und kleinen Kindern ins Gesicht beißen. Die erste Frau, die eine Gesichtstransplantation bekam – sie wurde tatsächlich ziemlich hübsch –, war von ihrem Papillon angegriffen worden, als sie unter Schlaftabletten stand und wehrlos war.

Genau. Drogen. Wenn man sagt, dass etwas wie eine Droge ist, dann meint man das im Prinzip positiv unwiderstehlich. Diese Frau hier war insofern eine Droge, als sie in gewissen Umgebungen unvermeidlich war und der Kontakt mit ihr die Wirklichkeit instabil und überwältigend machte, überwältigend und surreal. Destabilisierend. Du meinst, das hier wäre der Fußboden? Es sieht der Decke verdächtig ähnlich.

Ich schloss mich in eine Toilettenkabine ein und drückte die Stirn gegen die Kacheln. Meine Stimme war pädagogisch: Du bist nicht gefangen genommen. Du wirst nicht als Geisel gehalten. Du befindest dich nicht in der Hölle. Das hier ist nicht der Teufel, der sich neben dir für einen kleinen Small Talk niedergelassen hat. Der Teufel hat Ziegenfüße.

Der Teufel trinkt keine Birnenlimonade. Haralds Mama war eine ganz gewöhnliche Frau, die ihren Sohn treffen wollte, nachdem dieser sechs Wochen in einer Rehaklinik im norwegischen Fjäll verbracht hatte. Die große Frage war, warum ich dort war und ihren Sohn treffen wollte, nachdem er sechs Wochen in einer Rehaklinik im norwegischen Fjäll verbracht hatte.

2

Harald, ja. Wenn er ein Hund gewesen wäre, dann ein Golden Retriever. So einer, der voller Lust auf das Agility-Feld galoppiert, um dann ohne Vorwarnung von der Hindernisbahn abzubiegen, weil er einen Tennisball erspäht hat, wie blöd loszurasen und stolz und überglücklich mit einem riesigen Stock wiederzukehren. Golden Retriever. Freundliche Tiere mit starker Disziplin – Führhunde, Hunde, die Tumore und Diebe erschnüffeln können, Hunde mit dem glücklichsten, gewinnendsten Lächeln. Ein Hund, der mit der Nase unter dem Schwanz einschläft und dann mit schwarzen Tatzen angetrappelt kommt, die Pfote auf seinen Menschen legt und sagt: Du bist schön, und ich auch.

Es hat mich selbst erstaunt, dass ich mich in Harald verliebt habe. Es gab so *viel* von ihm, wie es auch bei Golden Retrievern der Fall ist. Bevor ich ihn kennenlernte, war ich kein Hundemensch. Und er wedelte zwar nicht mit dem Schwanz Blumentöpfe oder kleine Kinder um und badete auch nicht im Wassernapf, aber er gehörte zu den Männern, die immer zu groß für Stühle und Tische sind und deren Hemden über dem Bauch immer aufspringen. Harald redete zu viel, zu engagiert und verstreute ständig Kekskrümel, Snusdosen und alte, zerknüllte Kassenbons um sich herum. Er war eifrig, während ich voller reservierter Vorbehalte war, bärenhungrig im Vergleich zu meinem lustlosen Appetit, und neigte manchmal dazu, über burlesken Humor und Menschen, die auf den Hintern fielen, zu lachen. Sein Enthusiasmus war überwältigend und entzückend. Vor allem war er *da*: Ich konnte jederzeit meine Stirn an seinen zotteligen Kopf legen, an seinen Haaransatz, der nach einem ungeplanten Renneinsatz verschwitzt war.

Als wir uns kennenlernten, war Harald gerade im Begriff, sein Jurastudium abzuschließen und suchte einen Job. Irgendwann wollte er Richter werden, und bis dahin hatte er sich vorgenommen, für soziale Gerechtigkeit zu kämpfen. Ein bisschen was schreiben, Leben retten, die Gesellschaft verändern. Ich glaube, er identifizierte sich als Marxist. Auf einer Party hörte ich einmal, wie er sich lang und breit über den Unterschied zwischen Stalinismus und Trotzkismus ausließ – »Trotzki war es, der das Konzept der *permanenten* Revolution geschaffen hat« – und machte sofort in der Tür kehrt. Er erzählte, dass sein Vater für Demokratie und sauberes Wasser in Nicaragua gekämpft hätte, oder so was in der Art, und vor zehn Jahren bei einem Autounfall auf der E4 ums Leben gekommen war. Der Vater war Haralds großes Vorbild und die Trauer seines Lebens. Anscheinend war er sehr melancholisch gewesen, nicht praktisch veranlagt, verträumt. Zutiefst deprimiert. Zumindest war das die Gestalt, die aus Haralds Erzählungen vor mir entstand. Die Mutter schien nach dem, wie er sie beschrieb, eher das Gegenteil zu verkörpern: kerngesund und praktisch wie ein Dosenöffner. Sie war eine Frau, die Dinge verändern und erledigen konnte. Sie säuberte Gärspunde oder reparierte ein Dach und vergaß gleichzeitig nicht, ihre Dienstmails zu beantworten. »Sie ist schrecklich effektiv«, erklärte Harald zufrieden.

Einen Teil seines Charmes machte Haralds hemmungslose Leidenschaft für bestimmte Dinge im Leben aus: Oper, Tomatenzucht, Italien – er nannte sich selbst ohne eine Spur von Ironie italophil – und vor allem italienisches Essen. Er hatte mal einen Pasta-Kurs in Rom absolviert und in Bologna gelernt, Focaccia zu lieben. Er hatte in Bangkok ein fantastisches Pho gegessen und in Shanghai einen frischen Litschi-Saft getrunken, von dem er nachts immer noch träumte. Wenn wir ausgingen und aßen – wir gingen aus und *aßen* (bis dahin war ich immer nur aus sozialem Pflichtbewusstsein in ein Restaurant gegangen) – fachsimpelte er gern über die Weine. Er stellte Fragen zu Trauben und Tälern, Jahren und Noten: schwarze Johannisbeerblätter, Grapefruit. Wenn der Kellner sich dann mir zuwandte, sagte ich immer ganz zuckersüß: »Bitte den billigsten auf der Karte.« Dann lachte Harald und ließ seinen Blick verliebt auf mir ruhen. Ich weiß nicht, warum es sich so wichtig anfühlt, aber einmal hörte ich ihn in einem samstäglich gestimmten Staatlichen Alkoholgeschäft ausrufen: »Wie ist das hier eigentlich sortiert? Kalabrien steht neben der Toskana!« Ich versteckte mich schnell hinter einem Pfeiler.

Wir lernten uns auf einer Konferenz in Lund kennen, wo ich einen Teil meiner Dissertation vor einer Gruppe mittelmäßig interessierter älterer Männer, ein paar jüngeren, sehr eifrigen Studenten und lauter unbekannten Gesichtern vorstellte. Und dann war da noch diese wuschelige Blondine, die, wie sich herausstellte, Harald war. Meine Forschung war Teil eines Cross-over-Wissenschaftsprojektes, das »Gewalt als Phänomen, Symbol und Träger von Emotionen in einem kulturhistorischen Kontext« untersuchte, und das war genau so wenig exakt, wie es klingt. Seit drei Jahren schon feilte ich an einer Dissertation, in der ich *Le Cid* von Pierre Corneille, ein Drama des 17. Jahrhunderts, zum Ausgangspunkt nahm, das am mittelalterlichen Hofe von Kastilien spielt. Der Kern der Sache, oder das, was ich in einem oberschlauen Moment beschlossen hatte, als den Kern der Sache zu betrachten, war ein Streit zwischen zwei rivalisierenden Adligen darüber, wer die Gunst des Königs am meisten verdiente. Der jüngere Adelsmann erteilt dem älteren eine Ohrfeige, was automatisch ein Duell verlangt, denn der Ältere muss seine Ehre verteidigen können. Die Ohrfeige wurde damals als sehr kraftvolle Geste der Verachtung betrachtet. Als würde man heutzutage jemandem ins Gesicht spucken. Meine Fragestellung bewegte sich darum, inwiefern diese Szene »Konstruktionen von Maskulinität und Kaste im Übergang zum Kapitalismus« widerspiegelte. Nach drei Jahren war offenkundig, dass das Material keinen einzigen der Schlüsse unterstützte, auf die ich gehofft hatte (etwas zwischen Phänomenologie und Don Draper), doch da niemand am Institut dem Projekt gegenüber ein irgendwie geartetes Interesse zeigte, ließ ich es auf sich beruhen. Es passte mir gut so. Ich war keine astreine Akademikerin, mein Denken war zu assoziativ und unstrukturiert, und oft erwartete ich, dass der Leser uninteressante Lücken und Passagen selbstständig ausfüllte. Meine Betreuerin wies mich einmal darauf hin, dass ein Abschnitt eher in die Kategorie Prosa-Lyrik gehören würde. An etwas Prosa-Lyrik sei noch niemand gestorben, konterte ich. Karolina warf mir einen skeptischen Blick zu und meinte, dieses Genre hätte zwar noch zu keinen Todesfällen, aber durchaus zu Nahtod-Erlebnissen geführt. Wie auch immer: Zum Zeitpunkt der Konferenz in Lund, die kurz und knapp den Titel *Veränderungen* trug, war ich halb krankgeschrieben und besaß keine nennenswerte Energie mehr, die ich in irgendein literarisches Genre hätte investieren können.

Meine Krankschreibung rührte daher, dass ich acht Monate zuvor in meinem örtlichen Supermarkt das Bewusstsein verloren hatte und auf dem Fußboden aufgewacht war. Es war ein Albtraum, genauer gesagt, ich konnte mich damals nicht entscheiden, ob ich mich in einem Albtraum befand oder ob ich wirklich auf einem unbekannten Fußboden aufgewacht war, umgeben von Fremden, die besorgt um mich herum hockten. Ernst und aufgeregt erklärten sie, dass ich einen Krampfanfall gehabt hätte und dass der Notarzt unterwegs sei. Sie wiederholten es immer wieder, als würde mir das helfen, mich in Zeit und Raum zu orientieren. Wenn jemand mich gefragt hätte, wer Ministerpräsident ist, dann hätte ich Olof Palme geantwortet. Es war mein erster epileptischer Anfall, und hinterher lernte ich, dass dieses Gefühl, Zeit und Ort und das Wissen um überhaupt irgendetwas zu verlieren, ein Teil dessen war, was man postiktalen Zustand nennt. Erinnerungsverlust ist eine andere verbreitete Folge der Anfälle – man erinnert sich nicht, was in den Minuten passiert ist, bevor das Gehirn sich selbst einen nachlässigen elektrischen Stoß versetzt hat, und es fällt einem schwer, sich zu erinnern, was direkt danach geschehen ist. So hatte ich freundlicherweise auch keinerlei Erinnerung daran, dass ich im Krankenwagen einen neuerlichen Anfall erlitt und dann noch zwei weitere, als meine Tante neben mir saß, eine beunruhigte Angehörige auf einem Plastikstuhl neben dem Krankenhausbett, die panisch nach dem Pflegepersonal zu schreien begann und irgendeinen roten Knopf drückte. Als sie es mir hinterher erzählte, war mir dieses Ereignis ganz, vollkommen, zu hundert Prozent unbekannt.

Nach MRT und neurologischen Untersuchungen stellte man fest, dass an meinem Gehirn keine Auffälligkeiten zu erkennen waren. Es gab Tausende von Auffälligkeiten in meinem Gehirn. Wie hatten sie die übersehen können? Die irritierte und irritierende Neurologin sagte zu mir, dass ich ordentlich essen, ordentlich schlafen, mich ordentlich bewegen, so wenig Alkohol wie möglich trinken und mich nicht auf irgendwelche Stühle stellen solle.

»Wir sind auf keinerlei Hinweise gestoßen, dass es sich um Epilepsie handeln könnte. Ihre tonisch-klonischen Anfälle sind das, was wir *provoziert* nennen.«

»Provozierend?«, fragte ich. Ich stellte mich dumm. Sie war nicht die Einzige im Raum, die irritiert war.

»Provoziert. Provozierte Anfälle. Sie haben etwas getan, weshalb sie diese Anfälle bekommen haben. Es handelt sich um psychischen Stress. Sie müssen jeglichen Stress vermeiden.«

Nachdem ich mich schon verabschiedet hatte, sagte sie es noch einmal: »*Psychischer Stress.*«

Dieser Rat war nicht sonderlich konkret. Wie gesagt wurde ich teilzeitkrankgeschrieben und von der Last des Lehrens befreit, und man versicherte mir, dass ich mir alle Zeit nehmen könne, die ich bräuchte, um die Dissertation abzuschließen. Niemand hatte mir dagegen gesagt, dass die Krampfanfälle oder die Gehirnerschütterung mich *dumm* machen würden. Bescheuert. Wissen und abstrakte Gedankengänge waren wie aus meinem Kopf geschlagen worden, ebenso wie die Fähigkeit, Karten zu lesen – kein größerer Verlust – oder mir Zifferkombinationen zu merken. Das war erschreckend, aber auch interessant, weil ich mir selbst die einfachsten Fakten, die ich in der Grundschule gelernt hatte, neu vergegenwärtigen musste – *Säugetiere gebären lebende Junge und Krokodile schlüpfen aus dem Ei!* –, aber auch alten Tratsch: *Großvater behauptet, er hätte eine Vasektomie gehabt,* und *erinnerst du dich, wie der Hund von Urgroßmutter Elly den Briefträger gebissen hat?* Ich reagierte ebenso exaltiert oder indigniert, wie wahrscheinlich damals, als ich die Geschichte zum ersten Mal gehört hatte. Und eine Kuh hatte vier Mägen. Vier!

Meine pochende Angst davor, niemand mehr zu sein, zu einem völligen Nichts geworden zu sein, war die vornehmliche Ursache dafür, dass ich mich bereit erklärt hatte, an der Konferenz in Lund teilzunehmen. Die Blutergüsse in meinem Gesicht waren längst verblasst – wie idiotisch musste man sein, sich bei einem Sturz mit dem Gesicht abzufangen? – und mein Name würde gedruckt oder zumindest schwarz auf weiß in irgendeinem PDF stehen, das niemand anklicken würde. Vielleicht würde ein Hotelzimmer dabei herausspringen, mindestens aber ein kostenloses Abendessen. Was Harald auf einer Konferenz über Kultur und Politik der frühen Moderne zu suchen hatte, entzieht sich meiner Kenntnis. Eine nicht völlig unwahrscheinliche Erklärung ist, dass er aus reiner Zerstreutheit (er studierte zu der Zeit noch an der Universität Lund) versehentlich in den falschen Vorlesungssaal geraten war oder dass er irgendwo gehört hatte, dass dort Wein ausgeschenkt würde.

Als ich dabei war, meinen Vortrag »abzurunden«, wurde offensichtlich, dass Harald kein bisschen von dem mitbekommen hatte, was ich bisher gesagt hatte, oder zumindest zu einer sehr freien Interpretation davon gelangt war. Er meldete sich zu Wort und begann erst mal damit, den Text hinsichtlich der geschlechtlich einseitigen Verteilung von Gewalt in nahen Beziehungen zu interpretieren. Und fragte, warum ich mich nicht entschieden hätte, ein aktuelleres Werk zu untersuchen. Darauf folgte ein längerer Exkurs über Feminismus. Wenn Harald anfing zu reden (das lernte ich später), war es, als hätte jemand auf einen Knopf gedrückt: Er konnte einfach nicht wieder aufhören. Und in der Regel scherte er sich auch nicht um sein schwerfälliges Tempo oder darum, die Satzmelodie seiner Ausführungen zu variieren – was rätselhaft ist, weil er ein klassisch ausgebildeter Sänger war – und er war auch nicht sonderlich daran interessiert, die Zuhörer bei seiner eigenen Argumentation mitzunehmen. Als es mir endlich gelang ihn abzuwürgen, kochte ich bereits vor Wut. Und ja, auch vor

Verachtung. Vielleicht war ich noch nie zuvor so engagiert für meine Dissertation *Le Cid. Würde und Macht: Geschlechterkonstruktionen im Drama des europäischen 17. Jahrhunderts* eingetreten, wie in diesem Moment. Und ich war sehr zufrieden mit meiner abschließenden Replik:

»Falls Sie entgegen aller Vermutung meine Abhandlung gelesen haben sollten, können Sie jetzt Ihr Exemplar nehmen und sich damit den Arsch abwischen. Sollten Sie den Text als E-Book gelesen haben, dann können Sie auch wunderbar Ihr iPad dafür benutzen.« Ich schob meine Papiere zu einem ordentlichen Stapel zusammen. »Ansonsten gibt es sicher unten am Eingang noch ein Exemplar für Sie.«

Zehn Minuten später kam Harald mit zwei Gläsern in der Hand auf mich zu und blickte mich so reuevoll an, dass ich mich fast genierte. Er reichte mir eins der Gläser.

»Ich bin leider etwas zurückgeblieben, aber vielleicht möchten Sie trotzdem ein Glas Schaumwein?«

Ich nickte, gnädig, freundlich, aber desinteressiert nachsichtig.

»Da ist Rohypnol drin.«

Ich stellte das Glas weg.

»Entschuldigung, das war auch nicht lustig.«

Ich nahm das Glas wieder.

»Verzeihung, das war richtig doof, sowohl das mit dem Rohypnol als auch alles da beim Vortrag, saudoof. Entschuldigung.« Er wischte sich die Stirn und schob eine blonde Strindberg-Locke zur Seite. »Ich weiß einfach so viel über Dramatik des 17. Jahrhunderts, dass ich nicht mehr aufhören kann, darüber zu reden – war das ein guter Witz? Wie auch immer, es war übergriffig von mir zu glauben, dass Sie Opfer von Gewalt in nahen Beziehungen gewesen sein könnten. Und wenn es doch der Fall wäre – was ich absolut nicht voraussetze! –, dann tut mir das ebenfalls sehr leid. Ich habe kein auch nur irgendwie geartetes Recht, mich in die Wahl Ihres Themas einzumischen, in das Sie sich offensichtlich extrem eingearbeitet haben, leider kann ich nur manchmal einfach das Maul nicht halten, ich bin wie einer von den Jungs, die ganz vorne im Seminar sitzen und die Antworten erraten, anstatt eins der Mädels, die sich wirklich vorbereitet haben, reden zu lassen …«

Es war rührend, jemanden, der so breitbeinig und bequem zurückgelehnt dagesessen hatte, so bombenfest in seinen Ansichten, jetzt dabei zu beobachten, wie er eine komplette Kehrtwendung beschrieb und vor Nervosität vibrierte.

»Das war so dumm und ich bin …«

»Sie sind FIE.«

»Was?«

»Fuckable In Emergency.«

Wir tranken noch fünf weitere Gläser, dann gingen wir auf mein Hotelzimmer.

*

Leider wohnte Harald in Malmö, in einer heruntergekommenen Einzimmerwohnung, für die seine Mutter und er ein Hochbett geschreinert und in der Diele eigenhändig neuen Boden verlegt hatten, weil der alte von schwarzem Schimmel und Jungssperma aufzuspringen drohte. Es war keine Fixerbude, sondern eine Wichserzelle, belagert von zu dicken Büchern mit Titeln wie *The Oxford Handbook of Jurisprudence and Philosophy of Law*, aber es war trotzdem schlimm. Ich war gerade erst nach einem Jahr in Lund, das mich am Ende vollkommen apathisch gemacht hatte, zurück nach Stockholm gezogen. Mein Heimweh war mit der Zeit wortlos und schlaflos geworden. Ich wollte einfach nur nach Hause.

Eines Tages im Januar rief Harald mich an und erzählte, dass er einen Job in einer Anwaltskanzlei bekommen hätte. Eine einjährige Vertretung in einer Anwaltskanzlei in Malmö.

»Sagtest du Malmö?«, fragte ich.

»Malmö.«

»Willst du mich nicht fragen, ob ich mitkommen möchte?«, erkundigte ich mich.

»Ich dachte, du willst Stockholm nie wieder verlassen«, erwiderte Harald.

Ich hörte, dass er auf den Fingernägeln kaute.

»Korrekt«, gab ich zurück.

»Du hast gesagt, Malmö wäre ein Ort, wo Menschen hinkommen, um zu sterben oder von noch viel Schlimmerem heimgesucht zu werden.«

»Exakt.«

»Du hast auch gesagt, dass du mit mir leben willst und dass du die nächste Zeit viel von zu Hause arbeiten könntest.«

Ich sah mich im Wohnzimmer um. Ich wohnte noch nicht lange in der Wohnung, die mir nach langem Warten über die kommunale Wohnungsvergabe zugefallen war. Sie war immer noch leer und kahl, nur zur Hälfte eingerichtet, weil ich viel Zeit bei Harald in dem satansverdammten Fotzen-Malmö verbrachte. Meine Wohnung hatte ein großes, halbfranzösisches Fenster, das auf ein kleines Waldstück hinausging. Die Baumspitzen vor dem flammend roten Winterhimmel waren schwarz und kompliziert.

»Malmö«, sagte ich noch einmal.

Um wieder zu meiner Arbeit zurückzufinden, brauchte ich einen Ort absoluter Einsamkeit, wo das Gehirn nicht von Freunden und Release-Partys und Treffen an der Uni abgelenkt wurde. Malmö würde wie ein Kloster für mich sein: ein fensterloser Raum mit kahlen Wänden, der mich in keiner Weise ablenken würde. Ich würde tagsüber Simone Weil sein, und abends würde Harald nach Hause kommen, frischen Thunfisch zubereiten und mir erklären, wie ein Crescendo aufgebaut ist, um dann mit meinem langen, dunklen Haar emotional Sex zu haben. Waren das nicht die Dinge, nach denen es jeden Menschen im Leben am meisten gelüstete?

Ich verabscheute Malmö, aber einfach zu fliehen schien vollkommen natürlich. Das haben die Menschen zu allen Zeiten getan. Und manchmal kehrten sie auch zurück.

»Ein Jahr«, sagte ich.

»Was?«

»Du kriegst ein Jahr«, sagte ich.

Haralds imaginärer Schwanz klopfte eifrig auf den Fußboden.

»Ich habe was Dummes gemacht«, sagte ich eine Stunde später am Telefon zu meiner Tante. Ich saß immer noch da und starrte zum Himmel. Der war dunkel geworden, bald mitternachtsblau, ein Dämmerungsmärchen. Würde ich diesen Ort vermissen? War es ein Zuhause? Würde ich mein Zuhause verlieren? War Harald mein Zuhause?

»Harald hat einen Job in Malmö.«

»Oh«, flötete sie in dieser Mischung aus authentischer und forcierter Begeisterung, wie sie nur meine Tante aufbringen konnte. Sie hatte eine unglaubliche Stimme. Bedeutend melodiöser als Harald mit seiner klassisch geschulten Stimme.

»Wirst du hinziehen?«

»Tatsächlich habe ich das aus Versehen gesagt. Aber nur für ein Jahr. Keinen Tag länger! Keine verdammte Sekunde länger.«

»Malmö ist wunderbar.«

»Wunderbar.« Ich war nicht sicher, ob ich wirklich von ihr überzeugt werden wollte, dass dieser Umzug eine gute Idee war.

»Du kannst am Meer entlangschlendern und über den Sund bis nach Dänemark schauen. Und dann die vielen Restaurants. Der Pildammsparken. Die Leute sind *nett* in Malmö. Sie sind freundlich. Die schönen Häuser und die Kanäle, die sich durch den ganzen Stadtkern ziehen, und Gislöv und Österlen in der Nähe. Das ist alles furchtbar schön.«

»Ja«, sagte ich und notierte das Wort furchtbar.

»Es wird ein Abenteuer.«

Wie zum Teufel konnte ein Jahr in Malmö ein Abenteuer sein?

»Und ihr könnt zusammen sein. Ist es denn jetzt was Festes?«

Ich zögerte mit der Antwort. Fest oder nicht fest? In zehn Jahren sah ich Harald ebenso wenig an meiner Seite, wie ich mir mich selbst mit der futuristischen Frisur vorstellen konnte, die ich dann wahrscheinlich tragen würde.

»Willst du ein Büro mieten?«

Sie würde mir diese Sache nicht ausreden, so viel stand fest.

»Malmö ist ein Büro. Graue Wände und nichts, woran der Blick hängen bleiben könnte. Ich kenne da kein Schwein.«

»Das muss aber ja nicht schlimm sein. Ruhe zum Arbeiten.«

Das stimmte. Trotz meiner Sehnsucht nach Stockholm war ich vollkommen überwältigt und sehr irritiert über den steten Strom von Menschen, den diese Stadt mit sich brachte. Alte Freunde, enge Freunde, Personen, mit denen ich einen Kaffee trinken sollte, »wollen wir am Wochenende mal spazieren gehen?«. In Malmö kannte ich niemanden.

»Vielleicht brauchst du die Einsamkeit, um zu deiner Kreativität zurückzufinden. Zu dem, was du bist.«

Ich war nicht wirklich davon überzeugt, dass es der Mangel an Kreativität war, der meine wissenschaftliche Arbeit ins Stocken gebracht hatte. Wie gesagt: Meine

Ideen zur Gunst des Königs und Don Draper waren ziemlich kreativ.

»Erinnerst du dich, was ich dir von *Der Weg des Künstlers* erzählt habe?« Damit traktierte meine Tante mich nun schon seit über zehn Jahren. Es war ein Selbsthilfe-Buch, das in diesem Genre bereits ein Klassiker war, bevor diese Art Bücher überhaupt zu einer etablierten Kategorie wurde. Manche Menschen fanden zu den Anonymen Alkoholikern. Meine Tante hatte zum *Weg des Künstlers* gefunden. Die Botschaft des Buches war, dass alle Menschen – Bankdirektoren, Ökonomen, Sekretärinnen – imstande waren, die Kreativität zu befreien, die sie unweigerlich in sich trugen. Jedes Kapitel wurde mit abgenutzten Zitaten und Beschreibungen eingeleitet, die am ehesten einer Patienten-Fallbeschreibung ähnelten *(»Edwin war in der bildenden Kunst sehr begabt, wurde aber schon als Kind dazu gedrängt, in die Wirtschaft zu gehen«)*. Darüber hinaus bestand es aus positiven Bestätigungen und anregenden schriftlichen Aufgaben. Die wichtigste Übung waren die *Morgenseiten*. Wer endlich begriffen hatte, dass es möglich war, die vorgefassten Meinungen, die man über sich selbst hegte (im Stil von: *Man muss nicht schlank und beweglich sein, um Yoga-Lehrerin zu werden!*), loszulassen, sollte jeden Tag damit beginnen, die Hand frei über ein leeres Blatt Papier gleiten zu lassen, ohne dabei einen einzigen Gedanken zu denken. Da konnte alles Mögliche bei herauskommen! Und es *würde* alles Mögliche herauskommen!

Das Ritual galt als heilig und sollte unbedingt täglich durchgeführt werden. Die völlig unbestimmten Morgenseiten sollten zu persönlicher Entwicklung, Selbstvertrauen und Selbstgefühl, sowie der Einsicht führen, dass es eine Verbindung zwischen der eigenen Kreativität und einer höheren Kraft gab. So konnte der Bankdirektor vielleicht darauf kommen, sich zum Töpfermeister umschulen zu lassen. Eine Kindergartenerzieherin konnte sich endlich den Traum von einem Kurs in Modern Dancing erfüllen und so weiter.

Mir war allerdings nie richtig klar geworden, auf welche Pfade der *Weg des Künstlers* mich nach Ansicht meiner Tante leiten sollte.

Meine Tante hatte langes dunkles Haar mit einer grauen Susan-Sontag-Strähne vorn und Schlupflider. Sie trug schlichten und unfassbar teuren Schmuck, der im Kontrast zu der (in meinem vermutlich kindischen Empfinden) peinlichen Naivität stand, die sie manchmal an den Tag legte. Sie gehörte zu den Menschen, die auf magische Weise das Gespräch beim Abendessen in Gang halten, authentisch lachen und ernsthaftes Interesse für die Themen anderer Gäste zeigen können. Einmal habe ich erlebt, wie es ihr gelang, eine kleinere Gesellschaft von einem Vortrag über Heraldik zu erlösen. Ihr Charme ließ mich manchmal grübeln, ob wir wirklich miteinander verwandt waren. Manchmal kamen aber auch bizarre Ansichten zutage (»Jeder Polizist weiß doch in seinem tiefsten Innern, dass es seine Aufgabe ist, das Kapital zu schützen – schau dir bloß mal die EU-Krawalle an.«), und sie besaß die ungewöhnliche Leidenschaft, in das Privatleben anderer Menschen einzutauchen – *»Aber wie hat sich das denn jetzt angefühlt, als sie das gesagt hat? Erzähl es mir genau!«* – Das war vielleicht aber auch nur eine natürliche Folge ihrer Fähigkeit, sich in andere Menschen einzuleben. Manchmal fand ich das mutig, manchmal fühlte es sich hauptsächlich übergriffig und unbehaglich an. Ich bat sie oft um Rat und war außer mir vor Wut, wenn sie mir tatsächlich einen gab. Zumindest bei acht von zehn Malen. Die übrigen zwei Male hielt ich den Mund und folgte ihrem Rat aufs Genaueste.

Zurück zum *Weg des Künstlers.*

»Zu Anfang fühlt es sich vielleicht furchtbar an. Oder man fühlt gar nichts. Man kann einen Widerstand spüren. Aber man macht es einfach. Man braucht es nicht anschließend zu lesen oder auch nur aufzuheben – man kann es sofort wegwerfen. Man lässt die Seiten kommen, ganz gleich, welche Gefühle sie wecken. Oder nicht wecken. Zehn Seiten. Jeden Morgen. Direkt nach dem Aufwachen.« Manchmal schien es mir nur eine Frage der Zeit zu sein, wann meine Tante mit Kristallen und solchem Blödsinn anfing. Salbei verbrennen und Ayahuasca empfehlen.

»Aber ich freue mich, dass ihr jetzt zusammenlebt. So richtig.«

»Man zieht aber doch nicht nach Malmö. Jeder hält das für einen Witz. Ein Practical Joke ist das.«

»Ihr passt gut zusammen.«

Ich mochte es nicht, wenn sie mich von außen betrachtete. »Wenn er dabei ist, sieht man dich endlich mal ganz. Nicht nur so eine Scherbe. Und er ist witzig. Er ist *wirklich* witzig.«

Warum versuchte sie mich zu überzeugen?

»Was meinst du damit?«, fragte ich.

»Er erinnert mich ein wenig an deinen Vater, als er jung war.«

»Das heißt, ich sollte so schnell wie möglich abhauen? Ein Bestattungsinstitut anrufen? Einen Platz in der Betty-Ford-Klinik buchen?«

Meine Tante lachte vergnügt. Dann wurde sie wieder ernst, *einfühlsam*. Wie in diesen Fernseh-Dramen im Vorabendprogramm.

»Dein Vater konnte manchmal ebenfalls sehr witzig sein.«

Sie sagte das gern, konnte aber selten erklären, inwiefern. »Diese Art, wie Harald Geschichten erzählt, seine Körpersprache … und dann dieses etwas Langatmige …« Sie kicherte. »Und dann wieder konnte er ja auch richtig seltsam sein.«

»Ja, ja«, sagte ich, »ich melde mich später noch mal. Es klingelt gerade an der Tür.«

»Hast du keine Gegensprechanlage? Es kann doch wohl nicht jeder gleich ins Haus kommen, oder?«

»Es klingelt, verdammt noch mal! Bis später! Kuss!« Hure.

Als ich den Leuten erzählte, dass ich nach Malmö ziehen würde, waren ihre Reaktionen einhellig: »Oh, das wird bestimmt gemütlich!«

Oh, schön, dass du schreckliche Dinge liebst, dachte ich dann. Und dann folgten Varianten wie »Da ist alles so wahnsinnig entspannt«, »Da scheint alles viel weniger auf Konkurrenz ausgerichtet als in Stockholm, man muss nicht so viel arbeiten«, »Im Folkets Park Gras zu rauchen, ist so herrlich, eine schöne Stimmung«, »Es gibt eine so nice Pizzeria auf Sankt Knut, und hast du schon mal im Far i Hatten gegessen?«.

Oh, ich liebe Scheiße, ich kenne nichts Besseres, und sich in die Hose zu pinkeln ist herrlich, du weißt ja, erst wird es warm und dann kalt, saure Gurken esse ich am liebsten, und hast du schon gehört, dass man Müll auch in den Mund stecken kann?

Dann kamen die üblichen Fragen zu meiner Arbeit. Ich beantwortete sie ausweichend, begnügte mich damit, so wenig Informationen wie möglich preiszugeben: Ja, ich kann von zu Hause aus arbeiten, haha, das passt nämlich super, denn wenn Harald arbeitet, bin ich tagsüber ganz alleine und mir selbst überlassen.

Ich verschwieg, dass mein Leben mit dieser idiotischen Dissertation stand und fiel, und dass es ohne Harald vollständig zusammenbrechen würde.

3

Im März zogen wir um. Die Magnolie vor unserem Küchenfenster hatte noch nicht ausgeschlagen, man sah aber schon die Knospen, das war tröstlich; sie warf verschlungene, spielerische Schatten über den Fußboden. Die Wohnung lag in der City, oder wie man die Innenstadt auch immer nannte, was ihr manchmal einen seltsamen Hauch von Urbanität verlieh, im Menschengewusel. Die meisten Fenster gingen zur Seitenstraße raus, man schaute direkt auf die Wohnung der Nachbarn.

Das Wetter: mild. Die Nähe zum Kontinent: groß. Die Einsamkeit: meist eine Wohltat für die Seele. Und: Harald war da. Sein Rattenloch auf der Simrishamnsgatan hatte er untervermietet und stattdessen diese geräumige Zweizimmerwohnung am Bergsvägen gemietet, oder war es Talsvägen? Irgendwas in der Art. Ich liebte die Wohnung und das Haus, in dem wir wohnten, eine der größeren Mietskasernen aus den Dreißigerjahren, die so typisch für Malmö sind – fünf, sechs Stockwerke hoch und mit verwunschenen Innenhöfen, in denen sich üppige Büsche, blühende Bäume und Tulpenrabatten verstecken. Diese Bäume genügten mir vollkommen. Ich wollte nicht lernen, mich in Malmö zurechtzufinden, ich wollte keine entsetzlich langweiligen Bekannten finden. Das Frühjahr und die Wände waren mir genug. Außerdem war Haralds Freundeskreis vollkommen hoffnungslos: Die meisten waren Juristen, die er noch aus dem Studium kannte. Sie hießen so was wie Matthäus, Markus, Lukas und Johannes, zwei trugen strenge Seitenscheitel, zwei etwas wildere Mähnen, alle verfügten über denselben verlässlichen Charme. Es fiel mir schwer, sie auseinanderzuhalten. Einer von ihnen war etwas kleiner, muskulös, mit durchdringendem grünem Blick und einem Goldring im Ohr. Von ihm behauptete Harald immer, er wäre ein athletischer Sexgott, der in der juristischen Fakultät kein Auge beziehungsweise keine Hose trocken gelassen hätte.

Nach einer Weile lehnte ich es konsequent ab, mit auf »ein Treffen« zu kommen oder jemanden zu uns nach Hause einzuladen – ich sah einfach nicht, was ich mit einem von den »Boys«, wie Harald die generisch stylischen jungen Männer nannte, die er aus dem Jurastudium kannte, gemeinsam haben könnte. Aus irgendeinem Grund waren sie meist an Jazz interessiert, und mehr als die Hälfte von ihnen sang im Chor. Die Frauen waren Mitglied in feministischen Buchclubs. Haralds Bekanntenkreis gab mir das Gefühl, Kreide essen zu müssen und das Leben vorbeifließen zu sehen, entweder viel zu schnell oder viel zu langsam, aber definitiv ohne Sinn. Einer von ihnen hatte mich mal als »dunkel und bissig« bezeichnet, offensichtlich ein aufrichtiges Kompliment. »Sie hat Edge.« Harald hatte sehr zufrieden gewirkt, als er es erzählte. Für mich war es dagegen der letzte sprichwörtliche Nagel im Sarg für die »Boys«.

Auch die andere Enklave von Malmöern fand ich unerträglich, mit ihren Gesprächen über den Coop am Möllan, der angeblich das größte Angebot an veganen Lebensmitteln in ganz Schweden hatte, oder über das Leben in Kollektiven, ergänzt durch nostalgische Erinnerungen daran, was 2015 ein großes Bier gekostet hatte. Ein paarmal im Monat zog Harald mit einer grässlichen Diplom-Sozialwirtin namens Amanda um die Häuser. Anschließend kam er regelmäßig sinnlos betrunken nach Hause und erzählte lang und breit, wie sie in Kneipenschlägereien geraten waren und sich in Pissoiren hatten übergeben müssen. Ihre Freundschaft war so deprimierend, dass ich hoffte, sie hätten wenigstens Sex miteinander. In Malmö kannte ich niemanden zufällig – über gemeinsame Bekannte oder die Universität –, und wie sich herausstellte, war es auch besser so. Harald hielt das für eine ebenso dumme wie irrationale Argumentation. »Das sind Leute, die du kennenlernen *könntest*, und deshalb beschließt du, sie *nicht* kennenlernen zu wollen?« Er behauptete, ich würde einen pathologischen Unwillen gegen seine Freunde hegen, und auch wenn ich protestierte, so hatte er doch nicht ganz unrecht.

Vielleicht wurde die dunkelhaarige junge Frau in der Nachbarwohnung meine engste Vertraute in Malmö. Sie war Kettenraucherin, höchstens einundzwanzig und hatte die Ausstrahlung einer abgeklärten Krankenschwester mittleren Alters. Sie tauchte immer durch einen Spalt in der Jalousie auf, die ansonsten völlig abgeschlossen war – ich hatte niemals auch nur ansatzweise etwas von dem Raum hinter ihr gesehen –, und rauchte intensiv und zielstrebig, während sie hemmungslos in unsere Wohnung schaute. Sie war so friedlich wie eine Kuh, ihr Blick wirkte abwesend und zerstreut, und wahrscheinlich war sie Einzige ihrer Generation, die eine Zigarette rauchen konnte, ohne mit der Nase am Handy zu kleben. Ich hätte das definitiv nicht geschafft. Die Zeiten, zu denen sie auftauchte, waren unregelmäßig, ein unzuverlässiges Muster von Tages- und Abendpausen. An den Wochenenden dauerte es eine Weile, bis sie erschien – Nachtschicht? Siebenschläfer? –, und den Morgen schien sie grundsätzlich nicht zu mögen. Manchmal fragte ich mich, wer sie war, doch meistens nicht. Vielleicht war sie Studentin, ein begabtes Mädchen, das sich ein Semester Kriminalpsychologie gönnte, während sie ernsthaft darüber nachdachte, Ärztin zu werden. Vielleicht arbeitete sie auch in einem Restaurant oder Café? Nein. Sie sah zu jung aus. Zu unwillig, auch nur einen Finger zu rühren.

Nach einer Weile begann ich die Jalousie abzuwinkeln, doch ihr unbewegtes Gesicht schaute dennoch durch die Lamellen. Die Jalousie bot keinen wirklichen Blickschutz, sondern sorgte nur dafür, dass das Licht der Straßenlaternen schräg ins Zimmer fiel und es wie die Kulisse in einem amerikanischen Krimi aussehen ließ. Da sie mein Leben wie eine Art Fernsehserie zu betrachten schien, passte das ja vielleicht. Es muss eine schrecklich langweilige Serie gewesen sein – nicht einmal ich selbst fand mein Leben spannend –, aber sie war eine treue Zuschauerin.

Manchmal, wenn ich ins Schlafzimmer ging, hatten wir Blickkontakt. Ihre Augen schienen dann zu glänzen, ohne abwesend zu wirken, die Miene fast immer sanftmütig, nur manchmal glomm etwas Provokantes darin auf. Als würde sie mir mental die Zunge rausstrecken. Wenn ich schlechte Laune hatte, schrie ich manchmal *Fuck you*, meistens begnügte ich mich mit einem schiefen Blick. Etwas an ihrer Frisur, den Sommersprossen ließ sie aussehen wie Alia Shawkat in *Arrested Development.* Das war ihr einziger versöhnlicher Zug. Nach einer Weile kam sie mir vor wie eine lästige kleine Schwester. Ich bereitete verschiedene dezidierte Ansagen und Kopfwäschen vor, die ich in einem Moment der Wahrheit ausspucken würde: *Wenn du nicht aufhörst zu glotzen, rufe ich erst die psychologische Ambulanz an und dann deine Eltern. Ich bezahle dir ein HBO-Abo, wenn du dir das ansiehst, statt mich ständig anzuglotzen. Okay, jetzt zeig du mal* deine *Titten.* Ich stalkte sie, wenn ich in unsere Straße einbog und die Tür aufschloss, hatte sie bisher aber noch nie getroffen. Was, wenn sie die Wohnung tatsächlich nie verließ?

Neuerdings verbrachte ich viel Zeit auf Wikipedia und hatte über Kidnapping und rätselhafte Vermisstenfälle gelesen, über Frauen, die sich zur falschen Zeit am falschen Ort befanden, die verschleppt, totgeschlagen, ermordet wurden, in Keller und Schuppen eingeschlossen – alles schien möglich.

»Ziemlich hübsche Wohnungen«, sagte Harald, als wir einmal beide dastanden und Alia anstarrten, die zur Hälfte von der Jalousie verborgen war. »Stuck, korinthische Säulen, Deckenrosetten, das ganze Programm. Jonathan hat da mal in einer WG gewohnt. Nur weil du noch nie gesehen hast, was sich hinter der Jalousie befindet, heißt das nicht, dass sie in einen Eimer pinkeln und auf einer Heumatratze schlafen muss.«

»Stroh«, sagte ich. »Strohmatratze. Heu ist nur getrocknetes Gras.«

»Heu, Stroh … Du weißt ja, was ich meine.«

»Glaubst du, sie ist dort festgekettet? Vielleicht an einem Heizkörper?«

»Warum sollte sie das sein?«

Ich hatte Harald nicht erzählt, dass ich sie inzwischen Alia nannte und mit einer Hintergrundgeschichte aus Studium und Nebenjobs versehen hatte.

»So was kommt vor«, sagte ich. »Hast du nicht von dieser Frau gehört, die in einem Haus in Chicago gefunden wurde? Die war fünf Tage lang gefesselt.«

»Ist aber ziemlich unwahrscheinlich, dass sie am Fenster Zigaretten rauchen kann, wenn sie an einem Heizkörper festgekettet ist.«

»Und sie wurde vergewaltigt. Und misshandelt.«

»Du solltest echt mal mit deinen True-Crime-Pornos aufhören«, entgegnete Harald verächtlich.

»Das Erste Programm ist nur was für Schwächlinge!«, rief ich ihm nach, als er den Raum verließ.

Etwa eine Woche später gab ich abends, nachdem ich zwei Stunden an meinem furchtbaren Hauptteil gesessen hatte, in einer Art Protest oder Manifestation meiner eigenen Tristesse den sogenannten »Morgenseiten« eine Chance. Ich, ein Stift, ein unbeschriebenes Blatt. Ich durfte nicht denken, mich nicht selbst zensieren, meine intellektuellen Behinderungen sollten die Bewegung der Hand nicht beeinträchtigen. Nichts geschah. Das Beste, was ich im Laufe dieses Tages zustande brachte, war ein kurzer Marsch zum Einkaufszentrum Triangeln.

Ach, Malmö. Was soll man noch sagen? Ich wusste ganz genau, worauf ich mich einließ. Harald wohnte ja schon dort, als wir uns kennenlernten, ich hatte also durchaus … Zeit … in Malmö verbracht. In dieser Stadt gab es nichts. Die Leere war so mächtig, dass sie an physischen Schmerz grenzte. Die Menschen *gingen* langsam, an den Kassenschlangen stand man ewig, es war mañana, mañana wie in einer rassistisch gezeichneten Serie, die in einem Land mit Hängematten und Strohhüten spielt, und wo niemand jemals irgendwie pünktlich sein muss. Ich wollte nicht ins Kaltbadehaus auf Ribbån fahren und mich mit hundert anderen Frauen nackt ausziehen – »in allen Farben, Formen, Größen!« – oder auf Möllan ein Bier trinken, oder freitagabends in eine Eckkneipe mit Karaoke gehen. Das waren aber die Dinge, die man hier machen konnte. Entweder das oder ein nettes Treffen mit der Alumni-Vereinigung der juristischen Fakultät von Lund.

Ich saß am Tisch und schnitt einen Salat klein – methodisch, langsam, ineffektiv –, als Harald zur Tür hereinplatzte. Wenn er von der Arbeit nach Hause kam, fühlte es sich immer an, als würde man ein Geschenk bekommen. Ein großes viereckiges Paket, so eins, wie es bei Donald Duck unterm Tannenbaum liegt, in rot glänzendes Papier eingeschlagen und mit einer riesigen blassgelben Rosette obendrauf. Ein Paket, das raschelt oder das man vielleicht schüttelt, oder von dem man merkt, dass es überraschenderweise leer ist.

»Gibt es hier brave Kinder?« Seine Wangen leuchteten rot, und er wirkte zufrieden mit etwas, vielleicht mit sich selbst. »Heute hat Papa harte Geschenke dabei!« Er nahm ein Baguette aus der Tüte und hielt es so, dass es direkt vor seinem Schritt aufragte. »Hat hier vielleicht jemand Lust auf etwas Hartes und Gutes? Heute steht Papas Spezial auf dem Menü!«

»Lecker«, sagte ich. »Doppeldecker?«

»Es gibt jedenfalls eine ordentliche Ladung Soße dazu, wenn du verstehst, was ich meine.« Harald gab mir einen Kuss. Er war anscheinend so in Schwung, dass ich nicht erstaunt gewesen wäre, wenn er angefangen hätte zu steppen.

»Hast du heute schon deine ADHS-Tabletten genommen?«, fragte ich, und Harald strahlte:

»Ich habe meinen ersten Klienten bekommen!«

»Glückwunsch!« Ich begann die Einkaufstaschen auszuräumen. Harald hatte zwei Liter Milch gekauft, eine Dose Kaviar, eine Schachtel frische Himbeeren, vegetarische Wurst, Mayonnaise in der Tube, Buchweizen, Becherkleie, Rosinen, Olivenöl, Fetakäse, Halloumi, ein Netz mit Zitrusfrüchten, eine Ananas sowie ungefähr anderthalb Kilo lose Süßigkeiten. Dazu zauberte er einen Strauß rosafarbener Rosen hervor. Ich roch daran.

»Danke«, sagte ich. »Die riechen nach Frühling.«

»Du riechst nach Frühling«, erwiderte Harald und umarmte mich.

»Jetzt geht's aber ab«, sagte ich. »Möchtest du was trinken? Willst du dich kurz hinsetzen?«

»Turbo«, sagte er, nachdem er ein riesiges Glas Wasser in sich hineingeschüttet hatte. »Turbo!«

»War das nicht der Hund in dieser Krimiserie, die in unserer Kindheit lief? Du weißt schon, der Typ, der auf einem Boot wohnte?«

»Snoken?«

»Ja, genau.«

»Mein neuer Klient. Turbo.«

»Hast du von dem nicht schon mal erzählt? Ist ja ein Name … den man sich merkt.«

»Yes. Er war Stammgast im juristischen Zentrum in Lund.« (Harald hatte während seines Studiums nebenbei in einer Beratungsstelle für bedürftige Menschen gearbeitet, die einen juristischen Rat brauchten – Familien mit Kindern zum Beispiel, denen die Wohnung gekündigt worden war –, er hatte in Sozialamtsakten geblättert und versucht, den Menschen zu helfen, gegen die Entscheidungen des Sozialamts Einspruch einzulegen. Ereignisse, die für ihn nicht nur irgendwelche Geschichten waren, sondern ganz ernst – und herzzerreißend.) »Er kam hauptsächlich, um zu plaudern. Manchmal brauchte er Hilfe bei irgendeinem Konflikt mit dem Sozialamt, diffuses Zeug …. Er hat immer Stories über sich selbst erzählt. Oft hat er behauptet, er hätte in den Neunzigerjahren mit Freddy Wadling Platte gemacht.«

»Und jetzt haben ihn Freddys Nachkommen wegen übler Nachrede angezeigt?«

»Nein, er sitzt einfach im Gefängnis. Turbo. *Ein Ver-*

gehen, das mit über einem Jahr Gefängnis geahndet wird, Untersuchungshaftsordnung Kap. 24 § 24, verdächtigt wegen schweren Einbruchs, Rubrik Einbruch mit Diebstahl.«

Harald rührte mit dem Zeigefinger in meinem Salat herum und schmeckte ihn mit zwei Sorten Essig und rosa Fleur de Sel ab, während er mir Turbos Geschichte erzählte, soweit die Schweigepflicht es erlaubte. Der Typ war offensichtlich eine Institution, jedenfalls verkaufte er schon so lange am Möllan Drogen, dass er bereits als Teil des Inventars betrachtet wurde, und es schien ein sehr rührendes Wiedersehen gegeben zu haben, als Harald ihm als Pflichtverteidiger zugeteilt wurde. Turbo saß im Gefängnis, weil er versucht hatte, in ein Geschäft mit Campingausrüstung einzubrechen. Harald sollte nun die Vorverhandlung zur Untersuchungshaft begleiten, und ihm zufolge hatte Turbo einfach nur ein Zelt haben wollen. Er hatte hoch und heilig geschworen, dass seine Absicht nicht gewesen sei, einen Trangia-Sturmkocher oder irgendwelche anderen Dinge mitzunehmen, um sie gegen Drogen einzutauschen, sondern er habe lediglich ein dauerhaftes Dach über dem Kopf gewollt.

»Er ist es leid, mal hier und mal da zu wohnen und auf verschiedenen Sofas herumzusurfen. Er wollte einfach nur ein Zelt klauen. Nicht zum Verkaufen, sondern um einen Ort zu haben, an dem er wohnen kann.«

»Wirklich unschuldig klingt er aber nicht«, wandte ich ein.

»Kommt drauf an, wie man das definiert.« Harald schien jetzt mit dem Salat fertig zu sein und brach sein Baguette in rustikale Stücke. Ich kannte niemanden, der

Brot so sehr liebte wie Harald. »Die Polizei hat schon ihre vorgefassten Meinungen über Turbo. Wahrscheinlich war längst klar, wie die Dinge liegen, noch bevor sie ordentlich ermittelt haben.«

»Könnte er es im Gefängnis nicht mal eine Weile nett haben? Draußen herrschen bald Minusgrade. Regelmäßiges Essen, vielleicht eine Runde Schach mit einem der anderen Insassen? Klingt doch besser, als im Zelt zu wohnen.«

»Weißt du, was ein Zelt heutzutage kostet?«

»Wird ihm ein letzter Wunsch gewährt? Eine Henkersmahlzeit?«

»Ja, bevor wir ihn auf den elektrischen Stuhl setzen.«

»Ist er eins dieser Schwarzen Schafe der Gesellschaft, mit großem Herzen und Hundeblick?« Wieso machte ich mich über Turbo lustig? Über einen obdachlosen Mann namens Turbo.

»Das hier ist immer noch nicht Ally McBeal«, erwiderte Harald. »Er muss aus dem Gefängnis raus.«

»Und wo soll er dann hin?«

»Das ist ein bisschen das Problem.«

»Angehörige? Ein Kumpel?«

»Im Moment befindet er sich sozusagen zwischen verschiedenen Wohnungen, irgendjemand wird schon ein Sofa haben, auf dem er sich mal langmachen kann. Aber es ist klar, dass er mehr braucht. Sonst wäre diese Situation ja gar nicht entstanden.«

Ich googelte planlos, welche Möglichkeiten die Stadt Malmö ihren Obdachlosen bot.

»Warum haben die denn eine Anlaufstelle für Sex und Zusammenleben? Tantra-Stellungen unter freiem Himmel?«

»Man hat auch als Wohnsitzloser Anrecht auf mehr als nur das nackte Überleben. Es ist nicht ganz dasselbe, wie mal eben um Schneiden, Färben, Föhnen zu bitten. Aber wenn er freien Zugang zu Schönheitspflege hätte, dann würde er, glaube ich, eine Pediküre bevorzugen. Er beklagt sich oft über seine Füße. Ich glaube, das hat was mit Diabetes zu tun.«

An dem Abend gingen wir gemeinsam ins Bett. Eigentlich mochte ich das nicht, aber ich dachte, es wäre vielleicht ganz gesund für mich, mal meine analen Schlafrituale »herauszufordern«. Harald schaute mich einen Moment an, dann sprang er wie ein schwerer, glücklicher Buckelwal ins Bett, ein Blaubarsch, ein Berg, und drapierte sich wie eine Gewichtsdecke auf mir – wie immer ohne darüber nachzudenken, dass er dreißig Kilo mehr wog als ich.

»Du bist so süß«, sagte er.

»Danke.«

»Manchmal, wenn ich dich sehe, denke ich *wow* …«

Ich wartete.

»… *wow*, was für ein süßes Mädchen liegt da zusammengerollt in meinem Bett!«

»Ich denke gar nichts. Du schaltest meinen inneren Monolog aus.«

4

Es war zehn nach elf und quälend offensichtlich, dass der Warteraum zu klein war, um Haralds Mama aus dem Weg zu gehen. Der ganze Flugplatz war zu klein. Und die Umgebung, in der er sich befand, zu groß. Ich merkte, dass ich versehentlich ein langes, weiches Stück von meinem Fingernagel abgerissen hatte und bedeckte die brennende Haut, die sich darunter verborgen hatte. Hatte ich einen Plan B? Plan C? Ein Taxi, ein Bolt? Ich sah in der App nach: *In diesem Teil des Landes gibt es Bolt noch nicht!* Mein Koffer hatte Rollen, ich würde ihn nicht durch schneebedeckte Wälder und steile Berge hinaufzerren können. Nicht, dass ich überhaupt dazu imstande gewesen wäre. Ich war schließlich kein verdammter Pfadfinder. Ich fühlte mich psychisch krank und sah ein flammendes Feuer um sie, als wäre sie ein uralter Heizkörper. Würde ich für Harald über glühende Kohlen gehen? Vermutlich nicht.

Auf dem Flugplatz schien die Zeit stillzustehen. Drei Stuhlreihen standen im rechten Winkel zur Wand, die ein enormes Panoramafenster bildete. Genauso gut hätte das hier ein Bahnhof in einem gottverlassenen Kaff sein können, 1993 im Stil der Zeit renoviert, oder die wirklichkeitsnahe Kulisse zu … mir fiel kein gutes Theaterstück ein. Vielleicht das von Lars Norén, in dem eine tote Person auf einen Zug wartet? Es gab eine kleine Cafeteria mit Plastiktisch und Metallstühlen, nachlässig zusammengeschoben vor einem Tresen, der in Plastikfolie eingepackte Butterbrote, Kokoskugeln von Delicato, Marzipanröllchen von Delicato und Marzipanteilchen von Delicato feilbot – jemand hatte hier definitiv einen Lieblingslieferanten –, sowie Würstchen im Brot. Der Grilldunst hing schwer in der Luft. Es war zu früh am Tag für gegrillte Würstchen, aber nicht zu früh für eiskaltes Entsetzen. Manchmal wachte man ja von einem Albtraum auch auf.

Vor dem Tresen stand eine Gruppe junger Männer, muskulös und kurzhaarig, die viel zu gute Laune hatten. Vielleicht eine Hockeymannschaft oder eine Gang, die sich seit der Mittelstufe kannte, auf dem Weg zu einem Junggesellenabschied, zu dem garantiert Plastiktitten und eine Stripperin in einer Torte gehörten – unschuldige Dinge, die in biergetränkte, tränenreiche Erinnerungen aus der Schulzeit münden würden, etwa wie sie damals den Kopf von jemand in die Kloschüssel gedrückt hatten. Womöglich würde einer von ihnen, vielleicht der Bräutigam, sich unterwegs ein krankes Tattoo zulegen.

Ansonsten war der Warteraum ziemlich leer, an der Grenze zu öde. Eine Familie mit kleinen Kindern: ein, zwei, nein, vier Kinder unterschiedlichen Alters und in verschiedenen Stadien des Jammerns und Kämpfens um Zimtschnecken oder Bildschirme. Eine Frau in einer roten Jacke, aus der sie sich schnaubend herausschälte. Ein Mann mit Holzfällerhemd – anonyme Figuren, Statisten. Oft fühlte ich mich selbst wie eine Hintergrundgestalt ohne Text. Im Abspann würde dann stehen: NICHTSSAGENDE FRAU UM DIE DREISSIG, gefolgt von meinem falsch geschriebenen Namen. Das Holzfällerhemd und ich waren nur Füllsel in einem schwedischen Low-Budget-Film. Vielleicht verhielt es sich wirklich so: Vielleicht würde ich die nächsten Stunden wie jemand verbringen, der eigentlich gar nicht da war.

Haralds Mama starrte ins Leere. Entweder ein tranceähnlicher Zustand oder ein vom Gesundheitsministerium empfohlener Moment des Innehaltens. Wollte ich ihren weißen Schädel mit einem Pfeil durchbohren? Selbst wenn sie mucksmäuschenstill saß, strahlte sie verbissene Entschlossenheit aus. Ein Teil des Urgebirges. Ich weckte ihre Aufmerksamkeit, indem ich an ihren Stuhl stieß. Vermutlich unfreiwillig.

»Da bist du ja wieder«, sagte sie. »Es ist wirklich gut, dass du hier bist. Ich wollte dich ohnehin gern treffen. Aber das scheint nicht unbedingt auf Gegenseitigkeit zu beruhen.«

Ich erwiderte nichts. Statisten mit Text müssten logischerweise eine höhere Gage bekommen. Das hier aber war offensichtlich ein unbezahlter Gig.

»Ich hatte dich – euch – schließlich im Oktober eingeladen, aber ich verstehe natürlich, dass du abgesagt hast. Ganz alleine in unsere große Familie zu kommen! Bengt und Johan und die Kinder. Und nicht nur meine eigenen, auch noch die von Johans Frau … Bonuskinder nennt man die jetzt wahrscheinlich. Da war echt was los.«

»Ich wäre mit Harald gekommen. Aber nicht allein.«

»Nach allem, was passiert ist, verstehe ich wirklich, dass es sich für dich zu belastend anfühlte, mutterseelenallein mit uns zu sein. Vielleicht sogar erschreckend.« Jetzt tagträumte sie. »Auf die *Insel* rauszukommen, ohne jemand anders als nur sich selbst dabeizuhaben. Das muss sich belastend anfühlen. Das hätte ja sogar ich wahrscheinlich als belastend empfunden.«

Ich musterte ihr Gesicht und versuchte es mir einzuprägen, wusste aber, dass mir das nicht gelingen würde. Generationen von Augen-Make-up, fettiger Stift um alles herum. Augenbrauen – uninteressant – Lippenstift fuchsia. Eine verwegene Wahl. Rebellisch? Nein, ich las zu viel in dieses alltägliche Gesicht mittleren Alters hinein. Als ich Kind war, hat man Menschen um die 75 definitiv nicht als »mittleren Alters« bezeichnet. Die waren uralt, hatten Gebiss und Buckel. Langzeitpflege und verrutschte Perücke.

»Aber jetzt haben wir ja doch ein Treffen hingekriegt.«

Ich suchte nach Worten, irgendwelchen Worten, vielleicht lauerte hinten in der Mundhöhle sogar ein ganzer Satz. Backenzähne, einen Weisheitszahn rausoperieren, Narkose konnten wir uns nicht leisten – *Wir wurden rittlings über dem Grab geboren.*

Ich saß in einem unglücklichen Winkel zum Fenster. Die Sonne schien aggressiv auf den Schnee und blendete mich. Ich schwitzte noch mehr. Hatte ich Angst, oder war ich rasend vor Zorn?

»Dann erkläre ich dir am besten gleich, wie die Dinge liegen. Harald und ich nehmen das Auto runter zur *Insel*, damit er sich wiederfinden und darauf vorbereiten kann, zu seiner Arbeit zurückzukehren.«

Diese Gefühle standen nicht im Widerspruch zueinander.

»Hast du das mit Harald besprochen?«

»Ja, mir ist schon klar, dass so ein Behandlungsheim anstrengend sein kann. Es würde jeden fertigmachen, alles über seine Kindheit zu erzählen, seine Eltern und warum man sich den Drogen zugewandt hat …«

»Dass man sich den Drogen zugewandt hat und nicht seiner eigenen Familie«, beendete ich fürsorglich den Satz für sie.

»Das wäre sogar für einen kerngesunden Menschen anstrengend. Auf der anderen Seite nehmen die doch eine Unmenge Geld dafür, da sollte es schon etwas bringen.«

Ich wies sie nicht darauf hin, dass weder sie noch die Steuerzahler für diese Kosten aufkamen.

»Ich gehe davon aus, dass die sich noch mehr anstrengen, als nur darüber zu reden, wie schwer Haralds Kindheit war. Auch wenn es dazu wohl einiges zu sagen gäbe!« Ich lachte. Ich scherzte. Ich machte mich lustig, ich war ein Clown. Und ich fuhr fort: »Diese Behandlungsmethode ist heutzutage jedenfalls nicht mehr ganz die erste Wahl, wenn jemand sein Leben langsam und zielgerichtet mit rezeptpflichtigen Narkotika zerstört.«

»Also, ›langsam und zielgerichtet‹ finde ich jetzt ein bisschen hart ausgedrückt. Dinge sind falsch gelaufen. Dinge sind schiefgegangen. Aber seinen Job hat er immerhin nicht verloren.«

»Er hat seinen Führerschein verloren.«

»Natürlich, aber das ist ja nichts, was man nicht wiederbeschaffen könnte. Glaubst du, ich hätte jedes Mal einen Führerschein gehabt, wenn ich mich ins Auto gesetzt habe?« Sie gluckste. Dann, verärgert: »Selbstverständlich ist mir klar, dass es hier nicht nur um den Führerschein geht. Ich weiß, dass er es die letzten sechs Monate ganz schlimm gehabt hat und ich ihm dabei nicht helfen konnte. Ihm nicht helfen *durfte*. Aber ich will mal ganz pragmatisch sein: Jetzt wird er professionell behandelt. Von jemandem, der weiß, wie sowohl ADHS als auch Bipolare Störung funktionieren.«

»Und Drogen«, ergänzte ich.

»Ich glaube, es ist sehr wichtig, dass er sich nach diesem Behandlungs-Trip ordentlich ausruhen kann. Und da ist es doch offensichtlich keine gute Idee, wieder in dieses erbärmliche Loch in Malmö zurückzukehren, in das ich kaum mal habe reinsehen dürfen. Ich habe ja nicht die geringste Ahnung, wie er da zuletzt gelebt hat – womöglich im reinsten *Elend* …«

Ich schloss die Augen und visualisierte das friedliche Bild unseres Schlafzimmers: raschelnde Laken, Blumen auf dem Nachttisch. Jetzt, in diesem Moment, dürfte die Sonne scheu und verführerisch auf dem Fensterbrett warten. Hatte Alia schon ihre erste Morgenzigarette geraucht?

»… in Schmutz und Ungeziefer und ohne Routinen. In Malmö hat er doch nichts anderes als die Drogen.«

Dass Harald in Malmö einen Job, eine Partnerin und ein umfassendes soziales Netzwerk hatte, war ihr anscheinend völlig entgangen.

»Ich will dir keinen Vorwurf machen, aber es ist ja wohl ganz klar nicht meine Schuld, dass Harald in einer Abhängigkeit gelandet ist. Ich nehme ihn mit auf die *Insel*, und dann kann er sich mal ordentlich ausruhen.«

Ich versuchte interessant zu finden, dass ihre Pflege

Marke Eigenbau das einzig Wahre sein sollte, um Harald wieder auf die richtige Spur zu bringen.

»Wir werden nach Stockholm fahren. Das weißt du.«

»Harald und ich fahren direkt zur *Insel.* Du und ich, wir wollen doch beide eigentlich nur sein Bestes.«

Für einen Moment schwankte alles – konnte es sein, dass Harald das alles hier geplant hatte? Vielleicht hatte er es sogar erwähnt, während ich mit den Gedanken ganz woanders gewesen war. *Es wäre so schön, wenn ihr euch treffen könntet, Mama und du.* Wir waren längst weit entfernt von seinen früheren, mit Zuckerwatte umsponnenen Ideen von gemeinsamen Weihnachtsfesten und langen, faulen Ferienwochen im Niemandsland, aber manchmal wurde er immer noch von einem unbegreiflichen Verlangen danach getrieben, wir drei könnten uns in ein und demselben Raum aufhalten. Jemand musste ihm mal erklären, was emotionale Arbeit eigentlich bedeutet. Nein. Harald wusste, was emotionale Arbeit bedeutete. Er konnte sie einfach nur nicht erkennen, wenn sie praktisch geleistet wurde.

Wonach Haralds pervertiertes Herz sich auch immer sehnte, so doch sicher nicht danach, dass seine Mutter hier wie ein Springteufel auftauchte und uns in den Urlaub begleitete. Oder dass wir drei uns fröhlich im Niemandsland wiedervereinten, nur damit ich Mutter und Sohn hinterherwinken konnte, wenn sie anschließend gen Süden davonzuckelten. Ich hatte am Abend zuvor erst mit ihm gesprochen, und seine Stimme hatte sanft und sehnsuchtsvoll geklungen. Da gestand er mir, dass er eines meiner T-Shirts dabei hatte und in den vergangenen Wochen im Bett immer daran gerochen hatte. Ich war verlegen, gestand aber nicht, dass ich dasselbe getan hatte.

»Ist Harald denn über diesen kleinen Reiseplan informiert?«

»Jetzt werden es aber ein bisschen viele Fragen«, sagte Haralds Mama lachend. Ich habe noch nie jemanden erlebt, der so viel über Dinge lachte, die nicht lustig waren. »Hier geht es um ein privates Familienarrangement.« Sie lächelte. »Harald ist sehr verletzlich, und das ja schon seit einer ganzen Weile.« Sie machte ein gequältes Gesicht. »Letztes Jahr, mit dem Examen, da im Mai, das war eine große Belastung für ihn … Habt ihr euch da nicht gerade kennengelernt?«

Ja, genau, im Mai vorigen Jahres, da hat dein Sohn mich zum ersten Mal in Grund und Boden gefickt.

Haralds Mama seufzte. »Ich mache mir gar nichts vor, ich habe da einen Fehler gemacht, das gebe ich gern zu. Ich war einfach nicht präsent genug. Haralds Examensarbeit und dann Johans Frau, die genau in den Wochen niederkommen sollte, da kam alles auf einmal, Symphysenlockerung – manche Frauen sind einfach so –, also musste ich alles stehen und liegen lassen und dahin fahren. Das war eine Fehlpriorisierung meinerseits. Harald brauchte mich damals viel dringender, und er braucht mich jetzt.«

»Und was meinst du, warum er dann mich hierhergebeten hat?«

»Also, das kann ich dir nicht sagen.«

»Sowohl mündlich als auch schriftlich. Er hat mir sogar

ein Flugticket geschenkt. Oder zwei, um genau zu sein. Eines hierher und eins nach Stockholm. Das war also schon sehr konkret, nämlich ganz genau so.«

»Er hat kein Verhältnis zu Geld.«

»Wir haben auch telefoniert.« Ich merkte, wie ich langsam den Finger in eine altmodische Wählscheibe steckte, ihn herumfahren ließ und dann den imaginären Hörer ans Ohr hob. »Bla, bla, bla.«

»Telefoniert?« Auch Haralds Mama ballte die Faust und hob sie neben ihren Kopf. Wir sahen aus wie die Parodie von Menschen, die Gehörlose parodieren. Auch dies ein Spektakel, das niemals lustig sein kann.

»Ich glaube, er hat zu hundert Prozent klar ausgesprochen, dass er und ich heute Nachmittag zusammen von hier wegfahren werden«, sagte ich.

»Also, meine Güte.«

Ich starrte sie an. Es war nicht, was sie sagte, es war der Tonfall. An der Grenze zum Ekel.

»Jetzt hör aber mal auf.«

Die Herrschertechnik des Schweigens schien immer noch wirkungsvoll zu sein.

»Ja, du wirst wieder von hier wegfahren. Und Harald und ich werden das auch.«

»Harald und ich werden um halb drei das Flugzeug nach Stockholm nehmen.«

»Nein, also echt …« Sie schüttelte den Kopf mit derselben resignierten Verärgerung, wie wenn die Bahn mal wieder einen Zug gestrichen hat. »Das geht jetzt wirklich zu weit. Ich kenne dich ja inzwischen, aber ich wusste nicht, dass du so wenig Scham im Leib hast.« Sie sagte das in ganz normalem Gesprächston. Sie brüllte nicht, sie spuckte nicht im Zorn irgendetwas aus, wofür sie hinterher um Entschuldigung hätte bitten müssen.

»Aber ich bin nun mal Haralds Mama, und ich habe einen Entschluss gefasst, weil ich sehr um sein Wohlergehen besorgt bin. Und irgendwie habe ich wohl gedacht, dass du das auch bist.«

War es eine Form des avancierten selbstverletzenden Verhaltens, dass ich in dem Moment nicht einfach aufstand und ging?

»Ich habe dich nie um viel gebeten, da wirst du mir ja wohl zustimmen. Aber jetzt bin ich hier, um mich um *meinen* Sohn zu kümmern.«

Es war interessant, dass sie die Betonung auf das Wort *meinen* legte. Schließlich beanspruchte ich ja gar nicht Haralds Mutter zu sein.

»Ich glaube, es ist am besten, wenn wir Harald anrufen, um diese Sache direkt mit ihm zu klären«, sagte ich.

Seit er diesen Flugplatz vor anderthalb Monaten verlassen hatte, befand sich Harald in einem Funkloch. In der Klinik gab es einen Festnetzanschluss, aber wenn ihm inzwischen der Aufbruch gelungen war, dann gab es keine Möglichkeit mehr, ihn zu erreichen. Wir könnten natürlich Brieftauben schicken. Ich hatte auch bereits vor mir gesehen, wie er zusammen mit einem Dutzend anderer Männer mit Helm, Schutzweste und verbissener Miene in den Helikopter sprang, militärgrün und mit dem roten Kreuz der Sanitäter auf weißem Grund. Ein Pilot mit wettergegerbtem Gesicht nickte dem Copiloten kurz zu, dann übertönte der Lärm der Rotorblätter alles andere. Der Helikopter hob vom Boden ab und schwebte über schneebedeckte Landschaft, immer weiter und weiter weg von der Zivilisation. Die Bilder passten nicht so ganz, aber sie entsprangen ja auch nur meiner Fantasie. Niemand konnte überprüfen, wie viel sie mit der Wirklichkeit zu tun hatten. Wenn ich über die Sache nachdachte, kam es mir vor wie ein Trick: kein Handynetz, die Rehaklinik an der norwegischen Grenze … aber es war zu melodramatisch, als dass Harald es hätte zusammenspinnen können. Dasselbe galt für den Vorfall mit der Polizei und dem, was tatsächlich auf seiner Arbeit passiert war. Ich hatte beschlossen, das nicht weiter zu erforschen. Vielleicht aus Desinteresse, vielleicht aber auch aus Angst, etwas herauszufinden, was mich endgültig die Nerven verlieren ließ.

»Es ist wohl am besten, wenn wir versuchen, ihn sofort zu erreichen. Was meinst du?« Mein Tonfall war erstaunlich autoritär. Alle unsere Sätze überraschten mich. Und sie nickte tatsächlich.

»Dann lass uns das hier mal klären.« Sie ließ es so klingen, als wäre es ihre eigene Idee. »Das kann ja nicht so schwer sein.«

»Selbstverständlich«, erwiderte ich. »Ich meine: nicht.«

Zu meiner Verwunderung erhob sich Haralds Mama und schob zu einer Raucher-Telefonzelle ab, die ich zuvor nicht bemerkt hatte. Es musste eine der letzten ihrer Art sein, ein Relikt aus den 1990er-Jahren. Telefonzellen, Wendel-Telefonkabel, Ferngespräche sind teuer – sie ging, wie es alte Menschen tun, o-beinig und mit schiefer Hüfte, die Jeans hing ihr schlaff über dem platten Hintern.

Als ich noch jung und dumm war, hatte ich versucht sie für mich einzunehmen, indem ich demonstrierte, dass Freigeister wie sie und ich doch über dem modernen Gezeter um das Rauchen von Zigaretten stünden. Harald hatte mir erzählt, dass Rauchen ein Teil ihrer verdammt übergriffigen Attitüde war, und dass sie von der alten Schule sei: *Na klar gönnen wir uns eine Fluppe, wenn hier 'ne knorke Fête angesagt ist!* Sie hatte die Zigarette jedoch abgelehnt, und ich blieb alleine sitzen, während der Rauch sich aus meiner Nase ringelte.

Jetzt stand sie mit dem Rücken zu mir, eingeklemmt hinter einer von der Zeit ausgeblichenen Telefonzellentür. Es war unmöglich zu erkennen, was sie da tat. Aus irgendeinem finsteren Grund machte es mir Spaß, dass sie Harald nicht würde erreichen können. Es zog in meinem Magen – nach Essen, nach Rache oder danach, fies und gemein sein zu dürfen. Oder aus Angst, nehme ich an. Vor der Verachtung in ihrem Blick.

Ich sehnte mich nach Hause. Allein in meinem Schlafzimmer zu sein, der gedämpfte Schein der Nachttischlampe, ein Wasserglas neben mir, der Duft nach Lavendel aus den Kissen, ein fürsorgliches Gute Nacht zu mir selbst. Haralds Mama wippte von einer Seite zur anderen. War es physisch möglich, dass sie da drinnen gefangen war?

Deine Mutter ist hier, schrieb ich an Harald. *HIER*.

Nein, das genügte nicht. Ich versuchte es noch einmal mit der linken Hand.

Kanadas große Wälder. Bären.
Preiselbeeren, Stille.
Ein Loch, Feuer, ich.
Wir baden im Bach,
Sterne, Lachs, Mond.
Es ist genau wie zu Hause! Wie geht es Berta?
Hier ist es still und ruhig!
/Du weißt, wer ☺

Nein. Eine dieser verfluchten Morgenseiten im Kopf zu komponieren funktionierte nicht. Ich brauchte ein sauberes Blatt Papier und eine unkontrollierte linke Hand. Ich löschte es.

Die SMS ging natürlich nicht durch. Ich ließ das Display nicht aus den Augen, apathisch wie ein Flüchtlingskind, während Haralds Mama wieder zurückgedampft kam. Oder vielleicht war ich es auch, die vor Wut vibrierte. Zwei Gefühle, die sich effektiv aneinander entzündeten.

»Jetzt geht Harald nicht ran, das ist ja so typisch! Wahrscheinlich ist er mit irgendwas beschäftigt. Bestimmt packt er. Wenn niemand ihm hilft, macht er das immer in letzter Minute. Vielleicht frühstückt er auch.« Sie lächelte sehnsüchtig und fuhr fort: »Oder er verabschiedet sich von all den neuen Kumpels, die er da oben kennengelernt hat. Den Jungs.«

Dachte sie, er wäre im Ferienlager gewesen?

»Oder er ist auf dem Klo«, schlug ich vor.

»Das nun ganz sicher nicht. Er geht immer ran, wenn ich anrufe.«

Ganz klar eine Lüge.

»Auch wenn er auf dem Klo hockt?«

»Wenn ich anrufe, dann geht er einfach ran.«

Harald litt an IBS.

»Das ist sehr nett von ihm.«

Reizdarm.

»Ja, ich glaube nicht, dass irgendwas passiert ist, zumindest nichts Ernstes.«

Gase.

»Nein, wahrscheinlich nicht.«

»Dann müssen wir einfach warten!«

Verstopfung.

Was anderes gab es wirklich nicht zu tun.

»Bis wir von Harald hören, meine ich. Wenn du nicht einfach schon mal losfahren willst.«

Haralds Mama sah aus, als würde sie kurz nachdenken, um dann einen exekutiven Beschluss zu fassen.

»Vielleicht ist es ja auch ganz gut, dass wir hier mal Zeit miteinander haben. Wie du weißt, finde ich es wichtig, Sachen zu klären. Und dass man aufrichtig zueinander ist.«

Waren Flugplätze nicht ein typischer Ort für Geiselnahmen?

»Ich ziehe es vor, die Dinge beim Namen zu nennen.«

Aber vielleicht war das eher etwas, was bei Konflikten auf internationalem Niveau passierte.

»Direktheit.«

Das hatte ich schon mal gehört. Plötzlich juckte es mich am ganzen Körper.

»So kommt man voran.«

Flugplätze fühlten sich auch wie passende Orte für Selbstmordattentäter an.

»Womit voran?« Das klang zu spitz. »Ich meine, denkst du da an was Bestimmtes?«

Sie sah gekränkt und verblüfft aus.

»Wenn wir auf irgendeine Weise zusammen existieren wollen, dann müssen wir diesen Konflikt wirklich lösen.«

Was für einen Konflikt denn? Dass wir uns nicht ausstehen konnten?

»So habe ich es jedenfalls in meinem ganzen Arbeitsleben gehalten, und auch privat: *Wenn man nicht redet, dann löst man gar nichts.* Schweigen tötet. Man kann Dinge nicht wegschweigen. Die Probleme verschwinden nicht, nur weil man nicht drüber redet.«

Ich sagte nichts.

»Die Schweigekultur schafft Unruhe und Unsicherheit. Es ist wichtig, dass man weiß, woran man beim anderen ist, sage ich immer. Ehrlichkeit.«

»Da ist bestimmt was dran.« Nein.

»Ja, ist es«, sagte sie nachdenklich. »Und nun haben wir ja zufällig Zeit und einen Ort für dieses Gespräch.«

Ich zog den Stuhl über den Fußboden und ertränkte das Ende ihres Satzes in einem grässlichen Kreischen. Eine Minute verging.

»Ich fand es jedenfalls schon mal gut, dass du wenigstens um Entschuldigung gebeten hast.«

Das hatte ich vergessen. Ich hatte tatsächlich um Entschuldigung gebeten.

*

»Sollen wir erst mal einen Kaffee trinken? Bevor wir uns den ernsten Dingen zuwenden?« Haralds Mama räusperte sich und sah aus, als wolle sie demonstrativ ein paar Unterlagen oder eine Mappe hervorkramen.

»Das wäre gut«, sagte ich. Keine von uns rührte sich. Offensichtlich hatte niemand sich die Zeit genommen, eine Tagesordnung festzulegen und die Arbeitsverteilung vorzunehmen: Konferenzleitung, Assistenz, aufmerksames Publikum, Person, die Folgefragen stellt.

»Das würde jetzt doch guttun!« Sie klang aufmunternd.

Ich resignierte.

»Für mich schwarz. Ohne Zucker!«, rief sie mir nach.

Ich selbst nehme ihn mit einer Prise Salz. Ob ich wohl einen Shot bekommen konnte? Würde es hier möglicherweise einen kleinen Shot geben? Die Frau hinterm Tresen sah aus, als würde sie seit der Eröffnung des Flugplatzes im Jahr 1993 hier stehen. Jeden Tag.

»Ist das alles?«, fragte sie in ärgerlichem Ton als hätte sie mich das schon ein paarmal gefragt.

»Gibt es bei Ihnen vielleicht einen kleinen Shot? Einen Kurzen, einen Schnaps?«

»Wir schenken Kaffee, Bier und Wein aus. Wollen Sie Bier und Wein, oder genügt der Kaffee?«

Als ich das Tablett vor Haralds Mama abstellte, war ich sehr zufrieden mit mir selbst. Bier, belegte Brote, süße Stückchen. Ein Friedensangebot.

»Fast wie ein kleines Mittagessen! Senf und Weihnachtsschinken!«, verkündete ich und schob ihr ein in Plastik gewickeltes Monstrum rüber.

»Aha. Ja, dann sage ich mal danke.«

Während der Mittagspause schwiegen wir entschlossen. Sie kaute. Ich fingerte an meinem Käsebrötchen herum und sah, wie sie sich die Finger ableckte, nachdem sie mit ihrem Brot fertig war. Daumen, Zeigefinger, Mittelfinger, Ringfinger und dann: hinein in den Mund mit dem ganzen kleinen Finger. Anschließend lehnte sie sich mit einem Seufzer zurück. Ich merkte, dass sie meinen Kopf nicht aus den Augen ließ, als würde sie nach etwas suchen.

»Du siehst irgendwie anders aus«, meinte sie und klang unzufrieden.

»Danke«, erwiderte ich.

»Da ist wirklich irgendwas passiert.«

Ich hoffte, dass sie mich nicht bitten würde, mich ins Profil zu setzen oder mich fragte, wie viel ich wöge. »Hast du angefangen zu trainieren?«

Ich habe endlich angefangen, mir Heroin in die Augäpfel zu spritzen.

»Es sind die Haare«, sagte ich schließlich. Ich weiß nicht, warum mir das Geständnis so schwerfiel. Ich wollte es wirklich nicht zugeben.

Am vorangegangenen Abend hatte ich getan, was jede Frau in einer Krise tut, diese magische Handlung, die angeblich zu einer persönlichen Entwicklung und Veränderung führt: Ich ging und ließ mir die Haare schneiden. Meine Haare waren lang, widerspenstig und sehr dunkel, fast schwarz. Ich zeigte der Friseurin das Bild einer indisch-amerikanischen Frau um die dreißig. Sie war süß, entschieden süßer als ich, und ich hoffte, dass die Friseurin nicht glaubte, ich wäre so vermessen zu denken, dass eine neue Frisur mich ebenso schön machen würde. Die Frau auf dem Bild hieß Sneha Anne Philip und war die Einzige, die am 11. September 2001 verschwunden war, ohne dass man hinterher irgendwelche Spuren von ihr gefunden hätte. Es gab vage Indizien, die darauf hindeuteten, dass sie in die brennenden Türme gerannt war, um Leben zu retten, während andere meinten, ihr Verschwinden habe überhaupt nichts mit der Katastrophe zu tun gehabt. Wieder andere glaubten, sie hätte die Gelegenheit genutzt, aus New York abzuhauen und sich irgendwo anders ein neues Leben zu organisieren, einen neuen Pass, ein neues Aussehen. Es war ein etwas morbides Vorbild, doch da die Friseurin nicht wusste, um wen es sich handelte, nahm ich an, dass es egal war. Die Friseurin zog nur etwas prüfend an meinem Haar, als säße es nicht fest auf meinem Kopf. In ihren Händen war ich eine Puppe, so eine, die direkt unterhalb der Schultern aufhört und keine Pupillen hat.

»Ihr Haar ist ziemlich dick«, sagte sie zögernd. »Aber das kriegen wir schon hin! Wollen Sie wirklich, dass ich es auf Kinnlänge kürze? Da muss dann ja schon einiges runter.«

»Deshalb bin ich hierhergekommen. Um mir Haare abschneiden zu lassen.«

»Sind Sie ganz sicher, *meine Liebe*?«

Solche Sachen ließen mein Heimweh aufflammen – in Stockholm würde niemand so etwas sagen. *Meine Liebe.* Da war immer alles rein Business und kein Vergnügen. Ich zeigte erneut auf das Bild.

»Sie scheinen auf jeden Fall die richtige Haarqualität dafür zu haben. Genau die passende Länge, um hin und wieder ein paar zusätzliche Wellen reinzuföhnen, es fällt richtig schön.«

Ich hörte ihr nicht mehr zu. Und ging anschließend mit einem wippenden Pagenschnitt davon.

Haralds Mama glotzte weiter.

»Kannst du den Kopf mal ein bisschen drehen? So, dass man das da hinten sieht?«

Ich rührte mich nicht.

»Sieht aus, als wäre es ganz schön über den kleinen Fleck da rübergewachsen. Über die Wunde. Obwohl, jetzt ist es ja eine Narbe, oder?«

Ich hatte keine Lust, nachzufühlen.

»Und all das Blut. Es tut mir so leid, dass Harald das mitansehen musste.«

Mir auch.

»Ich hatte mal eine Freundin, die ist jetzt natürlich tot, und deren Epilepsie – also, das waren wirklich schreckliche Anfälle. Über so was hat man damals ja überhaupt nicht geredet. Total tabu.«

»So wie Scheidungen. Psychische Krankheiten. Missbrauch innerhalb der Familie.«

Haralds Mama trank von ihrem Bier.

»Jeder Mensch kann irgendwann im Leben mal einen Krampfanfall kriegen. Das ist wie Psychosen. Wenn man es am wenigsten ahnt. Peng.«

»Na, dann war es ja verdammtes Glück, dass wir dabei waren!«

Der Traum eines jeden Menschen: nach einem tonisch-klonischen Anfall wieder zu Bewusstsein zu kommen, und das Erste, was man sieht, ist das Gesicht von Haralds Mama.

»Aber um die Haare ist es schade, das muss ich sagen. Du hast sie ja wahrscheinlich deshalb abschneiden lassen, oder?« Sie nickte, ohne meinen Pagenkopf aus dem Blick zu lassen. »Du hattest so viele Haare. Uiuiui, was für lange Haare! Du konntest ja schon drauf sitzen …«

»Selbst fährst du ja eher den kurzen Stil«, erwiderte ich. Sie hatte diesen formlosen Schnitt, der obligatorisch für Frauen über siebzig zu sein scheint. »Damit du dich nicht aus Versehen draufsetzt?«

»Ist halt praktisch so.« Sie gab sich ungerührt. »Man muss es nur waschen, mehr nicht.«

Dieses Gesprächsthema war jetzt also erschöpft.

»Wie geht es dir denn sonst so?«, fragte ich und merkte, wie ich den Atem anhielt. Vielleicht war es jetzt gut, den Körper bis aufs Äußerste zu kontrollieren. Wenn ich ihm für einen kurzen Augenblick alle lebensnotwendigen Funktionen versagte …

»Ich bin ja grade in Rente gegangen, wie du weißt«, sagte Haralds Mama vorwurfsvoll.

»Es muss schrecklich sein, nicht mehr gebraucht zu werden. Seinen Platz im Dasein zu verlieren.«

Sie verzog den Mund. Es war faszinierend: Er schnürte sich zusammen wie ein Lederbeutel mit Zugband. Was würde passieren, wenn ich sie küsste? Jetzt gingen mir eindeutig zu viele Gedanken durch den Kopf. Wie würde sie riechen? Waschmittel, Kampfschweiß.

»Ich würde absolut nicht sagen, dass ich nicht mehr gebraucht werde. Ich springe ja auch immer mal wieder ein. Hier und da ein paar zusätzliche Stunden.«

»Es ist ja nicht so, dass man aufhört zu leben nur weil man alt wird. Heutzutage nicht mehr. Finde ich zumindest.«

»Außerdem engagiere ich mich im Kampf gegen die Verdichtung der Stadt. Wir brauchen unsere Grünflächen. In der Gruppe bin ich so ziemlich das Zentrum. Die Spinne im Netz nennen sie mich!« Offensichtlich wollte sie gern mehr von Häusern erzählen, die abgerissen, und Einkaufszentren, die gebaut werden sollten.

»Da geht es schlichtweg nur um Kommerz. Weg mit den Parks, her mit Wayne's Coffee! Aber Linköping darf nicht Stockholm werden. Für mich als alte FNL-erin ist es unmöglich, nicht zu reagieren, wenn so was passiert.«

»Bestimmt«, erwiderte ich. Der Himmel, da draußen war wirklich viel zu blau, dienstagsblau, eine Einladung zu Wanderungen und Schulausflügen auf Skiern im Hellasgården. Ich sah keine Flugzeuge, keine verwischten weißen Streifen am Himmel. Nichts deutete darauf hin, dass dieser Flugplatz etwas anderes war als eine Endstation. Man müsste alles um ihn herum verdichten, jeden einzelnen Quadratzentimeter mit Einkaufszentren, Parkhäusern, Starbucks und einem Meer von Transportmitteln bedecken. E-Bikes, Hundeschlitten.

»Und dann ist da ja noch meine künstlerische Tätigkeit. Die Keramik. Also ich habe wirklich immer etwas zu tun. In letzter Zeit habe ich mich an eine neue Technik herangearbeitet. Roter Lehm. Unglaublich spannend.«

Wir hatten mehrere »Werke« von Haralds Mama zu

Hause. Die Großzügigkeit, die ich empfunden hatte, als ich Harald gestattete, zwei unförmige Schalen auf dem Fensterbrett zu platzieren, war in meinem Leben bis dato einzigartig gewesen.

»In den kommenden Monaten habe ich mehrere Ausstellungen. In der Galerie machen sie ziemlich Druck. Die Nachfrage ist echt heftig.«

»Da musst du ja wirklich ein hohes Produktionstempo halten«, stimmte ich ein.

Es war inzwischen fast halb eins. Die verdammte Sonne würde bald schon wieder untergehen.

»Die Leute kaufen ja ziemlich viel, und da komme ich natürlich ins Bild. Jeder nach seinen Fähigkeiten, jedem nach seinen Bedürfnissen.«

Das war doch genau, was Max gemeint hatte: Kunsthandwerk als wichtiges Kugellager, um die Gesellschaft am Laufen zu halten.

»Und als Mutter geht man ja sowieso nie in Rente. Man wird *immer* gebraucht. Das ist eine lebenslange Aufgabe.«

»Das hätte mal jemand meiner Mutter sagen sollen«, erwiderte ich und lachte. Ich zog den Witz noch etwas in die Länge. Ha, ha. »Die hat sich frühpensionieren lassen, könnte man sagen.«

Haralds Mama lachte nicht.

»Eine Mutter kann nicht alles tun«, sagte sie. Sie begann mit der Papierserviette auf ihrem Tablett herumzutupfen. »Nur fast. Natürlich gibt es auch hoffnungslose Fälle. Manche Menschen wollen sich nicht ändern. Die haben einfach nicht die Kapazität dafür.« Sie schniefte – ich habe Menschen mit merklichen Erkältungen schon immer gehasst –, richtete den Rücken auf und lehnte sich auf dem Plastikstuhl zurück. Und plötzlich stimmte sie laut und mit fester Stimme ein Lied an.

»Stoppt das Parkhaus, stoppt das Parkhaus, keine Autos wollen wir! Stoppt das Parkhaus, stoppt das Parkhaus! Autos sollen weg von hier!« Alles war möglich. Sie rülpste. »So haben wir in den Siebzigerjahren gesungen.«

Ich kapierte nicht, was dieser Albtraum von mir wollte. Er konnte mir nichts beibringen, was ich nicht ohnehin schon wusste: dass die Welt um einen herum durch Ungewissheit bestimmt ist und ein großer Teil der Zeit dafür draufgeht, das Unbekannte zu parieren.

5

Vielleicht wäre alles anders gewesen, wenn Haralds Mama und ich schon bevor alles das passierte eine Beziehung gehabt hätten, wenn wir einander schon Freundschaftsbändchen geknüpft, Rezepte ausgetauscht und gemeinsam über entzückende Fotos von Harald in Windeln, auf dem Roller oder nach einem Fußballmatch mit zur Siegergeste erhobenen Armen gelacht hätten.

Seit unserer ersten Begegnung, die natürlich auf der *Insel* stattgefunden hatte, waren etwa anderthalb Jahre vergangen. Wie alle Menschen, die eine Datsche, ein Sommerhaus, einen Schrebergarten oder eine windschiefe Kate mitten im Niemandsland besitzen, liebten Harald und seine Familie die *Insel* mit hingebungsvoller Begeisterung. Das Leben dort waren endlose Sommerferien, der Rest des Jahres Nebensache – die *Insel* war nicht nur ihr Platz auf Erden, sie war *der Platz* auf Erden.

Harald und ich waren mit dem Auto hingefahren. Wir zuckelten durch ein sommerträges Schweden, dunkelgrüne Blätter, ausgedehnte Felder, die bald erschöpft und gelb sein würden. Während wir tankten, blühte hemmungslos der Benzingestank, und Harald aß seine Lieblingswurst. Diese Mischung aus Tristesse und Schönheit in der Landschaft ließ mich an Lars Thunbjörk denken. Was hätte sein

Blick hier registriert? Wie die Reklameschilder sich in den Autofenstern spiegelten? Die Schwärze des Asphalts? Ich versuchte die Atmosphäre in mich aufzunehmen.

Harald hockte auf einem Verteilerkasten, die Sonnenbrille schief auf der Nase.

»Ist es schon zu spät für Mohn?«, fragte ich. »Ist der für dieses Jahr durch?« Sein Wurstangebot lehnte ich dankend ab – Harald kaufte immer ein »Double Trouble«, ein halbes Baguette, das nicht nur mit einem, sondern zwei gegrillten Penissen versehen war – und bediente mich stattdessen aus einer Tüte *Bilar*.

»Machst du dir Sorgen um Mamas und Bengts Opiumzucht?«

»Ich will doch nicht, dass sie ihre wichtigste Einnahmequelle verlieren.«

Harald schien vergnügt. Zufrieden mit seinem Kartoffelbrei zur Wurst, mit der Spätsommerwärme und damit, dass wir unterwegs waren. Er zog seine weißblonden Augenbrauen zusammen. Jemand hat mal geschrieben, Glück sei ein Hund in der Sonne. Ich strich ihm über den Pelz. Wir setzten uns wieder ins Auto. Es war heiß und stickig. Harald rückte seine billige Sonnenbrille zurecht, die aussah, als hätte er sie über Jahre in der Gesäßtasche gehabt. Dass sie schief saß und ihn aussehen ließ wie jemand, der in der Abendzeitung als »einsamer Verrückter« beschrieben würde, schien ihm nicht bewusst, oder es war ihm egal.

»Ich liebe dich«, sagte ich.

Harald nahm meine Hand.

Alles war Grün und Gold und schotterige Landstraßen.

»Mag deine Mutter Tiere? Sport? Kunst? Was mag sie?«

»Sie malt, sie ist in irgendeinem Verein. Ich glaube, sie gehen oft ins Theater.« Eine schwierige Kunstform. Hoffentlich würden sie nicht darüber reden wollen. »Vorige Woche haben Bengt und sie irgendeine Inszenierung gesehen. Ich glaube von Leuten aus ihrer Siebzigerjahre-Gang. Freies Theater.«

»Brecht?«

»Bestimmt.«

»Reist sie gerne?«

»Früher sind sie und Bengt jeden Winter auf eine längere Reise gegangen, aber das war, bevor mein Bruder Kinder gekriegt hat. Jetzt fahren sie, glaube ich, hauptsächlich auf die *Insel.* Aber neulich waren sie auch auf irgendeinem Jazz-Festival in Ghana.«

Ich prustete und verwandelte mein Lachen schnell in ein Hüsteln.

»Tageszeitung?«

»*Dagens Nyheter.*«

Blöde Frage, klar lasen sie mittelinks.

»Liest sie den Kulturteil oder konzentriert sie sich auf die Wirtschaftsseiten?«

»Die Kulturseiten sind wie für sie geschrieben. Frau mittleren Alters, 65 plus und Mitglied in einem Lesekreis. Klar liest sie die Kulturseiten.« Harald wirkte abwesend und mehr auf das Fahren konzentriert, als auf die Freizeitinteressen seiner Mutter.

»Sind die beiden sozial unterwegs? Sie und Bengt? Gehen sie auf Partys? Tango?«

»Ab und zu laden sie Leute zum Abendessen ein.«

»Und was essen sie dann?«

»Felchen.«

»Immer?«

»Sowie er die Gelegenheit bekommt. Wenn Bengt einen Fisch sieht, dann muss der sofort in die Pfanne.«

»Worüber könnten wir uns unterhalten? Was für Fragen soll ich stellen?«

»Sei einfach du selbst«, erwiderte Harald und überholte einen Wohnwagen, der tapfer auf der E4 gen Norden tuckerte. »Oder jemand ganz anderes.«

»Ich überlege mal.« Mirjam Isabelle, 24, mit einer Vergangenheit in der exklusiveren Sphäre der Escort-Welt.

»Jetzt schau mal …« Wir waren in ein Waldstück abgebogen. »… das hier sind die Wälder meiner Kindheit.« Die Sonne sickerte zwischen dicken Baumstämmen hindurch, es gab einen Überfluss an Ameisenhaufen. Keine Mohnfelder.

»Hübsch«, sagte ich. »Echte Laubwälder sind mir ja immer lieber. Die Wälder im Norden sind wirklich unerträglich, ich verstehe nicht, wieso in diesem Land immer alle so fixiert auf Norrland sind. Hast du jemals bedacht, dass die Kiefer der traurigste aller Bäume ist? Diese schütteren Nadelrispen ganz oben auf einem braun-roten Stamm?«

»Jetzt kommt das Wasser«, sagte Harald, und das tat es, glitzernd, breit. »Kann sein, dass wir eine Weile auf die Fähre warten müssen.«

»Wir müssen mit dem Schiff fahren, um hinzukommen?«

»Hast du gedacht, wir nennen es die *Insel*, weil die Hütte auf dem Festland liegt?«

So weit hatte ich gar nicht gedacht. Vielleicht hatte ich die *Insel* nicht wörtlich genommen, sondern mehr als eine

Halbinsel, oder eine Insel im Sinne von Gamla stan oder Lilla Essingen.

»Ich habe nicht gedacht, dass ihr eine private Insel besitzt, nein.« Dass es de facto eine Insel war, bedeutete, dass man übers Wasser musste, um wieder wegzukommen. Würden meine Schwimmkünste im Fall einer Katastrophe reichen, um mich wieder ans Festland zu bringen? Fight, flight, freeze. Mein Puls machte sich bemerkbar, die Verbindung zwischen Hirn und Körper: Die Anzahl Herzschläge pro Minute ist der Spiegel der Seele. Wie weit war es wohl? Zehn Kilometer? Eine Seemeile? Wie viel war denn eine Seemeile? Alle Mann an Deck, Palstek, Navigieren nach dem Sternenhimmel …

»Und was mache ich, wenn was passiert? Ein Unglück?«

»Es wird nichts passieren«, sagte Harald und legte seine Pfote auf meine Hand. Golden Retriever sind gute Schwimmer, denn sie haben praktische Schwimmhäute zwischen den Zehen. Harald gab mir einen nassen, schlabbrigen Golden-Kuss, ungesund, mit zäh rinnendem Speichel.

»Es wird bestimmt total nett«, sagte mein Servicehund und lächelte breit, als die Autofähre angedampft kam. Mit gewohnter Präzision imitierte er ihr Ankunftssignal: »Tuttut!«

Als wir auf das Grundstück einbogen, standen Haralds Mama und Bengt neben ihrem Auto aufgestellt, wie auf einer Daguerreotypie aus dem 19. Jahrhundert. Ein schönes Stillleben. In den Baumkronen rauschte es, schüttere Birken. Ein sanfter Abhang zum Wasser und ein kleiner Steg. Hinter dem Gastgeberpaar war ein ganz normales

Sommerhaus zu sehen, in der gewöhnlichsten aller Sommerhausfarben ochsenblutrot gestrichen, ein Bild von einem Bild von einem Bild, das ich schon tausendmal gesehen hatte. Harald rief: »Da sind wir!« Und lächelte dieses Lächeln, das ich manchmal wahnsinnig liebte, und was mich dann wieder schier in den Wahnsinn trieb.

Haralds Mama und der gute Mann neben ihr blieben an ihrem Auto stehen – niemand versuchte, einen Handschlag oder eine Umarmung zu erzwingen. Ich hoffte, dass es sich dabei um respektvolle Distanz handelte. Wir maßen einander mit dem Blick, so wie es die Sitte unter hochgewachsenen Frauen verlangt. Es sah aus, als wäre sie ein paar Zentimeter größer als ich, und ich nickte: ein diskretes Anerkennen. Möglicherweise war das der respektvollste Moment, den Haralds Mama und ich je miteinander erlebten. Wir winkten uns über die Motorhaube von Haralds champagnerfarbenem Toyota zu – das war, bevor sie ihm den Führerschein abgenommen hatten –, und dann standen wir eine Weile da, in gebührendem Abstand. Haralds Mama sah aus wie alle zwischen 1950 und 1960 geborenen Frauen, mit denen ich je zu tun gehabt hatte.

Eine Reihe Schwiegermütter natürlich: dicke, schlanke, eine von ihnen war Sexologin gewesen, Frauen, denen ich manchmal zu schmeicheln versucht oder die ich mit mitleidigen Blicken bedacht hatte. Manche hatten mir binnen Sekunden einen heftigen animalischen Schrecken eingejagt. Was für Frauen waren das gewesen? Irgendwelche. Frauen, die Gesetzesentwürfe in staatlichen Behörden überprüften, Frauen, die Vorgesetzte von Idioten waren und deren Untergebene sie beschuldigten, Narzisstinnen und Psychopatinnen zu sein, Frauen, die kommunale Projekte leiteten, E-Mails schickten – sie schafften das. Sie schafften *alles*.

Die populärkulturelle Vorstellung, dass Frauen, die über fünfundfünfzig sind oder graue Haare haben, plötzlich unsichtbar sein sollen, ist völlig falsch. Angeblich können sie sich im Fernsehen, im Film und in Büchern Lippenstifte in den BH schieben, weil sie sowieso niemand ansieht, und geschlechtslos durch die Straßen schlendern, unbehelligt von Pfiffen und den verschwitzten Zurufen testosterongesteuerter Männer. Vielleicht war das 1972 oder 1993 noch so, als es für fünfunddreißigjährige Frauen obligatorisch war, unkleidsame Brillen und eine ondulierte Dauerwelle auf dem Kopf zu tragen. Meine Tante behauptete manchmal, Fünfzig sei das neue Zweiundzwanzig. Vielleicht meinte sie, dass sich das biologische Alter des Menschen verschoben hätte, durch den Wohlfahrtsstaat und so weiter, oder einfach nur, dass graumeliertes Haar nicht länger die sexuelle Anziehungskraft einer Frau vernichtete.

Erotische Anziehungskraft hin oder her – *diese* Frau mittleren Alters hier wurde gesehen. Die drängelte sich in der Apotheken-Schlange vor und tat so, als wäre ihr nicht bekannt, dass man im öffentlichen Nahverkehr erst mal aussteigen lässt. *Hier komme ich, also macht gefälligst Platz.* Mit der Überzeugung, in den meisten Zusammenhängen sowohl gehört als auch gesehen zu werden, was leider auch der Fall war, marschierten solche Frauen einfach drauflos. Haralds Mama schien mir ein Prachtexemplar dafür. In der

U-Bahn hätte ich den Sitzplatz gewechselt, bloß um ihre Ausführungen über Absprachen bei der Arbeit und was sie Susanne zum Geburtstag schenken sollten, nicht mitanhören zu müssen. Mal abgesehen von ihrer stattlichen Größe, war das Aussehen von Haralds Mama nicht sonderlich bemerkenswert. Haare, natürlich. Sonnengebräunte Wangen, ein Körper, dem man ansah, dass sie sich weder scheute, ordentlich reinzuhauen, noch sich das zusätzliche Schokoladenstückchen zum Rotwein zu gönnen. Brille. Sie war zu durchschnittlich, als dass ich sie in meiner Gesichtsblindheit in anderen Zusammenhängen wiedererkannt hätte.

Ja, und dann Bengt. Der Mann, den Haralds Mama auf den letzten Metern des Lebens zu ihrem Gefährten gewählt hatte. In meiner Fantasie hatte ich das Bild eines stabilen Alten vor mir gehabt, mit Bierbauch und von Sonne, Alkoholkonsum oder Rosazea dunkelrot gefärbten Wangen. In meinem Kopf trug er zerschlissene Latzhosen und war mit einem riesigen weißen Schnauzbart geziert. Bengt war die zweite Enttäuschung dieses Tages (die erste war natürlich, dass ich mich auf einer Insel befand). Er stellte sich nämlich als sehniger Mann heraus, glattrasiert und mit einer Art Hippie-Hemd in richtig schwulem Lila-Ton angetan. An den Säumen war es vielleicht sogar mit Pailletten und kleinen Spiegelchen besetzt. Außerdem trug er einen langen geflochtenen Zopf, der ihm bis auf den Rücken fiel. Als Haralds Mama vortrat und ihren Sohn umarmte, blieb er steif stehen. Harald gab seiner Mutter einen Kuss auf den Kopf, und sie sahen einander verliebt in die Augen.

Ich liebe dich.

Und ich dich.

In diesem Moment hätte ich Bengts Blick suchen können, doch das tat ich nicht. Er räusperte sich. Tic oder eine langwierige Infektion der oberen Atemwege?

Was soll Mama denn jetzt machen mit ihrem kleinen Schnuckiputz?

Bestimmt war Harald als Kind lange gestillt worden.

»Seid ihr von der E4 abgebogen und habt dann den kleinen Weg genommen?«, ließ sich Bengt vernehmen.

Die Ländereien und das Wohnhaus mussten umgehend gezeigt werden. Das Haupthaus war schnell erledigt. Ein Sofa mit hübsch arrangierten Kissen, ein paar Möbel von Carl Malmsten oder so, zerkratzt und etwas runtergekommen, eine kleine Küche, kaum mehr als eine Pantry, die so aussah wie jede Sommerhausküche, in die ich bisher geschaut hatte. Es war ein Wochenendhaus, nicht mehr und nicht weniger. Wir traten auf die Terrasse hinaus, ein düsteres Holzdeck, das sie erst vor ein paar Jahren angebaut hatten.

»Das hat alles sehr verändert«, sagte Bengt und starrte aufs Wasser. Es war unmöglich zu erkennen, ob er das in visueller oder emotionaler Hinsicht meinte.

»Da drüben ist die Lillstuga, in der ihr schlafen werdet«, sagte Haralds Mama und scheuchte uns durch das regennasse Gras. Harald nahm meine Hand. Eines schönen Tages würde ich ein Leben führen, in dem ich nie mehr das Wort »Lillstuga« würde hören müssen. Vielleicht würde ich dann glücklich sein. Geschmackvoll sonnengebräunt und vermögend.

»So, dann schauen wir mal. Wir müssen wohl noch etwas lüften.«

Es war eine Hütte. Auf dem Land. Gelblich-braune Kiefernholzwände. Alles sah aus wie von einem Fünftklässler im Werkunterricht zusammengezimmert. Ein Tisch aus Kiefernholz, zwei Stühle aus Kiefernholz, ein paar notdürftig zusammengekleckste Aquarelle, eine Deckenleuchte – auch diese braun – von 1976, die zu tief hing. Das Gefühl von zu vielen Sommern, von sich streitenden Kindern, nach dem Essen eine Kugel Vanilleeis aus dem Plastikbehälter. Jemand will Kubb spielen, alle anderen Monopoly. Ein spärlich gefülltes Bücherregal mit ein paar alten Comics. Fenster ohne Gardinen und eine praktische Glasscheibe in der Tür – man kann sowohl rein- als auch raussehen! Polyesterbettwäsche mit verschwommenem Blumenmuster.

»Wie schön, dass ihr die Originaleinrichtung bewahrt habt«, sagte ich und fingerte an einem vergilbten Tischtuch mit gehäkelter Spitzenkante herum.

»Es sieht noch genauso aus, wie als mein Vater die Hütte gekauft hat«, bekräftigte Haralds Mama. Sie zeigte auf ein Bild, das möglicherweise eine Wiese mit ein paar Kiefern im Vordergrund zeigte. »Und das da hat er selbst gemalt. Jetzt wollt ihr sicher den Garten sehen. Wir haben dieses Jahr sehr viel Salbei und natürlich eine Menge Zucchini. Die wachsen ja wie Unkraut.«

Wir waren zwischen den Büschen durchmarschiert, Harald ging in die Hocke und drehte und wendete ein paar Blätter. »Kopfsalat und Blattsalat sind auch gut gewachsen«, erklärte Haralds Mama.

»Gibt es Johannisbeeren?«, erkundigte sich Harald und klang dabei fast eifrig. Seine Mutter lachte glucksend.

»Ja, ja, kommt nur her, sollt mal sehen.«

Wir schritten an Feldfrucht um Feldfrucht vorbei, und Harald erkundigte sich nach ihrem jeweiligen Zustand: Frühlingszwiebeln, Schnittlauch, Silberzwiebeln.

»Du isst doch wohl Johannisbeeren?«, fragte Haralds Mama vorwurfsvoll.

»Ich liebe Johannisbeeren«, erwiderte ich und fragte mich, ob es wohl möglich war, an diesem Ort einen Shot zu kriegen. Wir wanderten weiter Richtung Kirschbaum.

»Dieses Jahr hatten wir Glück, die Vögel waren noch nicht da.«

Harald hielt mir eine Kirsche hin. Sie war grässlich sauer.

»Du kannst ein paar Liter mit nach Hause nehmen«, versprach seine Mutter. »Und Bengt hat auch Pilze gesammelt. Wir hatten ein unglaubliches Pilzjahr. Pfifferlinge.« Sie drehte sich um und rief zum Haus: »Bengt! Komm doch mal her und zeig Harald, wie es uns mit den Stachelbeerbüschen ergangen ist!« Dann wandte sie sich mir zu. »In letzter Zeit hatten wir etwas Probleme mit denen. Ungeziefer.«

Es fing an, mich am ganzen Leib zu jucken, ein seltsam starkes Gefühl von Tristesse, wie ich es seit der Grundschule nicht mehr erlebt hatte. Ich versuchte, über Telepathie zu kommunizieren. *Bitte, hör auf zu reden. Ich mache alles, was du willst, aber hör bitte auf zu reden.*

»Dann schauen wir mal«, sagte Bengt, der mit einer Angel in der Hand angeschlendert kam. »Die mussten wir wirklich *stark* zurückschneiden.«

Ich betete zu höheren Mächten, dass die Leute hier sich nicht als Antialkoholiker entpuppen würden. Harald legte den Arm um meine Taille, eine große, feuchte Hand, die mich daran erinnerte, warum ich hier war. Einen anderen Menschen zu lieben bedeutet auch, bereit zu sein, Opfer zu bringen. Kompromisse einzugehen. Man muss nicht jeden Kampf annehmen, wie meine Mutter immer zu sagen pflegte. Selbst war sie natürlich völlig unfähig, sich daran zu halten, aber im Grunde war da was dran.

Harald war niemals pünktlich und neigte dazu, in dozierende Ausführungen über alles Mögliche zu verfallen, von der Wikingerzeit bis zu festverzinslichen Wertpapieren. Ich drückte seine Hand und hörte seine Mutter herzlich über Bengts knochentrockene Geschichte über die Blattläuse des Sommers lachen. Haralds Gesicht im Nachmittagslicht war ein Trost. Der Sonnenschein war etwas dunkler geworden und ließ die Kirschen blank erscheinen wie in einer Zeichentrickserie. Haralds Mama und Bengt lenkten die Schritte zu etwas, das wie ein Plumpsklo aussah. Genau wie die Gästehütte war es mit einem praktischen Fenster in Augenhöhe versehen.

Haralds Mama riss die Tür auf.

»Und hier haben wir das Plumpsklo«, sagte Bengt, »wenn der Magen …« Er gestikulierte. »Und auch da bitte kein Papier rein. Legt das benutzte Toilettenpapier einfach in die Tüte da.«

»Das benutzte Toilettenpapier«, echote ich.

»Ja, eine neue Rolle wirst du ja wohl nicht reinwerfen wollen!«

Wir sollten eine Tüte Notdurft sammeln. Ich sollte auf

das Papier schauen müssen, mit dem Bengt sich zwischen den Pobacken abgewischt hatte. Ich würde gezwungen sein, das Papier zu *berühren*, mit dem Bengt sich zwischen den Pobacken abgewischt hatte. Nein. Ich würde die nächsten Tage meine Gedärme auf null stellen. Ein gut entwickeltes Talent. Harald hatte wahrscheinlich Imodium dabei. Er verließ die Wohnung selten ohne eine umfassende Hausapotheke.

»Man kann hier drinnen auch supergut pinkeln«, sagte Bengt fröhlich und donnerte an die Plumpsklotür, wie man einem Pferd lobend in die Flanken haute.

»Jetzt geht es langsam aufs Abendessen zu«, verkündete Haralds Mama. »Sollen wir mal loslegen und die Kartoffeln schälen? Kartoffeln.«

»Ja. Super«, erwiderte ich.

Haralds Mama und ich ließen uns mit einem Topf zwischen uns auf der Treppe zum Verandadeck nieder. Wir sind Frauen, dachte ich. Sie hatte ein Tablett mit allerhand Grünzeug hingestellt.

»Selbst gezogen. Alles.«

»Was für ein Glück. Wo ich Zwiebeln so liebe.« Die Zwiebel, Göttin des Gemüses.

»Ich denke – ja, wir hacken sie. Wir mischen sie mit dem Schnittlauch.«

Eine gute Zwiebel verlängert das Leben.

»Du züchtest wahrscheinlich nichts selbst, oder?«

»Hauptsächlich Schimmel im Kühlschrank«, erwiderte ich. Ich legte mich ins Zeug. Ha, ha, ha. Ho. »Ihr habt hier wirklich einen superschönen Küchengarten. Harald hat erzählt …« Leider konnte ich mich ums Verrecken nicht erinnern, was er vom Garten erzählt hatte. »Voriges Jahr hat er die eingelegten Holunderbeeren mitgebracht. Von hier. Echt gut!« Ich suchte nach weiteren Superlativen. »So lecker!«

»Ja, die sind gut. Du warst als Kind wohl nicht auf dem Lande?«

»Meine Mutter hatte einen Schrebergarten.« Ich erinnerte mich an trockene Erde und ein paar Himbeerzweige auf einer ungefähr einen Kilometer entfernten Waldlichtung.

»Das ist natürlich nicht dasselbe. Aber klar, kann auch nett sein.« Sie schrubbte frenetisch eine Kartoffel und schob mir gleichzeitig die Zwiebeln rüber. »So halbgroße Stückchen, denke ich. Und dein Vater, hat der auch im Schrebergarten geholfen? Hatte er einen grünen Daumen?«

Grün vom Marihuana.

»Das war nicht so richtig sein Ding.«

»Nein, nein. Ich möchte ja nicht verallgemeinern, aber so sind einfach viele Männer. Haralds Vater war in solchen Dingen völlig nutzlos. Die sind ziemlich fein gehackt. Wir machen ja keine Hackfleischsoße. Der konnte eine Hacke nicht von einem Spaten unterscheiden. Einmal bin ich nach einer Konferenz nach Hause gekommen, und alle Topfpflanzen – *alle* – waren tot. ›Sag mal‹, hab ich gesagt, ›arbeitest du jetzt bei Herbaria? Das ist ja eine ganz schöne Sammlung getrockneter Kräuter, die du da hast.‹«

»Und was hat er da gesagt?«

»Er meinte, wir sollten einen Taco-Freitag machen.«

Wir lachten. Endlich, das Lachen unter Frauen! Das

Lachen, wenn geheime Übereinkünfte geschlossen werden und transzendentale, wortlose Prozesse uns zu Vertrauten machen. Vielleicht war es auch ein Spiel, ein Flirt, und jede konnte immer noch über die andere siegen. Die intrikate Mischung aus ungeteilter Aufmerksamkeit, Rückfragen, die auf ein ehrliches Interesse hinwiesen, wortloses Nicken und Blicke. Wenn der Abend vorüber war, würden wir Tango tanzen und in *I Got you Babe* einstimmen.

»Harald hat ja sicher erwähnt, dass sein Vater sehr krank war«, sagte Haralds Mama. Jetzt kam es. Das Vertrauliche, der intensive Blick: *Du weißt ja, was ich durchgemacht habe.*

»Er hat es erzählt. Das muss sehr, sehr schwer für ihn gewesen sein. Für euch alle.«

»Harald hat gesagt, dass du da auch einige Erfahrungen hinter dir hast.«

»Meiner Mutter ging es nicht so gut, als ich Kind war«, antwortete ich. »Einmal dachte sie, unsere Katze wäre von Dämonen besessen.« Ich drehte und wendete eine Kartoffel. Geschrubbt? Zu viel geschrubbt? »Oder die Nachbarn hätten das Tier irgendwie verhext.« Warum erzählte ich das hier? Es war wirklich nichts, womit ich normalerweise hausieren ging.

»Verrückte Menschen können wirklich auf alle möglichen Ideen kommen.«

»Ein andermal war sie sicher, ich hätte alle Alvedon gegen Antihistaminika ausgetauscht. Rezeptfrei. Zu der Zeit wurde man von denen ja noch dösig.«

Haralds Mama nickte der Kartoffel zu.

»Ach.« *Sprich weiter.*

»Sie sagte oft, sie würde nicht glauben, dass ich ihre Tochter bin.« Ich merkte, dass Haralds Mama mehr wollte.

»Wenn solche Menschen in ihrer eigenen Welt verschwinden, dann wird die oft interessanter als die Wirklichkeit.«

Tatsächlich war dies eine Phrase, mit der ich mich selbst manchmal tröstete. *I got you, Babe!*

Die Kartoffel war fertig geschält. Die Sonne war über den Himmel gewandert und ruhte direkt über den Baumkronen auf der anderen Seite des Sees.

»Aber es ist schwer, weiterzugehen, ich weiß«, fuhr Haralds Mama fort. »Man würde so gerne glauben, dass das, was sie mal ausgemacht hat, wieder zurückkommt. Dass es ihnen wieder besser geht. Am Ende bin ich wegen Harald gegangen.« Sie hob eine Kartoffel hoch. »Die sieht aber nicht gut aus.« Sie rubbelte ein wenig übrig gebliebene Schale ab. »Das Wichtigste ist, dass man sich selbst nicht verliert. Man muss an seinem Ich festhalten, und an seinen eigenen Werten. Eines Tages ist einfach Schluss, dann ist die Grenze erreicht.«

Hinter Haralds Mama war der Steg zu erkennen, an dem ein kleines Holzboot vertäut lag. Aus dem Augenwinkel sah ich Harald hinunterlaufen und eine Arschbombe in den See machen.

»Wir sind gut darin, uns umeinander zu kümmern«, sagte ich. »Harald und ich.«

Glücklich schnaubend tauchte er wieder auf, das Wasser lief ihm aus den Haaren und dem Mund. Er schüttelte den Kopf und tauchte wieder unter. »Ich glaube, wir zeigen einander immer abwechselnd unsere Fürsorge.« Warum erzählte ich ihr das? »Und damit, bereit zu sein, die Fürsorge anzunehmen.« Es fühlte sich an, als wäre ich dabei, den dritten Knopf einer verführerischen, fast durchsichtigen Bluse aufzuknöpfen.

Haralds Mama kannte auch das: *Es ist gut, dass du etwas mehr von dir selbst zeigst. Lass mal sehen.* Sie lächelte ein wenig, bedauernd oder wehmütig, oder einfach nur reizend, und dann sah ich, wie ihre Augen feucht wurden.

So dolle nun auch wieder nicht.

»Das macht mich wirklich froh zu hören«, sagte sie. »Es bedeutet mir sehr viel, dass Harald jemanden hat, der sich um ihn kümmert.«

»Er kümmert sich auch um mich.« Mein Gott, warum sagte ich das jetzt noch einmal?

»Ich schätze sehr, dass du mir das erzählst.« *Du kannst ruhig auch noch die Unterhose ausziehen.*

Bengt rief, dass der Fisch fertig sei, und tauchte mit dem Grinsen eines Totenschädels unter der trockenen Haut in der Tür auf. Haralds Mama grinste zurück. Wir deckten den Tisch: robuste Gläser, Plastiktischdecke, Kissen, die auf Holzstühlen platziert wurden, weil wir natürlich draußen sitzen würden. »Abends wird es jetzt schon ein bisschen kühler, aber das macht ja nichts.« Ich deckte Messer und Gabeln auf – eins auf jede Seite des Tellers, oder wollten sie, dass das Besteck zusammenlag? – und hörte wieder Bengt aus der Küche: »*Kein* Öl auf den Salat! Jetzt bist du verdammt noch mal in *meinem* Haus, und hier tun wir *kein Öl auf den Salat*!« Er klang sanft und aggressiv zugleich. Eine unerwartete Mischung. Harald verzog keine Miene, als er mit den selbst gezüchteten Zwiebeln und Zucchini nach draußen kam. In der anderen Hand hielt er eine Flasche Olivenöl. Ich fragte nichts, sondern bemerkte nur, dass seine Mutter vollkommen unberührt wirkte und dass Bengt mit ruckartigen Bewegungen Teller und Gläser beiseiteschob, um den Fisch auf den Tisch zu stellen.

»Bier?«, fragte Haralds Mama, und: »Du willst Soße, oder? Bestimmt willst du Soße.«

»Wie ich gehört habe, bist du aus Stockholm«, sagte Bengt. »Das hier ist Felchen. Ein richtiger Stockholmfisch. Aber das weißt du natürlich.«

»Du hast ja dein ganzes Leben in Stockholm verbracht«, sagte Haralds Mama.

»Aber ich nehme mal an, dass du auch nichts gegen einen richtig guten Fisch aus dem Vättern einzuwenden hast«, schob Bengt nach.

Harald war offensichtlich hungrig, ausgehungert, seine Aufmerksamkeit war vollkommen auf den Felchen, die frischen Kartoffeln, die Soße, das Dressing, die Zwiebeln gerichtet.

»Ich bin jeden Tag draußen auf dem Wasser«, sagte Bengt nachdenklich.

»Wie ist es jetzt eigentlich mit dem Mieterverein gelaufen?«, fragte Haralds Mama. »Kriegst du eine Entschädigung für den Stromausfall im Frühjahr? Schließlich haben wir monatelang gekämpft, der ganze Verein.« Die Information wurde an den ganzen Tisch gerichtet. »Also wir Mieter – das war ja vor der Umwandlung der Mietanrechte – mussten die Beseitigung des Feuchtigkeitsproblems im Keller ja voll tragen.«

»Die können doch nicht mehr als zehn Prozent der Miete zurückerstatten«, meinte Harald. »Und was soll ich schon mit sechshundert Kronen anfangen?«

»Eine Tüte Milch kaufen«, schlug ich vor.

»Da geht es ums Prinzip«, gab Haralds Mama zurück. »Als Vermieter ist es deren Pflicht und Schuldigkeit, und wir Mieter haben auch Rechte. Deshalb gibt es schließlich den Mieterverein.«

»Es war der Mieterverein, der die Erstattungsregeln verhandelt hat«, erwiderte Harald mit monotoner Stimme.

»Ich bin selbst in der Wohnungspolitik engagiert gewesen, aber das weißt du ja sicher«, sagte Haralds Mama an mich gewandt. »Bin aber jetzt aus dem öffentlichen Sektor raus. Anfangs hat sich das schon sehr seltsam angefühlt. Ich war geradezu unsicher, ob ich noch ich selbst war.« Sie lachte kurz auf. »Man hat so ein Bild von sich, wer man ist, und wer man sein möchte. Für die ganze Gesellschaft. Vor zehn Jahren hätte mich doch niemand in einer freien Schule gesehen! Die Leute hätten sich schon beim bloßen Gedanken totgelacht. Und ja, es *ist* schließlich auch absurd. Aber man braucht eben ein gewisses Maß an Pragmatismus.«

Harald kratzte frenetisch auf seinem Teller. Langsam wurde es dunkel. Bengt starrte wieder übers Wasser, als würde er auf etwas warten.

»Wunderbarer Fisch«, sagte ich. »Was für ein Hecht.«

»Wenn man so wie ich für die Gesellschaft gearbeitet hat, dann fällt es einem schwer, nicht auf Fragen zum Thema Wohnraum, oder ja, irgendwann dann auch zur Wohnraumpolitik zu reagieren. Wir haben so gekämpft.

Und es fühlt sich oft wie ein Schlag ins Gesicht an, wenn man sieht, wie wenig es gebracht hat.«

»Wir werden dafür sorgen, dass du trotzdem noch deine Milch bekommst«, sagte ich tröstend zu Harald. Ich knetete seine Schulter, und er nahm meine Hand. War das romantisch? Bengt beschäftigte sich mit ein paar Sturmlaternen, und als die erste Flamme aufloderte, war es romantisch. Wir würden einen fetten Augustmond bekommen, der schon langsam gelb und reif aufging.

»Dass gewöhnliche Menschen keine anständige Wohnung zu einem vernünftigen Preis bekommen können, ist doch total grotesk.« Sie dachte nach. »Ja. Das hat für mich schon immer zu den wichtigsten Fragen gehört.«

»Dann liegt das also in der Familie«, erwiderte ich und gestikulierte mit der freien Hand. »Das gesellschaftliche Engagement.«

»Aber vor ein paar Jahren musste ich mich einfach mal verändern. Ich war an einen Punkt gekommen, an dem ich mir selbst die Frage stellen und sie ganz aufrichtig beantworten musste: Wo mache ich einen Unterschied? An welchem Ort muss ich mich befinden, um auf Menschen und Gesellschaftsstrukturen einwirken zu können?«

»Genau dasselbe habe ich auch schon über meine eigene Arbeit gedacht«, beteuerte ich.

Es war nicht klar, ob sie den Witz verstanden hatte, oder ob sie mir ganz einfach nicht zuhörte.

»Natürlich fragst du dich, wie ich überhaupt in der Kommunalverwaltung gelandet bin. Wenn man nach Zusammenhängen sucht, die einem sinnvoll erscheinen, dann muss man da graben, wo man steht. Ich sage manchmal aus

Spaß, dass meine Verbindung zu Skäggetorp mehrere Tausend Jahre alt ist. Aber ganz so alt bin ich auch wieder nicht.« Sie lachte. Ich lachte. Ich versuchte wirklich zu verstehen, wo und wann in dieser sozialen Situation ein Lachen angebracht war.

»Tatsache ist aber, dass ich eine Gesellschaft im Umbruch erlebt habe. Es ist brutal, mit dem Ergebnis in der Hand dazusitzen und zu sehen, wie wenig unser Kampf gebracht hat. Dass uns das Millionenprogramm hierherbringen würde, davon hatten wir nicht die leiseste Ahnung. Arbeit. Wohnung. Kommunales Zentrum. Wir dachten, das wären die Grundbausteine für eine funktionierende Gesellschaft, und dass sich dann alles irgendwie von selbst lösen würde. Heute ist mir natürlich klar, wie schrecklich naiv das war.« Haralds Mama war also mit dabei gewesen, als der moderne Wohlfahrtsstaat errichtet wurde.

»Vällingby war eine der ersten U-Bahnstationen«, sagte ich und hatte keine Ahnung, warum ich den Mund aufmachte. Harald saß da und knibbelte an einer Champagnerflasche.

»In den Sechziger- und Siebzigerjahren sind wir in unserer Argumentation immer wieder vom Wohnraum als Grundbedingung für das Vermögen der Bürger, sich ein anständiges Leben aufzubauen, ausgegangen. Innenhöfe. Nähe zur Natur. Die Möglichkeit von sozialem Miteinander. Vielleicht hätten wir selbstkritischer sein sollen. Architektur in allen Ehren, aber das ist doch der reinste Selbstmord. *Man kann soziales Elend nicht wegbauen.*« War Haralds Mama die Einzige gewesen, die sich für das Millionenprogramm engagiert hatte? Wann wurde das noch mal aufgesetzt? 1965? War sie die jüngste Kongressteilnehmerin der Sozialdemokraten gewesen?

»Wir dachten, wenn wir einfach zusammenkommen, dann können wir den Menschen helfen. Das hat sich als falsch erwiesen.« Sie trank ein paar Schluck Wein und blickte übers Wasser. »Ja, wie du hörst, bin ich da durchaus selbstkritisch. Was früher die Arbeit der Kommune war, ist dann bei uns gelandet. Wir mussten die Entscheidungen ausbaden. Koordination. Zusammenarbeit zwischen Polizei, Schule, Sozialamt, Bibliotheken. All die Institutionen, die wir für selbstverständlich nahmen. Vor zehn, zwanzig Jahren gab es schließlich noch das Kommunale Rathaus. Das Bürgerbüro direkt am Marktplatz. Da waren Leute vor Ort, die dafür gesorgt haben, dass die Menschen in die Gesellschaft eingegliedert wurden. Skäggetorp. Wie sollen die Menschen denn ein Formular für die Sozialhilfe ausfüllen, wenn keiner ihnen einen Schlüssel zur Gesellschaft gegeben hat? Absurd ist das. Dieser Behördensprech. Wenn *ich* diese Formulare nicht richtig ausfüllen kann, dann sagt das ziemlich viel darüber, wie sie formuliert sind. Man will Menschen ausschließen. Und wenn die Gesellschaft ihren Job nicht macht, wenn die Kommune keine Verantwortung übernimmt, dann muss ich es stattdessen machen. Du ahnst ja nicht, an wie vielen Formularen vom Sozialamt ich schon verzweifelt bin.«

Es war unmöglich zu erahnen, in welcher Art von Schule sie arbeitete. Aber wahrscheinlich würde sich auch das noch herausstellen.

»Obwohl ich selbst einen etwas anderen Hintergrund habe, kenne ich diese Menschen doch gut. Mein Vater war Arzt – na ja, gegen Ende hat er dann hauptsächlich geforscht – und meine Mutter, ja – aber ich glaube nicht, dass ein Mittelschichthintergrund einen blind dafür macht, wie die Lebensumstände anderer Menschen aussehen. Im Gegenteil. Es kann ein Augenöffner sein.« Machte sie sich über mich lustig? »Aber diese Hütte hier hat keinen Pfennig gekostet, als mein Vater sie gekauft hat. So ist das.«

Alles war still, eine satte Stille, der stille See.

»Natürlich habe ich ordentlich Gewinn gemacht, als mein Mietanrecht umgewandelt wurde. Aber man muss auch akzeptieren, dass die Gesellschaft so aussieht, wie sie nun mal aussieht. Es hilft keiner Ziege in Afrika, wenn ich Verluste mache und ablehne, was mir zusteht.«

Harald trank seinen Champagner. Bengt hatte den Blick fest auf den Mond gerichtet.

»Dasselbe denke ich, was die freien Schulen angeht. Es ist keine Form, an die ich glaube, aber es ist eine Struktur, die zur Verfügung steht. Da bin ich knallhart, denn hier kann ich etwas erreichen. Aber ...« – Kunstpause – »... es ist nicht nur so, dass ich denen etwas gebe. *Sie geben mir etwas.* Wir haben einen unglaublichen Zusammenhalt. Manchmal fasse ich mir echt an den Kopf – kann so was in einer gewinnorientierten Organisation überhaupt möglich sein? Ja, es kann. Ich betrachte meine Kollegen und das, was wir schaffen, mit enormer Dankbarkeit. Wir haben Ressourcen. Es gibt ein Budget für Fortbildungen, für Studienreisen. Neulich waren wir in Deutschland. Das Jahr davor in Rhodesien.«

»Zimbabwe?«

»Also, was die uns da vorgeführt haben, diese Willkommenszeremonie, das war einfach unglaublich. Und die Kleider! Sie haben getanzt und waren so gut« – ich betete zu Gott, dass sie nichts über den Rhythmus im Blut sagen würde – »da konnte man gar nicht anders, man musste einfach mittanzen! Harare steht vor großen Herausforderungen, aber die machen eine beeindruckende Arbeit. Es gibt da sogar den Geschlechteraspekt. Genus. Vielleicht sogar deutlicher als in unserer Organisation. Man will Frauen etwas beibringen. Mädchen. Ausbildung. Das ist der Weg in die Zukunft.«

Ich konnte nicht mehr folgen. Hatte sie den Faden verloren oder ich?

»Das klingt jetzt natürlich ein bisschen angeberisch, aber da haben wir wirklich einen Unterschied gemacht. Es ist wichtig, sich die Bedeutung seiner eigenen Arbeit und was man damit erreicht hat, zuzugestehen.« Sie sah Harald an. »Dein Vater war ganz genauso. Er war Aktivist. Im Großen. Und im Kleinen. Mit einem Engagement, das den meisten fehlt. Ein Feuer, würde ich es nennen.«

War dies der richtige Zeitpunkt, um Bengt zu fragen, was er denn so machte?

»Keine Sekunde hat er gezögert, egal, ob es darum ging, einen Antrag einzubringen, eine Unterschriftensammlung zu starten oder einfach nur jemanden auf eine Tasse Kaffee einzuladen. Ein Butterbrot.«

Weder Harald noch Bengt sagten etwas.

»Wie wäre es mit Kaffee?«, fragte ich.

»Ach, den hab ich ja total vergessen!«, rief Haralds Mama lachend.

»Ich kümmere mich darum«, sagte Bengt und begann mit den Tellern zu klappern. »Kaffee ist mein Job.«

»Kann ich helfen?«

Harald kaute auf den Fingernägeln.

»Bengt macht das auf seine ganz eigene Weise«, sagte er abwesend.

Haralds Mama sagte nichts. Ich vermutete, dass sie im Laufe der Jahre so vielen Frauen, die ihr Sohn gefickt hatte, begegnet war, dass sie einfach genug Interesse gezeigt hatte und nicht motiviert war, mir Fragen über meine Arbeit zu stellen, oder wo ich aufgewachsen war oder irgendetwas anderes Triviales. Es gab da schließlich auch keine atemberaubenden Informationen zu holen. Vielleicht hatte Harald sie schon in groben Zügen ins Bild gesetzt, aber sich noch mal zu erkundigen, könnte ja auch eine symbolische Funktion haben. Haralds Mama seufzte zufrieden und strich sich über den Bauch.

»Oh Gott, es gibt ja auch noch Torte! Wir hatten noch gar keine Gelegenheit, Haralds Geburtstag ordentlich zu feiern.« Jetzt wandte sie sich mir zu. »Nicht, dass wir dem in unserer Familie viel Bedeutung beimessen würden. Geburtstag, Weihnachten … Ach, Gott. Macht ihr euch um so einen Kram groß Gedanken? Also, ich finde das nicht wichtig. Man kann sich jeden beliebigen Tag treffen, Hauptsache, man sieht sich manchmal. Man muss einfach Feiertage und Brückentage so gut es geht zusammensammeln und den Rest drumherum organisieren. Kein großes Buhei, ist nicht nötig. Aber jetzt sollten wir vielleicht lieber reingehen. Ich finde, es wird doch ein bisschen kühl.«

Wir begaben uns ins Haus, und Bengt nahm das Geschirr heraus: weiße Tassen mit Untertasse, wie man sie kriegt, wenn man Blut spendet. Robust, mit roten Johannisbeeren drauf. Haralds Mama begann, in den Kartons zu wühlen, die ordentlich aufgereiht in den Bücherregalen standen.

»Wo sind denn die Geburtstagshüte?«

»Schau mal im geflochtenen Korb nach«, rief Bengt aus der engen Küche.

»Ah, da.« Haralds Mama setzte sich mit grimmiger Miene eine Papierkrone auf den Kopf. Eine weitere reichte sie Bengt, und eine aus Plastik ging an Harald. »Wir hatten doch immer noch Johans alten Hut irgendwo – Bengt, hast du Johans Hut gesehen?« Bengt saß und schob sich angestrengt die Krone auf das silberweiße Haar.

»Nein, die kannst du nicht gesehen haben, nein …« Sie seufzte. »Du da, das geht vielleicht auch ohne Hut, oder?« Erstaunt stellte ich fest, dass sie mich meinte.

»Sie kann sich eine Decke über den Kopf werfen«, schlug Harald hilfsbereit vor. »Oder einfach die Hände so auf den Kopf tun.« Er formte mit den Fingern ein Zelt. Bengt summte vor sich hin, während er eine mit Punschpralinen, grünen Weingummifröschen und Smarties dekorierte Sahnetorte auf den Tisch stellte.

»Da kommt die verrückte Torte! So haben wir sie immer genannt, als Harald klein war.«

»Das war wirklich höchste Zeit. Und dann suchen wir jetzt mal das Kniffel-Spiel.« Während die Torte aufgeschnitten wurde, fanden sich auch Würfel und Notizblock heraus. Das Ganze erwies sich als eine ziemlich vertrackte Angelegenheit.

»Kniffel«, sagte ich nach dem ersten Würfeln.

»Das da ist Kleine Straße«, erklärte Haralds Mama.

»Wir spielen mit etwas anderen Regeln«, erklärte Harald. »Geburtstagsregeln.«

»Das ist jetzt aber falsch«, sagte Haralds Mama, nahm mir den Stift weg und radierte mit verkniffener Miene meine Punkte aus. »Da muss drei stehen, nicht zwölf … Das Geburtstagskind gewinnt immer.«

Bengt lachte steif. Oder wieherte er? »Aber natürlich nur, wenn Harald Geburtstag hat!«

»Es waren zwölf«, beharrte ich.

Als sich die anderen für Runde zwei bereit machten, bedankte ich mich noch einmal für den Fisch, verabschiedete mich und verschwand mit dem dringenden Bedürfnis nach Stille und medikamenteninduziertem Schlaf. Der Schimmelgeruch der Bettwäsche war so stark, dass er durch die Gehörgänge in meine Träume drang. Kniffel.

Am nächsten Tag fragte ich Harald, wie es seiner Meinung nach gelaufen war. Er reagierte ziemlich vage. »Sie hat gesagt, da hätte ich ja wohl jemanden kennengelernt, der mir wirklich Kontra gibt.«

Da seine Mutter selbst eine Person mit »starken Ansichten« zu sein schien, hielt ich das für ein Kompliment. Damit lag ich offenbar völlig falsch. »Und dass du sehr lange Haare hast.« Ich schüttelte meine Brüste.

»Soll das heißen, sie hat diese kleinen Schnuckelchen nicht erwähnt?«

»Die fand sie einfach unglaublich.«

»Aber?«

»Sie fand das, was du über Peter Englund gesagt hast, ein bisschen komisch.«

Ich hatte eine unbedeutende, aber ziemlich herablassende Anekdote erzählt, wie ich ihm mal bei einem Abendessen in Uppsala begegnet war.

»Und dann hat sie gefragt, ob du vielleicht keinen Fisch magst. Und kein Kniffel.«

»Meine Güte, wer mag denn kein Kniffel?«

»Genau das habe ich auch gesagt.«

»Okay, kann ich jetzt mal was fragen?«

»Natürlich.«

»Wie kann es sein, dass deine Mutter so gar keinen Humor hat? Du bist doch ziemlich oft echt witzig.«

6

Unser lauwarmer Malmö-März wich einem eiskalten April, so einem mit Regen wie Nadelstiche, Dampfwolken vorm Mund, Zweigen und Knospen, die mitten im Ausschlagen innehielten und vor dem diesigen Himmel giftgrün leuchteten. Das erinnerte mich an ein Parfüm, das ich auf einem längst vergessenen Flugplatz gekauft hatte: Die Verkäuferin hatte mir versichert, es würde wie vergiftete Blumen im Frühlingsregen riechen. Oder hatte ich das so gefragt, und sie hatte lediglich ermattet mit Ja geantwortet? Alles außer den halb aufgebrochenen Knospen war vom Regen verdunkelt worden. Baumstämme und Kieswege. Bürgersteige und Beton-»Skulpturen«. Es war gruselig. Wenn der Pildammsparken widerhallen könnte, dann hätte er es getan.

In meinem Leben gab es keine toten Gestalten, niemanden, den ich von fern hätte erkennen können, geheimnisvoll abgewandt, dessen Blick wortlos und eindringlich versucht hätte, mir etwas mitzuteilen. Keine knirschenden Schritte von jemandem, der nicht da war. Das gespenstischste Wesen, das mir einfiel, war Donna Tartt, vermutlich, weil ich sie in einem ähnlichen Frühling bei einer Lesung erlebt hatte. Ich wusste nicht mehr, in welchem Jahr oder in welcher Stadt das gewesen war, ich erinnerte mich nur an die Färbung des Himmels und an die halbnackten Bäume. Donna war jedenfalls nicht da. Und Harald im Grunde auch nicht.

An einem kühlen Abend, es war vielleicht halb elf, saß ich wie gewöhnlich auf dem Bett und schaute verstohlen zu Alia hinüber, die ihre dritte Zigarette anzündete – *hast du die Warnhinweise auf der Schachtel nicht gelesen? Deine Füße werden schwarz, und im besten Fall verlierst du nur zwei Zehen, nicht drei.* Ich wollte nicht vor ihr weinen, hatte aber aufgehört, dem Fenster den Rücken zuzukehren, wenn ich mich umzog. Wenn meine geldbeutelförmigen Brüste sie ekelten – oder faszinierten –, so zeigte sie es nicht.

Ich merkte, wie meine Hände zitterten. Das taten sie oft, manchmal nahm ich Betablocker dagegen – schließlich ließ es mich wie ein Junkie aussehen, oder jemand, der zu lange auf Neuroleptika aus den 1980er-Jahren gewesen war – aber das hier war etwas anderes. Ich sollte etwas Beruhigendes nehmen, etwas extrem Beruhigendes, Betäubendes, stattdessen saß ich nur da und starrte auf meine Finger, die mit jedem Jahr denen meiner Mutter ähnlicher wurden. Sie waren schmaler geworden, wie gemeißelt, mit definierten Gliedern und Knöcheln. Vermutlich sahen die Hände meiner Mutter gar nicht mehr so aus, sondern waren vertrocknet und verschrumpelt, vielleicht hatten sie Altersflecken bekommen und dünnere, zerbrechlichere Nägel. Meine Mutter hatte sie immer in einer eleganten Halbmondform geschnitten, sie sehr gepflegt. Französische Maniküre.

Wenn Harald abends nach Hause kam, fühlte es sich immer noch an, als würde ich ein Geschenk bekommen. Wenn er denn endlich auftauchte. Geschenkpapier, Rosette. Gleichzeitig musste ich unwillkürlich an sehr kleine Kinder denken, die dem Paket als solchem fast mehr Aufmerksamkeit schenken als dem Geschenk darin. Die Tage waren zu braun-grau, zu langgezogen geworden. Harald war immer noch selbst das Geschenk. Das war er. Das klingt jetzt, als wollte ich jemanden zu überzeugen versuchen, aber so ist es nicht.

Er muss sehr gestresst sein, schrieb meine Tante, die sich in sicherem Abstand in ihrem neuen Getrennt-enthemmt-Leben in Stockholm befand, oder in Paris auf irgendeinem Seminar mit Bruno Latour, oder in Rom, um das Frühjahr zu genießen. Als sie mir erzählt hatte, dass sie und ihre Frau (Ingrid – schön, der kühle Bohnenstangentyp mit eleganten Handgelenken und Slacks, die sie auf ihren unzähligen Jobreisen nach New York bei Bergdorf-Goodman kaufte) sich trennen würden, war ich furchtbar enttäuscht. Es tat richtig körperlich weh. Nicht, weil ich nie wieder mit Ingrid Weihnachten feiern würde, sondern weil ihre Beziehung der Beweis dafür gewesen war, dass Menschen in Liebesbeziehungen zusammenleben können. Ingrid und meine Tante – in meiner Erinnerung hatten sie miteinander *gelacht*, sich die Decke geteilt, wenn eine fror, eine Paartherapie gemacht und sich versöhnt. *Versöhnt*. Und jetzt wollten sie einander einfach verlassen.

Es ist sein erster richtiger Job. Der bedeutet ihm viel. Denk doch nur an seinen Vater. War der nicht auch Jurist? Klar ist da Druck. Die Welt retten. Seine Beziehung mit dir aufrechterhalten. Dabei ist er so sensibel. Und ist er nicht auch einer, der dazu neigt, viel zu hohe Ansprüche an sich selbst zu stellen?

Fand sie demnach vielleicht auch, dass er *meinem* Vater ähnlich war? Hohe Arbeitsmoral, enge Verbindung zu seinen starken Gefühlen und inneren Konflikten?

Da meine Tante gerade dabei war, ihre zwanzigjährige Ehe hinter sich zu lassen, konzentrierte sie sich stark auf ihre Arbeit. Soll heißen, noch mehr als sonst. Wahrscheinlich trug das zu dem rührenden Mitgefühl bei, das sie für Haralds mentale und zunehmend auch körperliche Abwesenheit zeigte.

Die eigene Vergangenheit kann sich in einer Situation, die von Veränderungen geprägt ist, sehr bemerkbar machen. Er bekommt einen wichtigen Job, er zieht mit dir zusammen. Vielleicht denkt er darüber nach, wer er eigentlich ist.

In dem Fall war das Problem vielleicht, dass es mich nicht ausreichend interessierte, wer er war.

Ihr seid doch gerade erst am Anfang, erinnerte sie mich. Wenn es einen Anfang gab, dann gab es auch ein Ende. Wenn sie nach der Scheidung von Ingrid sprach, klang meine Tante respektvoll. Weder gehässig, noch als wollte sie die glatte Visage der Alten nie wiedersehen. Für mich war das unerhört – so etwas hatte ich in meiner Familie noch nie erlebt. Es war auch tröstlich, dass meine Tante sagte, dass sie eigentlich nicht Ingrid vermisste. Was sie verloren hatte, waren ihre Träume – von ihrer Zukunft, von Reisen und vom Altwerden. Ich interpretierte das so, dass meine Tante immer noch an die Liebe glaubte. Oder etwas in der Art.

Ich lehnte mich auf dem Bett zurück, unbequem, den Handrücken elegant auf meiner leidenden Stirn platziert. Dann arrangierte ich mich steif und andachtsvoll: aufgebahrt wie eine zurechtgemachte Leiche für ein Postmortem-Foto von 1876. Ich googelte *so tired feel dead* und *what if my boyfriend is a loser and should shave his beard off* und *so tired – is this normal* und *is it possible to die from nightmares and sleep deprivation?* Sollte ich in meinem Testament festlegen, welchen Lippenstift ich bei meinem Begräbnis tragen wollte? Eitle, dumme Frauen taten das. Frauen, die ihre Doktorarbeiten nicht fertig kriegten.

Ich hörte Haralds kräftige, etwas eintönige Stimme im Treppenhaus widerhallen, und dann das rasselnde, wütende Geräusch des Schlüssels im Schloss. Es war ein Geräusch, das mich immer erschreckte. Für wie viele meiner irrationalen Gefühle konnte ich eigentlich meine Mutter verantwortlich machen?

»Das werde ich auf jeden Fall morgen ans Gericht weiterleiten.« Es hörte sich an, als würde Harald sich die Schuhe ausziehen. »Natürlich. Natürlich hat Ture ein Recht auf medizinische Behandlung. Die Verordnungen des Gesundheitswesens werden natürlich … und das Patientenrecht … Tures Bedürfnis nach Sicherheit, guter hygienischer Standard, seine Integrität …« Das Klirren der Kleiderbügel an der Garderobe. »Und die Füße sind angeschwollen? Falls jemand aus irgendeinem Grunde Verdacht auf Herz …« Ging er jetzt wirklich und pinkelte, während er telefonierte? »Es ist wichtig, dass Ture alle medizinische Behandlung bekommt, die er braucht. Rufen Sie mich gerne wieder an.«

Stille.

»Aber natürlich!«

Wieder Stille.

»Gute Nacht. Ja.«

Längere Stille.

Mit Nachdruck: »Gute Nacht!«

Harald erschien im Schlafzimmer.

»Hellöj, Baby.« Ich hasste es, wenn er mich »Baby« nannte.

»Du siehst aus wie siebenhundert schwere Jahre«, sagte ich. »Ein Kind während der Kartoffelpest in Irland.« Er fiel vornüber aufs Bett und rollte ein Weilchen herum, bis er eine bequeme Stellung mit dem Kopf auf meinem Schoß fand. Seine Wimpern waren immer so sonnengebleicht. Hängte ich mich immer an den falschen Details auf? War ich besessen von allem, was total, nein: brutal unwichtig war?

»Turbos Mutter hat angerufen. Schon wieder. Ich habe eine Anamnese seiner Asthmaproblematik bekommen. Offensichtlich hatte er vor ungefähr einem Jahr eine Infektion der oberen Atemwege. Sie wollte nur sichergehen, dass er seinen Inhalator hat.«

Für ein paar Momente war alles schön. Das gebärmutterfarbene Licht der Nachttischlampe, die rosa Gardinen, Haralds dicke Locken auf dem Bettlaken. Eine schläfrige, Ruhe spendende Farbkombination. Wenn alle Stricke reißen würden, dann könnte er sich immer noch den Schädel rasieren und seine Haare krebskranken Kindern spenden.

»Turbo hat kein Asthma, sondern eine Raucherlunge, er raucht zwölf Zigaretten am Tag. Er braucht keinen Inhalator, sondern er braucht einen Nikotin-Entzug.«

»Hat sie dich nicht gestern erst angerufen? Die Astrid?«

»Kerstin.«

Ich dachte darüber nach. Namen. Ja, so was hatten die Leute.

»Es ist doch beeindruckend, dass ihm all die Jahre gelungen ist, das vor seiner Mutter zu verbergen«, sagte ich.

»Gestern hat sie sich Sorgen gemacht, ob er genug Obst und Gemüse bekommt. Wahrscheinlich ist sie froh, dass er sich endlich an einem Ort befindet, wo er mit regelmäßigen Mahlzeiten versorgt wird.«

»Hast du denn was gegessen?«

Harald gab ein undefinierbares Geräusch von sich.

»Das kriegen wir hin«, erwiderte ich und schlappte in die Küche raus. Hatte das hier irgendeine sexuelle Bedeutung für mich? Erotische Untertöne? Sklavin des weißen Mannes zu sein? Ich grub im Mayonnaise-Glas. Harald sparte nicht mit Fett. Nein. Das machte mich überhaupt nicht scharf.

Als ich zurückkam, war Harald eingeschlafen. Ich stellte den Teller mit den Butterbroten und die Schale mit den geschälten Mohrrüben auf seinen Bauch. Dann spülte ich, räumte das Wohnzimmer auf – arrangierte Decken, legte Kissen aufs Sofa, schaltete die Lampe aus und all solchen Mist, faltete die saubere Wäsche und legte Haralds Stützstrümpfe in Pärchen, damit er sie am nächsten Morgen finden würde. Ich schielte zum Mond hinauf, der viel zu stark und kontaktheischend hereinschien. Dann war Nacht. Ich gönnte mir einen etwas gehaltvolleren Pillencocktail als sonst – eigentlich gab es keinen richtigen Grund, aber irgendwas an Haralds trägem Blick verursachte mir Übelkeit. *Der Körper zählt mit*, hätte meine Tante wohl gesagt. *In ihm werden unsere Traumata gespeichert.* Was für ein verdammtes Matherätsel wollte mein Körper da lösen? Ich ließ die Schlaftabletten in ihrem kleinen Pappbecher kreiseln, aufmunternd wie Maracas-Rasseln, mexikanische Maracasspieler des Todes, legte den Kopf in den Nacken und leerte das ganze Ding auf einmal in den Rachen. Das würde kein Pferd töten, es tötete auch mich nicht. Haralds Schnarchen. Der Mond war immer noch da, ein böswilliger Scheinwerfer in der Nacht. So ging es weiter.

Harald schlief immer mehr, ich schlief immer weniger. Wenn er von der Arbeit nach Hause kam, schlief er ein. Wenn ich ihn gegen acht Uhr wieder weckte, dann nahm er irgendeine Mahlzeit zu sich, die ich zusammengekaspert hatte. Danach legte er sich wieder hin und gönnte sich gegen zwölf, halb eins einen größeren Abendsnack, Dickmilch, Granola, solche schrecklichen Dinge. Wenn ich schlafen ging, saß er oft da und starrte wortlos vor sich hin, ohne mir irgendwelche Aufmerksamkeit zu schenken.

Wenn ich morgens aufwachte, tastete ich über die leere Stelle im Bett. War er in der Nacht überhaupt da gewesen? Brauchte man nicht eine Anwesenheit, damit eine Abwesenheit unangenehm wurde? Warst du überhaupt da?

Statt auszuformulieren, inwieweit Aristoteles' Gedanken über »Umfang« für den möglichen Kontrast zwischen einer Tragödie und einer Komödie relevant waren, konzentrierte ich mich auf verschwundene Menschen. Oder ja, Frauen, Mädchen und Transpersonen – die einzigen Männer, die mein Interesse weckten, gehörten zu Flugzeugbesatzungen, die unter mysteriösen Umständen spurlos verschwunden waren. Ich betrachtete letzte Bilder von Überwachungskameras, las Transkriptionen vom Zeitpunkt, ab dem der Kontakt mit dem Flugzeug vollkommen abbrach, Zeugenaussagen von Leuten, die das Opfer womöglich als Letzte lebendig gesehen hatten – und an irgendeinem Punkt der Geschichte waren sie einfach weg. Niemand konnte etwas über ihre letzten Minuten, Tage, schlimmstenfalls Wochen sagen.

Stundenlang widmete ich mich zwei Frauen, die in ihren jeweiligen Londoner Wohnungen tot aufgefunden worden waren, die eine Anfang der Zweitausenderjahre, die andere zwanzig Jahre später. Monate- oder jahrelang hatten sie in ihren Wohnungen gelegen, mit ordentlich verriegelten Türen, die Rechnungen wurden per Dauerauftrag bezahlt. Niemand hatte nach ihnen gesucht. Zumindest nicht sehr gründlich. Nichts deutete darauf hin, dass eine von ihnen einem Verbrechen zum Opfer gefallen wäre. Von der einen hieß es, als man sie nach zwei Jahren fand, sie sei im Dezember gestorben, ein Skelett auf dem Sofa, von eingepackten Weihnachtsgeschenken umgeben.

Die andere wurde in ihrem Bett gefunden. Das Haltbarkeitsdatum des Essens im Kühlschrank deutete darauf hin, dass sie fünf Monate zuvor gestorben war. In beiden Fällen gab es zugrundeliegende medizinische Ursachen für den Tod, chronische Krankheiten oder so was – sie waren nicht an Einsamkeit gestorben. Sie wären nicht weniger tot gewesen, wenn man sie ein paar Monate zuvor gefunden hätte, oder auch nur Sekunden nach ihrem letzten Atemzug. Es klang entspannt, seinen letzten Seufzer in einem Bett oder auf einem Sofa zu tun. Es gab keinen Grund zu glauben, dass es sich dabei um einen schlimmeren Tod als einen anderen gehandelt hatte. Ich würde natürlich früher gefunden werden. Egal wie zerstreut Harald war, würde er doch meine Leiche bemerken.

*

Als Harald gegen halb zehn Uhr abends nach Hause kam, wärmte ich gerade in Zeitlupe eine Pizza auf. Er hatte drei riesige Plastiktüten dabei: zwei von Clas Ohlson, eine von Rusta. Würde er merken, wenn ich die am nächsten Morgen, sobald er bei der Arbeit war, in einem Müllcontainer entsorgte?

Er sank auf einen Stuhl und verfiel in einen unzusammenhängenden Monolog über Turbo und seine Mutter. Es schien was mit Krankheit zu tun zu haben.

»Kerstin hat es nicht leicht. Es gibt niemanden sonst,

der diese Gespräche mit ihr führen könnte. Einfach niemanden.« Wieder und wieder fuhr er sich mit den Fingern durchs Haar. Nervig, es brauchte alle Liebe, die ich aufbringen konnte, ihn nicht anzuschreien, er solle das lassen. Er solle sich endlich die Haare schneiden und den Bart trimmen lassen.

»Ich muss dafür sorgen, dass Turbo in den nächsten Tagen zu einem Arzt kommt, er hat irgendwas Komisches mit dem Bein.«

Harald hatte begonnen, den Strumpf von seinem Fuß zu schälen.

»Findest du, der sieht geschwollen aus?« Ich schaute hin und kniff und drückte freundlich, aber bestimmt mit dem Finger auf seinen Knöchel. Ich liebte es, Ärztin zu spielen.

»Nein«, sagte ich. »Siehst du? Da, wo ich auf dein Bein gedrückt habe, geht die Haut wieder hoch. Das deutet darauf hin, dass du in diesem Teil des Körpers keine Wasseransammlung hast.«

»Aber es ist durchaus möglich, dass ich auch anfange, irgend so ein Ödem in den Füßen zu entwickeln. Ich fühle mich ziemlich kurzatmig. Das könnte was mit dem Herzen sein. Möglich wäre es.«

»Vielleicht hat es mit dem Stress zu tun«, sagte ich. *»Psychischer Stress.«* Er schien meinen Witz nicht wahrzunehmen. »Ansonsten sieht es eher aus, als ob du dir mal die Zehennägel schneiden solltest.« Harald murmelte etwas. Er klang tatsächlich kurzatmig.

»Hast du mit deiner Chefin gesprochen?«, fragte ich. An den letzten Abenden hatten wir die Frage durchgekaut, ob Harald um Entlastung bitten, ob er krankgeschrieben werden könnte, ob es *irgendetwas* gab …

Das hatte er nicht. Ich hatte keine Kraft, es zu kommentieren.

»Die Füße sehen zumindest gut aus.«

Harald grub zwischen seinen Zehen und betrachtete jeden einzeln. Auf seiner Stirn stand Schweiß, und die Sehnen an seinem Hals traten deutlich hervor. Ich legte die Hand an seine Wange. Seine ganze Erscheinung war ein elektrisches Bügeleisen, das jemand auszustellen vergessen hatte. Vermutlich war Turbos Mutter so an Männer mit durchgeknallter Energie gewöhnt, dass sie es für vollkommen normal hielt.

»Iss was. Es gibt … was Tiefgekühltes …« Seine Körpersprache stresste mich. Tat man so etwas nicht mit übermüdeten Personen? Man ermahnte sie zu essen und sich auszuruhen.

»Später vielleicht.« Er rieb sich die große Zehe.

»Ich bestelle eine Pizza. Du kannst eine mit Salami kriegen.«

Der nächste Abend war eine Variation des vorherigen. Und des Abends davor. Irgendwann gegen neun tauchte Harald mit Einkaufstüten voller Lebensmitteln auf, stellte sie ab und gab mir zu verstehen, dass ich sie auspacken und die Waren einräumen sollte.

»Das da ist die für den Kühlschrank und in der da ist das Tiefgefrorene. Nimm die zuerst. Es ist okay, wenn du die Dosen und so stehen lässt, ich mach das dann später.« Dann schloss er sich auf der Toilette ein. Nach 45 Minuten kam er wieder raus und fing an, die Lebensmittel aus dem Schrank zu reißen, wo ich sie eben erst untergebracht hatte. Er schien irgendwas kochen zu wollen, auch wenn noch unmöglich zu erkennen war, in was für eine Mahlzeit das Projekt münden würde. Heute schien er ein wenig präsenter als sonst. Zumindest berichtete er von seinem Arbeitstag und dem schwedischen Rechtssystem.

Frag mich mal was nach mir.

»Und da sagt sie, dass …«

Du langweilst mich.

»Das ist nämlich keineswegs vereinbar mit …«

Schlag vor, dass wir Samstag essen gehen.

Oder mach mir einen Heiratsantrag. Geh auf die Knie.

»Bei dieser Art von Verhandlung …«

Einen antiken Ring. Ich wollte schon immer einen antiken Ring mit Gravur.

»Dieser Teil wurde im Studium ziemlich vernachlässigt, im Prinzip haben wir niemals …«

Töte mich. Hier und jetzt. Und ja, ich will einen Chanel-Lippenstift bei meiner Beerdigung.

»Tja, es wird dann wohl mal wieder Zeit, ins Büro zurückzugehen.« Er zog den Pullover über seinen Bauch, kratzte sich gründlich, nahm seine ewige Kaffeetasse, ging ins Badezimmer und schloss die Tür hinter sich ab. *Schlaf du, dann spüle ich* war ein Roman, der an Harald vorbeigegangen war. Vielleicht hätte er nur *Schlaf du, dann spiele ich* verstanden. Ich hing ein Weilchen in der Kühlschranktür. Was da drinnen stand, musste rausgenommen und in etwas Neues verwandelt werden, in erstaunliche Formen und

Konsistenzen mit Salz und sogar mit Pfeffer. Ich wusste, dass es mein Job war, diesen Zaubertrick zu bewerkstelligen, aber ich wusste auch, dass ein Mensch mindestens eine Woche ohne Essen auskommen kann. Wir hatten Wasser im Hahn, in der Dusche. Als Harald das letzte Mal gekocht hatte, sah das Ergebnis aus, als hätte eine Gruppe Zwölfjähriger mit ADHS, die ihre Amphetamine vergessen hatten, einen Zuckerkick gehabt und alle Küchengeräte, die sie in Schubladen und Schränken fanden, rausgezerrt und dann Mehl und kleine Zweige auf dem Fußboden verteilt. War es verrückt von mir, Haralds Kochen zu vermissen? Ich vermisste ihn mit einer Spülbürste in der Hand. Ich stellte mir vor, was seine Mutter mit ihrem aufgeblasenen Lächeln und dem übertriebenen Nachdruck wohl gesagt hätte: *Also, lecker war es!*

Eine Stunde später fand ich Harald im Wohnzimmer in seiner Lieblingsstellung versunken. Es sah aus, als hätte er schon eine ganze Weile so gesessen. Am liebsten hätte ich ihn mit einem Stock geschlagen. Stattdessen sagte ich:

»Brauchst du was?«

Er schüttelte fast unmerklich den Kopf.

»Kann ich irgendetwas für dich tun?«

»Nein.« Das klang in meinen Ohren wie ein extrem rücksichtsloses *Halt die Schnauze, verdammt noch mal.*

»Das ist alles nicht gut.« Ich sank neben dem Sessel auf die Knie.

Harald schien derselben Ansicht zu sein.

Ich schlug meine Stirn gegen sein Bein. Dunk. Dunk. Dunk. Leichte Schläge.

»Es fühlt sich an, als wäre ich die Frau, die für den Haushalt zuständig ist, während ihr hochbezahlter Mann zur Arbeit geht, wo er Leben rettet, sich mit dem Staat herumschlägt und für den kleinen Mann kämpft.«

»Liebling«, sagte Harald.

»Das war der aktuelle Bericht aus dem Scheuereimer. Und damit beenden wir die Nachrichtenübertragung.«

»Du sollst doch nicht hinter mir her putzen.«

»Wenn ich nicht hinter dir her putze, sieht es scheiße aus.« Ich habe nie behauptet, eine zuverlässige Erzählerin zu sein, weder privat noch beruflich, aber diese Worte kamen aus einem reinen und aufrichtigen Ort in meinem Herzen.

»Wie soll ich denn Zeit für meine eigene Arbeit finden? Ich bin zu fünfzig Prozent krankgeschrieben, und den Rest der Zeit arbeite ich unbezahlt in der HKP.«

»Ich weiß nicht, was das ist, Liebes«, flüsterte Harald.

»HÄUSLICHE KRANKENPFLEGE!«, brüllte ich. »Es fühlt sich an, als müsste ich dafür sorgen, dass du Essen und Wohnung bekommst, frisch gewaschene Unterhosen und saubere Bettwäsche, und abends legst du dein Amt ab, und ich hänge es über den Kleiderdiener und bürste es ab wie einen verdammten Anzug und sorge dafür, dass deine Schuhe geputzt sind, und ehe ich ins Bett gehe, vergewissere ich mich, dass ich dir Butterbrote geschmiert habe, damit du was in die Blechdose packen kannst, ehe du in die Margarinefabrik gehst.« Ich sagte nichts, was ich nicht schon einmal gesagt hätte, oder worüber ich in schweigender Apathie gegrübelt hätte. Ich drückte mein Gesicht an Haralds Oberschenkel und weinte heiße, wütende Tränen.

Da Harald Deckenleuchten mit 100 Watt bevorzugte, war jedes Zimmer wie eine Theaterbühne ausgeleuchtet, oder wie ein Studio, in dem man das Frühstücksfernsehen einspielte. Hoffentlich war Alia unterwegs und lebte ihr Leben und musste das hier nicht mitansehen. *Mein Liebes, wenn Mama und Papa streiten, ist das niemals deine Schuld.*

»So soll es nicht sein für dich«, sagte Harald. Er wühlte in meinem Haar. »Ich koche jetzt das Abendessen fertig, und dann kümmere ich mich um die Wäsche. Morgen gehen wir aus und versuchen … ein … ein Zielfoto für die Zukunft zu machen. Heißt das so? Zielfoto?«

»Das lässt mich an Gunde Svan und den Wasa-Lauf denken.«

»Dann meine ich wahrscheinlich nicht Zielfoto. Ich glaube, ich meine, dass wir über einem Glas fröhlichem und hellem Wein fröhlich über die helle Zukunft plaudern.«

»Du musst zum Arzt. Du brauchst ein Beruhigungsmittel, und vielleicht musst du auch für eine Weile krankgeschrieben werden …« Ich wurde ärgerlich. »Was weiß ich denn? Das muss dein Psychodoktor doch selber merken!«

Harald bedeckte mein Gesicht mit seinen üblichen Golden-Retriever-Küssen.

Eigentlich kann ich das Harald nicht zum Vorwurf machen, aber es fühlte sich an, als wäre mein ganzes Leben plötzlich angehalten worden, in jenem eiskalten Frühling, der voller unbefindlicher Gestalten und Möglichkeiten zu einer komischen Tragödie war. Ich schrieb hier und da ein paar Sätze an meiner Dissertation, sortierte ein paar Abschnitte um, schlug einzelne französische Wörter nach. Mehr schaffte ich nicht. Der kalte Regen, Haralds schweißnasse Angst. Natürlich fühlte ich mich wie eines der Gespenster im Pildammsparken.

¡Hola!
Urlaub 4 life, wie
klingt das? Das klingt
in meinen Ohren auch gut!
Vielleicht kommt es plötzlich,
aber die besten Entscheidungen
werden in aller Eile getroffen!
Lots of Love (LOL)
von einem geheimen
besonderen Ort:P
Sayonara
suckers!

*

Eines Nachts, vielleicht drei Wochen später, stand ich auf, um zur Toilette zu gehen. Harald stand in der hell erleuchteten Küche und knetete einen riesigen Teig. Die Luft staubte. Es sah aus wie eine Folge aus der Backserie *Tårtan*. War die nicht schwarzweiß gewesen?

»Brot«, sagte Harald fröhlich. »Jetzt kommen wir in Gang!«

In den letzten Tagen war er ständig um eine Portion Sauerteigansatz gekreist, als wäre sie ein Säugling, und hatte viel davon gesprochen, dass er auf der Jagd nach der perfekten knusprigen Krume war. Er hatte mir gezeigt, wie die Luftlöcher in einem Brot beschaffen sein müssen. Jetzt war er offensichtlich beim Stadium *Teig* angekommen. Die Ärmel seines schwarzen Hemds hatte er hochgekrempelt und war so eingemehlt, dass es witzig gewesen wäre, wenn er in einem Kinderprogramm aufgetreten wäre. Den Teig massierte und schlug und rollte er mit intensiven, fast erotischen Bewegungen. Ich ertappte mich dabei, dass ich gern dieser Teig gewesen wäre. Was war erforderlich, um Haralds physische Aufmerksamkeit zu erlangen? Eine Substanz zu werden, die man in … Brot verwandeln konnte? Liebling. Lass uns so tun, als wäre ich ein Brotlaib.

Ohne sich die Hände abzuwischen, nahm Harald einen Tablettenblister aus der Tasche und drückte fast alle Pillen raus. Zu Anfang hatte es funktioniert, wenn ich ihm ein paar meiner Angstdämpfer gegeben hatte: eine halbe Diazepam hier, drei Oxazepam da. Es half ihm, aber vor allem half es mir: Ich musste nicht mehr mit seiner paralysierenden Angst umgehen, ich musste nicht zuschauen, wie er die Kiefer zusammenpresste, während sein Hemd nass und immer nasser wurde vom Schweiß, er hörte auf, ununterbrochen mit dem Knie zu wippen und nach einer Weile, wenn es ordentlich wirkte, konnte man sogar in Blickkontakt mit ihm treten. Manchmal kehrte er so weit in die Wirklichkeit zurück, dass man mit ihm fernsehen oder unter vier Augen mit ihm zu Abend essen konnte. Ein Gespräch über etwas anderes als Turbo, Kerstin oder einen der irrlichternden Gedankengänge führen konnte, in denen er sich gerade befand (drei Abende hintereinander hatte er über die neolithische Revolution doziert).

»Sind das da meine Tabletten?«, fragte ich jetzt.

»Nein, nein. Die habe ich vom Arzt in der psychologischen Notaufnahme bekommen.«

»Was jetzt?«

»Zolpidem, Zopiclon, Oxazepam, Stesolid – und noch irgendwas Schmerzstillendes. Oxycodon.«

»Ich meinte nicht, was du bekommen hast, sondern wo du warst.«

»Bipolare Sprechstunde.«

»Niemand kriegt einfach so fünf verschiedene Narkotika verschrieben.«

»Ich habe erklärt, dass ich gestresst bin.«

»Warum hast du Oxycodon bekommen? Wo tut es dir denn weh?«

Harald schlug sich feierlich auf die linke Brust. Das Mehl stob.

»Hier«, sagte er stolz.

»Das da ist eine Apotheke, keine kurzfristige Lösung für eine akute Situation.« Ich laberte einfach. Eigentlich meinte ich das nicht. Da ich selbst Schlafmittel im Leib hatte, war ich zu längeren Gesprächen nicht wirklich imstande, und Harald war viel zu sehr auf seinen Teig fixiert, um empfänglich dafür zu sein. Ich legte mich wieder schlafen.

7

Die Stimmung auf dem Flugplatz hatte sich verändert. Inzwischen war es halb zwei, zwei, halb drei geworden. Es gab keine frohe Erwartung mehr, keine wachsende Spannung. Die jüngeren Mitglieder der Familie mit Kindern hatten die Stadien Jammern, Klagen, Zorn, lautes Weinen durchlaufen und befanden sich nun in einer Art völliger Gleichgültigkeit. Verspätungen: Kein Mensch erträgt eine Verspätung. Ich konnte hören, wie Haralds Mama es kommentierte, mit diesem Tonfall, den sie sonst für ihr gesellschaftliches Engagement reservierte: *Verspätungen machen die Menschen fertig. So kann man nicht vernünftig leben.*

Eine rastlose Unruhe hing in der Luft, eine Verärgerung, die nur an den Junggesellen vorbeizugehen schien, die ein unterhaltsames Trinkspiel begonnen hatten. Ich spürte, wie mein Blick sehnsüchtig wurde. Ich hätte einer von ihnen sein können. Ich hätte mit im Halbkreis um den aufgeputschten Typen stehen, mit den Füßen stampfen und »TRINKEN, TRINKEN, TRINKEN!« brüllen können. Die Sonne war untergegangen – dieser verdammte Polarkreis – und jetzt befanden wir uns wirklich im Nichts. Wir waren überhaupt nirgendwo. Haralds Mama räusperte sich vernehmlich, Aufmerksamkeit heischend. Die Vereinsvorsitzende ergriff das Wort.

»Ich war einfach sehr böse auf dich«, stellte sie fest. Hatte sie das nicht schon einmal gesagt? Ich hatte oft das

Gefühl, dass mein mangelhaftes Kurz- und Langzeitgedächtnis eine Plage für andere war. Aber vielleicht schenkte ihnen das ja auch die Möglichkeit, vollkommen ungehindert loszubrabbeln. Ich sah, dass sich der Mund von Haralds Mama in ständiger Bewegung befand. Warum konnten wir nicht so tun, als würden wir einander nicht kennen? Millionen Menschen taten das. Sie kannten einander nicht.

»Und ich könnte mir vorstellen, dass du ähnlich empfunden hast.«

Ich wartete.

»Vielleicht willst du mir ja was sagen.«

Nicht wirklich.

»Ich halte nichts davon, Konflikte unter den Teppich zu kehren.«

Und ich wäre so gern unter einen Teppich gekehrt worden, hätte mich unter einen Tisch geworfen, wäre gerollt, wie wenn man von einem fahrenden Zug springt, um den Sturz zu dämpfen.

»Auf lange Sicht führt das zu gar nichts.«

Der Fluchtinstinkt schlug wortlos zu, sie war älter als der Weltenanfang, sie unterschied Organismen von toten Dingen. Ich war eine Ratte, die von einem Dachbalken zum anderen sprang.

»Zwischen uns ist viel passiert, und ich fände es am besten, wenn wir darüber sprechen, bevor wir uns hier trennen. Jetzt haben wir ein Stündchen für uns, und ich habe einiges zu sagen.«

Irgendwann erwiderte ich: »In meiner Familie haben wir eine sehr gut funktionierende Methode, mit Konflikten

Umgang mit Konflikten

umzugehen. Wenn ein Streit entsteht, haben wir einfach ein paar Jahre keinen Kontakt, und danach tun wir so, als wäre nichts gewesen.«

»Das kann ich mir denken. Aber nun geht es hier ja nicht nur um dich.«

Nein, es scheint ausschließlich um dich zu gehen.

»Weißt du überhaupt, wie ich heiße?«, fragte ich.

»Natürlich weiß ich, wie du heißt!«

»Kannst du dir vorstellen, das zu vergessen?«

»Auf lange Sicht? Gewiss.«

»Jetzt.«

»Das wäre wirklich sehr seltsam!«

»Dann weiß ich nicht so recht, wie wir dieses Gespräch fortsetzen sollen.« Nuschelte ich schon wieder? Mein Mund war trocken. Ich hätte etwas Beruhigendes nehmen sollen, einen Betablocker, Vitamin D, was auch immer, ich hätte etwas nehmen sollen, das meinen Puls und meine Körpertemperatur senkte, ich wäre gerne eine Schlange, ein Frosch gewesen – weder tot noch lebendig. War das nicht der wahre Sinn von Flugplätzen? Nichts und niemand sein zu dürfen? Im Transit?

Vielleicht erlebte ich hier in Wirklichkeit nur ein faszinierendes Drama. Möglicherweise war ich nicht einmal Statistin, sondern saß im Publikum. Hoffentlich handelte es sich nicht um so eine nervige Angelegenheit, wo die Schauspieler unschuldige Menschen auf die Bühne zerren. Ich weiß nicht, was ich dachte, bis ich schließlich sagte:

»Sollten wir uns nicht lieber erst ein bisschen betrinken? Bevor wir dieses Gespräch führen?«

»Da habe ich nichts dagegen. Und ich habe auch wirklich Durst. Ein kleiner Absacker so am Nachmittag ist doch nett.«

Ich hatte erwartet, dass sie einwenden würde: *Ist es dafür nicht ein wenig früh?* Oder *Wir haben doch erst zum Mittag ein Glas getrunken.* Das tat sie nicht. Die neuerliche Verspätung bedeutete, dass Haralds Flug gegen halb fünf ankommen würde. Gott und die Luftfahrt, oder welche Kräfte auch immer über den Flugverkehr an der norwegisch-schwedischen Grenze herrschten, hatten mir ein paar weitere Stunden in Gesellschaft von Haralds Mama zur freien Verfügung gestellt.

Als ich mit dem Bier zurückkam, nahm sie mit demonstrativ abgewandtem Blick sofort einen Schluck aus der Flasche. Was für eine Augenfarbe hatte sie eigentlich? Gewöhnlich? Sie leerte das Bier und trank dazu ein paar Schluck Kaffee. Durch ihre Adern musste rund um die Uhr in einem nie versiegenden Fluss Kaffee fließen. Ich hatte noch nicht gefrühstückt. Hatte ich letzte Nacht geschlafen? Es bestand die Gefahr, dass ich torkelig werden würde. Ich war immer ein wenig unsicher auf den Beinen, ich schwankte und bekam Schranktüren an den Kopf und hielt mich an der Wand fest, um nicht umzufallen. Harald meinte oft, ich würde aussehen wie eine alte Säuferin nach einem Schlaganfall. Das sagte er auf eine bizarre Art liebevoll. Hatte ich gestern Abend etwas gegessen? Die Einzige, die auch nur annähernd die Frage, ob ich etwas gefrühstückt hatte, beantworten könnte, war Alia. Haralds Mama sah nun gestärkt aus, erfrischt. Sonnenschein im Blick – sie war bereit, das Wort zu ergreifen. Und sie öffnete auch schon den Mund, doch ich unterbrach sie, ehe da etwas rausfallen konnte.

»Darf ich erst mal fragen, um was für einen Konflikt es sich eigentlich handelt, den wir hier klären sollen?«

Ihr Gesichtsausdruck ließ mich an Männer denken, die Frauen eine Papiertüte über den Kopf stülpen, wenn sie Sex mit ihnen haben. *Ich will diesen Scheiß hinter mich bringen, aber ich will dabei verdammt noch mal nicht dein Gesicht sehen müssen.*

»Ich war sehr böse auf dich. Wie gesagt. Ich dachte, das hättest du inzwischen kapiert.«

Ich nahm einen Schluck Bier. Die Junggesellen an der Bar hatten Tempo und Lautstärke erhöht. Das galt auch für die sexuellen Untertöne. Es war schwer zu verstehen, was genau gesagt oder gebrüllt wurde, aber das Wort Minipimmel kam definitiv vor.

»Ich habe das Gefühl, dass du dich sehr verantwortungslos verhalten hast, sowohl Harald als auch mir gegenüber.«

Ein weiteres Schlückchen.

»Und dabei meine ich sowohl, wie wir es im Herbst miteinander hatten, als auch, was im Sommer passiert ist.«

Wenn das hier ein Trinkspiel war, dann schien die Regel zu lauten, dass ich trinken musste, sobald sie etwas sagte, was prinzipiell stimmte.

»Und das kann man ja durchaus einen Konflikt nennen.«

Das nun wieder klang wie eine Behauptung ohne jeden Wahrheitsgehalt. Ich blieb passiv.

»Versuch doch mal, etwas konkreter zu werden, bitte«, erwiderte ich. Ich hatte Durst.

»Ich bin in Haralds Zuhause nicht willkommen! Es ist mir durchaus oft schwergefallen, zu verstehen, wie er seine Entscheidungen trifft, aber das hier war ... Und da steckst natürlich du dahinter, das ist mir schon klar.«

Ich trank zwei Schluck.

»Wir wissen beide, was passiert ist, als er letzten Sommer zurück nach Malmö gekommen ist. Er hatte sich entschieden, nach Hause zu dir und in dieses Chaos zurückzukehren, und ... seine Zukunft zu ruinieren. *Ich* habe mein Bestes gegeben, ich habe alles getan, was in meiner Macht stand, damit er wieder gesund wird, und jetzt könntest du dich auch mal ein bisschen anstrengen.«

Wahr oder falsch? Langsam fühlte sich das an wie ein Fragesport.

»Lass uns das doch bitte noch mal ein bisschen sortieren«, erwiderte ich verbindlich. Das hatte ich Leute zum Beispiel im Fernsehen sagen hören.

»Ich habe dir *vertraut*.«

Unmöglich zu wissen. Hatte sie das? Ich trank noch etwas, es war ja auch egal. Keine Regel ohne Ausnahme. Das zumindest hatte Haralds Mama mir beigebracht.

»Und das werde ich nie wieder tun können. Und jetzt sei bitte so gut und erklär mir mal, warum ich bei meinem eigenen Sohn nicht reingelassen wurde. Ich habe ein *Recht* zu ihm zu kommen.«

Ich vermutete, dass ich, mal abgesehen von dieser verdammten Käsestulle, heute noch nichts gegessen hatte, denn ich fühlte mich fast frei und glücklich. Was sie sagte, war so lächerlich *richtig*. Ich spürte ein Kichern in meiner Brust blubbern.

»Du meinst, wie bei einem Grenzkonflikt? Besetzter Boden, Kolonialmacht? Und ich bin es in dem Fall, die … deinen Boden besetzt?«

»Noch nie zuvor hat Harald mich nicht bei sich zu Hause reingelassen.«

»Es ist ja nicht so, dass ich die Sicherheitskette vorgelegt hätte, während du vor der Tür standst und dagegen gebollert hast«, sagte ich, obwohl ich genau davon geträumt hatte.

»Nein, ich musste *übers Telefon* erfahren, dass ich aus seiner Wohnung rausgeworfen war. Das ist so herzlos, ein Kind von seinen Eltern zu trennen. Ich brauche Harald.«

Ein freudscher Versprecher?

*

Leider hatte ich das Telefongespräch über den sogenannten Rausschmiss mitangehört. Normalerweise hielt ich mich in sicherer Entfernung, wenn Harald mit seiner Mutter telefonierte, oder eigentlich egal mit wem, genau wie ich mich von seiner Post und seinem Handy fernhielt, ich wollte nichts sehen oder hören, was ich niemals wieder vergessen würde. Aber just an dem Abend war ich zufällig nach Hause gekommen, als er gerade in der Küche mit ihr telefonierte. Noch nie zuvor hatte ich ihn die Stimme gegen seine Mutter erheben hören, und Tonfall wie Wortwahl waren eindeutig:

»Nun sind wir aber mal zu zweit in diesem Haushalt, und du kannst diesmal nicht hier übernachten!«

Harald war *wütend*. Ich schlich auf Zehenspitzen ins

Schlafzimmer und zog ganz leise die Tür hinter mir zu. Ein Teil von mir tanzte triumphierend um ein loderndes Feuer, rief zum Himmel und den Sternen und schüttelte Tamburine und Kastagnetten, ein anderer Teil von mir rang nach Atem. Etwas, was ich gesagt – oder, um aufrichtig zu sein: verlangt hatte – zeitigte Konsequenzen. Ich bekam meinen Willen und nicht nur *eine* andere Person war davon betroffen, sondern noch eine weitere. Ich hatte mein As weggezogen, und das Kartenhaus fiel in sich zusammen. Wir waren nicht nur zwei in diesem Haushalt, wir waren drei.

Kurz darauf kam Harald zu mir und setzte sich auf die Bettkante. Ich konnte seinen Gesichtsausdruck nicht deuten.

»Ich habe meiner Mutter gesagt, dass es keine gute Idee ist, wenn sie ausgerechnet jetzt, nach allem, was letztes Mal passiert ist, hierherkommt.«

Ich versuchte wirklich, Mitleid mit ihm zu gebären, ich verspürte Wehen, ich presste. Verschiedene Sätze flogen durch meinen Kopf: *Das muss superschwer sein – es tut mir so leid, dass ich dich in diese Situation gebracht habe.* Ohne Erfolg. Stattdessen nahm ich seine Hand und streichelte sie fürsorglich. Wenigstens war ich ehrlich, als ich mich bei ihm bedankte und sagte, dass es eine große Erleichterung sei.

Als er sagte, seine Mutter habe vorgeschlagen, dass wir stattdessen auf die *Insel* fahren könnten, schnappte ich mir schnell ein Kissen und hielt es mir vors Gesicht, damit er meine Reaktion nicht sehen musste.

*

»Bist du sicher, dass du ihn auch in meiner Wohnung brauchst?«, fragte ich.

»Ich habe *immer* bei Harald geschlafen, wenn ich ihn besucht habe, ganz gleich, wo er gewohnt hat. Rom, Uganda.«

Hatte Harald in Uganda gewohnt?

»Nach allem, was ich für ihn getan habe, einfach so vor die Tür gesetzt zu werden, das ist schlicht eine Unverschämtheit. Was ich getan und vor allem, was ich *ausgehalten* habe. Aber jetzt ist das ja offenbar nicht mehr gewünscht.«

Ich hatte nicht wirklich Lust, mir vorzustellen, was sie alles für ihn getan hatte, aber ich trank noch ein wenig.

»Du würdest mich ja sowieso am liebsten aus ganz Malmö verbannen, wenn du könntest!«

Schluck, Schluck, Schluck. Und bei der Miene, die sie aufsetzte, hatte ich noch einen weiteren Schluck verdient.

»Region Skåne«, sagte ich und lächelte, als wäre es ein Scherz. »Lokalverbot für ganz Südschweden.« Ich würde ein Annäherungsverbot von der Polizei erwirken, das ihr untersagte, sich in einem Radius von einem Kilometer um mich herum aufzuhalten.

»Mir ist schon klar, dass es dir egal ist, was das mit mir macht, aber du musst bitte mal begreifen, wie sich das auf *Harald* auswirkt. Oder ist es genau das, was du willst?«

Fünfhundert Meter. Näher als das, und ich schieße.

»Erinnerst du dich, dass ich dich um Entschuldigung gebeten habe?« Ich hatte damals sehr umständlich und freundlich erklärt, dass mein Zuhause eine Bannmeile sei, und warum ich Übernachtungen nicht mochte. Die Male zuvor seien Ausnahmen gewesen. Wir befanden uns immer noch im Ausnahmezustand, aber die Regeln – die Gesetze – hatten sich geändert. *Es tut mir leid, wenn das dich betrifft.* Ich meinte es wirklich. Ich wollte keine Spielfigur sein, kein Würfel im herannahenden Geburtstagskniffel.

»Worte sind Worte, Taten sind Taten.«

Und manche Taten führen zu Besuchsverbot.

»Ich kann einfach nicht verstehen, warum ihr euch unbedingt bei mir zu Hause treffen müsst. Es gibt dafür tausend andere Orte. Cafés. Man kann spazieren gehen.«

»Nähe ist viel mehr als nur eine Tasse Kaffee an einem öffentlichen Ort.«

»Du hast im September bei uns übernachtet. Und wir haben ja wohl alle gemerkt, dass das keine gute Idee war.«

»Ah, jetzt kommen wir also mit Sarkasmus und Euphemismen.« Sie lehnte sich triumphierend zurück.

»Und du erinnerst dich vielleicht auch, dass ich dir angeboten habe, das Hotel zu bezahlen, wenn du das nächste Mal nach Malmö kommst.« Weil ich keine Möglichkeit hatte, ihr das Übertreten der Landesgrenzen zu verbieten, war ich mit einem anderen kreativen Vorschlag gekommen. Sie entschied, nicht darauf einzugehen.

»Ihr wolltet mich nicht einmal in der Wohnung haben. Und da hatte ich dann wirklich keine Lust mehr.«

»Wir haben versucht, eine Lösung zu finden, die so gut wie alle anderen war«, sagte ich. Nein, was sagte man dazu? »Eine gute Lösung für alle.« Stimmte das?

»Die Einzige, die fand, dass das eine gute Lösung ist, warst du. Ich durfte ja nicht mal auf einen *Kaffee* reinkommen.«

Das war richtig. Hundertprozentig richtig. Ich wollte ihren Mund nicht an meinen Kaffeetassen haben, ihre Pobacken nicht auf meiner Klobrille, *soso, habt ihr ummöbliert und das Bett jetzt hier hingestellt?* Womöglich würde sie den Finger in einen Blumentopf drücken und fragen, wann wir das letzte Mal gegossen hatten.

»Heutzutage kriegt man überall einen Kaffee.«

Nein, sie würde ihren Fuß nicht noch einmal in meine Wohnung setzen. »Ich habe sogar angeboten, auch für den Kaffee zu zahlen.« Sich aus der Situation freikaufen zu wollen, hatte sich im Nachhinein als unkluge Taktik erwiesen. Harald hatte das gar nicht gefallen.

»Ich habe ein Recht darauf zu sehen, wie es meinem Sohn geht. Wie er wohnt, ob es aussieht wie in einer verdammten Fixerhöhle …«

»Und was würdest du bitteschön tun? Wenn Haralds Wohnung aussähe wie eine Fixerhöhle?« Sie ekelte mich an. Natürlich war ich in der Sache nicht ganz unparteiisch, aber es fiel mir doch schwer zu glauben, dass jemand, der mich sah, dachte: *Die wohnt bestimmt in einer Fixerhöhle.*

»Na, aufräumen natürlich!«

S/A Was für ein Glück, dass er eine andere Hure gefunden hat, die das für ihn erledigt, dachte ich und leerte mein Bier. Das auf Wahrheitswerte gegründete Trinkspiel hatte ich inzwischen aufgegeben.

»Nun müssen wir zu einem Kompromiss in dieser Frage kommen.« Die Vorsitzende hatte gesprochen.

»Ist dir bewusst, dass ich nicht für dich arbeite? Es ist nicht meine Aufgabe, dich zufriedenzustellen.«

»Es fällt mir wirklich ungeheuer schwer zu verstehen, warum es eine so schreckliche Katastrophe wäre, mir zu erlauben, Haralds Wohnung aufzusuchen.«

Der Große Vorsitzende Mao Zedong.

»Da *das* anscheinend völlig undenkbar ist, verlange ich ja gar nicht, übernachten zu dürfen. Aber nicht mal *reingelassen* zu werden … also, das ist wirklich zu viel.«

Mein Heim, meine Burg, mein Schlafzimmer, mein letzter Zufluchtsort auf der Welt. Der einzige Ort, an dem ich mich richtig sicher fühlen konnte. Wo niemand das Recht hatte, mich rauszudrängen oder mich anzusehen, als wäre ich Luft, Müll, ein unerwünschter Teil der Einrichtung.

»Muss mal sanitär«, sagte ich und stand auf.

Ich schaltete das Licht auf der Behindertentoilette aus, und nachdem ich zweimal kontrolliert hatte, dass die Tür verschlossen war, legte ich mich auf den Fußboden. Seit ich früh um halb sechs Uhr in den Öresundståg gekrochen war, um nach Kastrup zum Kopenhagener Flughafen zu fahren, war ich unterwegs. Jetzt hätte ich hier sitzen und Harald anstrahlen sollen – ich wollte nicht an Harald denken. Ich wollte seine Mutter aus meinem Leben schneiden, wie man sich eine Warze aus dem Fuß gräbt. Ich hatte nie um sie gebeten. Niemand hatte mir gesagt, dass sie ein Teil des Pakets war und dass ich mich dafür bedanken, es entgegennehmen und zufrieden aussehen musste. *Oh, wie schön! Das passt perfekt in meine Wohnung.* Vor allen Dingen hatte mir niemand erzählt, welche Konsequenzen es haben würde, wenn ich nicht mitspielte. Harald, zärtlich: *Du gehörst zu meiner Familie.* Das hatte ich als Liebeserklärung gedeutet. In Wirklichkeit: eine versteckte Drohung.

Als ich zurückkam, daddelte Haralds Mama auf ihrem Handy herum. Ihre Laune schien umgeschlagen zu sein, und sie sah normal und vernünftig aus, als sie mich fragte, ob Harald angerufen hätte. Ich wollte sie foltern. Was würde sie am meisten empören, ein Ja oder ein Nein?

»Ich glaube tatsächlich nicht, dass er im Moment anrufen kann«, erklärte ich schließlich. »Ich habe keine exakten Informationen, aber ich glaube, dass es rein geografisch« … ich suchte nach Worten … »funktechnisch unmöglich ist.«

»Er hat es nie leicht gehabt, wirklich nicht.«

Es war schwer zu erkennen, ob sie entschied, mich falsch zu verstehen oder es ihr nur an der Fähigkeit mangelte, grundlegende Voraussetzungen für Kommunikation einzuhalten.

»Für ihn sind Sachen kompliziert, die für andere ganz einfach sind. Und das wiederum habe ich nie verstehen können. Überhaupt nicht. Ich kann das nicht begreifen. Warum er nicht … er kann einfach nicht hinter sich aufräumen. Das konnte er noch nie. Sein Zimmer zum Beispiel! Da halfen keine Drohung und keine Belohnung. Ganz egal, was ich gesagt habe. Er war schlicht völlig außerstande. Da sah es immer aus wie in einem bombardierten Bordell.«

Mir gefiel nicht, wohin dieses Gespräch unterwegs war.

»Ich bin eine sehr effektive Person. Man räumt wieder

ein, was man rausgeholt hat, anders kann ich nicht … Haralds Vater war genauso. Er hat einfach nichts gesehen. Blind.« Sie zeigte auf ihre Augen. »Es war eine ungeheure Erleichterung, als Harald seine Diagnosen bekam. ADHS. Endlich gab es Material, das man lesen konnte. Artikel im Netz. Als Eltern will man schließlich verstehen.« Sie nickte, offensichtlich derselben Meinung wie sie selbst. »Schwarz auf weiß stand da: *Es ist nicht Haralds Schuld. Es ist eine Krankheit.*«

ADHS ist keine Krankheit.

Sie fuhr fort: »Und dann ist da noch das mit der Unpünktlichkeit. Auch wenn ich selbst finde, dass man das ein bisschen lockerer sehen sollte. Nicht immer so kleinlich mit allem sein. Gehörst du zu denen, die immer punktgenau erscheinen? Ich finde, man kann sich ruhig etwas Großzügigkeit gönnen.«

»Ich finde, dass er sich in diesen Dingen sehr gebessert hat«, entgegnete ich. Warum sagte ich das? Ich überquerte den Rubikon. »Wir haben Regeln, Techniken gehabt.« Hochverrat! Ich hatte mir geschworen, nie wieder mit Haralds Mama über Harald zu sprechen.

»Dann hat der ganze Mist ja wenigsten etwas Gutes gehabt. Auch wenn davon *im Moment* nicht viel zu merken ist.«

»Ja«, log ich. Was log ich denn überhaupt? Ich wusste nur, dass ich *Nein* meinte. Nein, nein, nein.

»Dann hat er offenbar hart an sich gearbeitet, nehme ich an.«

»Ich glaube, das Problem war nie, dass er nicht hart genug arbeitet.« Ich durfte mit dieser Frau nicht über Harald sprechen. Es war *mein* Harald, und ich wollte das, was Unseres war, nicht mit ihr teilen und wie eine Tratschtante bei Törtchen und Kaffee sitzen und Gerüchte und Geheimnisse und Unwahrheiten verbreiten. Denn wenn ich mich dafür hergab, dann konnte ich sie genauso gut in mein Klo scheißen lassen.

»Nein, hart gearbeitet hat er wirklich. Er hätte so vieles werden können. Wusstest du, dass er auch einen Studienplatz für Medizin bekommen hätte? Die Hochschulprüfung ohne Fehler absolviert. Drei Jahre hintereinander. Aber dann ist es Jura geworden. Ich glaube, da hat sein Vater eine Rolle gespielt. Der war ja immer sein großes Vorbild. Nicht, dass man ihn irgendwie dazu gezwungen hätte, absolut nicht, aber Harald sah immer, was sein Vater leistete, und wollte genauso gut sein.«

Nein, nein, nein. Geh da nicht rein. Und warum hatte er die Hochschulprüfung eigentlich dreimal wiederholt? Wenn er doch die höchste Punktzahl bereits erreicht hatte?

»Es war unglaublich zu sehen, wie sich Harald in diese Richtung entwickelte. Dasselbe *Glühen*. Dieser Wille. Auch wenn es natürlich kompliziert war zwischen den beiden. Es war keine ganz einfache Beziehung. Aber irgendwo ist es ja auch unvermeidlich. Die Verbindung, die ein Junge zu seinem Vater entwickelt, ist nicht ganz leicht zu verstehen. Jemanden so wahnsinnig zu bewundern und gleichzeitig zu versuchen, eine eigenständige Person zu werden. Vielleicht sogar mit einer gewissen Lust am Wettstreit. Und wie gesagt, Haralds Vater ging es zwischenzeitlich immer wieder nicht gut. Man hasst jemanden, man liebt jemanden. Also, ich glaube nicht, dass Harald so weit ging, seinen Vater zu *hassen*, aber er war doch über lange Zeiten wütend auf ihn. Mit allem Recht. Es ist so unfair, mit einem Vater aufwachsen zu müssen, der so schwere psychische Probleme hat. Aber sie liebten einander. Er war kein einfacher Mann. Aber es gab so ein unerhört starkes Band zwischen ihnen.«

Bitte, hör auf zu reden.

»Ich glaube, für Harald war es schwerer zu verarbeiten, dass er gestorben ist, als für Johan. Sie waren einander so ähnlich. Johan ist ein bisschen aus einem anderen Holz geschnitzt. Zurückhaltender. Er hat mich nie so in sein Leben gelassen, wie Harald es getan hat. Woran das auch immer liegen mag. Aber ich denke es mir so: Mit einem anderen Vater hätte ich einen anderen Harald bekommen. Und es ist schließlich dieser Harald, den ich kenne und den ich liebe.«

Hatte diese Frau schon mal von Psychologen gehört? Von Beratern? Von einer Freundin, mit der sie sich austauschen könnte? Vielleicht mit einer Parteikollegin aus ihrer revolutionären Vergangenheit in der KPML(r)?

»Ich verstehe, dass du sehr stolz auf Harald bist. Das bin ich auch.«

»Also, das hier ist aber nicht dein Verdienst.«

Tatsächlich fand ich, dass es zumindest zum Teil durchaus mein Verdienst war. Ich musste daran denken, wie ich ihn in jenen bösen Monaten in Malmö jeden Morgen geweckt hatte, aufgestanden war und Kaffee gekocht hatte, wie ich immer noch ein zweites Mal Leben in ihn gerüttelt und dann mit halb offenen Augen dagelegen hatte, bis er aus der Wohnungstür getrottet war.

»Ich glaube, es hat Verletzungen zwischen ihnen gegeben, und Harald hat nie die Möglichkeit bekommen, die Wunden zusammen mit seinem Vater zu heilen. Dinge, über die sie nie miteinander sprechen konnten, was aber notwendig gewesen wäre …«

Ich konnte ihr nicht länger zuhören. Ließ sie hier selbst im *Playboy* alle Hüllen fallen, oder zeigte sie nur ihre Sammlung Pornozeitschriften? *Sieh mal, was ich hier habe. Da möchtest du gerne mal drin blättern, was? Ein bisschen mehr über Harald erfahren, denn du bist doch sicher neugierig, oder? Ich kann dich blättern lassen. Unter der Bedingung, dass ich die Schlüssel zu deiner Wohnung bekomme. Oberes und unteres Schloss. Und dass ich* immer *willkommen bin.*

8

Es wurde Mai.

Ich weiß nicht, ob es mit dem herannahenden Sommer zu tun hatte und wie warm und schön alles wurde, ob das möglicherweise einen uralten, vor-neolithischen Punkt in seinem Reptiliengehirn triggerte, aber Harald wurde, nachdem er abends lange gearbeitet hatte, noch aufgedrehter, hitziger, durchgeknallter. Nach eins schlief er kaum noch, und der Sauerteig war esoterischen Bauprojekten gewichen: Er hämmerte kleinere Tischlerarbeiten zusammen, bog Nägel über kochendem Wasser zu Haken, montierte Regale an unerwarteten und unpraktischen Stellen, kleinteilige Anordnungen, die unsere Wohnung wie ein übermäßig begeistert illustriertes Kinderbuch aussehen ließen. Es gab niemanden, mit dem ich darüber hätte sprechen können. Ich wusste nicht, was ich zu irgendwem hätte sagen können. Oder zu Harald. Ich hatte keine Ahnung. Stattdessen sagte ich das, wovon ich dachte, dass es gut wäre, es zu sagen: *Hast du gegessen? Geschlafen? Nimmst du dein Lithium, Lamotrigin, Venlafaxin? Hast du mit jemandem an deinem Arbeitsplatz gesprochen?* Seine Antworten waren nicht sonderlich hilfreich. *Ja, nein, was?* Und Variationen davon. Das Einfachste war, dafür zu sorgen, dass seine Alltagsroutinen funktionierten.

Ich war noch nie Zeugin gewesen, wie jemand in einen manischen Schub geriet. Vielmehr hatte ich gedacht, meine Mutter hätte mich gegen psychische Krankheiten immun gemacht – wie auch immer sie es hätte bewerkstelligen sollen, dass es mir am Arsch vorbeiging. Doch Harald folgte nicht demselben Muster. Er stand der Umgebung nicht feindselig gegenüber, nicht misstrauisch. Er beschuldigte mich nicht, absurde Dinge getan zu haben, er sah mich nicht an, als würde oder wollte er sich nicht daran erinnern, wer ich war. Wir hatten keine Katze, aber wenn, dann hätte er sie nicht getötet, weil sie angeblich besessen war … und so weiter. Er war rätselhaft, und seine Launen schwankten, aber er war nicht völlig unberechenbar. Zu Anfang hatte er die Tabletten mit einer gewissen Regelmäßigkeit genommen, was dazu geführt hatte, dass sie nach fünf, sechs Stunden aus seinem Blut waren. Da war eigentlich alles ganz einfach gewesen: In dem Wissen, dass er bald wieder er selbst sein würde, musste man nur dafür sorgen, dass er was aß und dann schlafen ging (was zu tun er natürlich nicht die geringste Lust hatte, er wollte Regale tischlern und seine Sammlung aus Muttern, Schrauben, Nägeln und Heftzwecken auf dem Fußboden verteilen und sie umsortieren).

Diese Phase war schnell zu Ende gewesen. Weil er die Medikamente irgendwann ununterbrochen nahm – ich wusste nicht einmal, um welche Präparate es sich handelte, er schüttete Händevoll Schlafmittel, Beruhigungstabletten und Schmerztabletten in sich hinein, als wären es Bonbons –, war er die ganze Zeit high. Die Tabletten gingen nie aus seinem Blut, weil er immer nachfüllte und außerdem ständig die Dosis erhöhte, weil er abhängig war. Harald war keine Person mehr, die angstdämpfende Medikamente nahm, weil sie unter Druck stand. Er nahm schlicht Drogen. Es erstaunte mich, dass ich keinerlei moralische Empörung empfand, wie man sie normalerweise gegenüber Drogenabhängigen verspüren sollte. Ich war hauptsächlich sauer, und – das wird mir jetzt klar – ich hatte Angst.

Normal wäre gewesen, mit meiner Tante zu sprechen. Sie hatte mich über Jahre hinweg mit Ratgeberbüchern bombardiert (*Das Nilpferd im Wohnzimmer*) sowie Gruppentherapien und akademischer Literatur (*Aristotle, Augustine, and Addiction: Is the Individual Still Capable of Excercising Free Will to a Meaningful Degree?*), dazu *Poesie* (von Sandra Holm bis Anne Sexton), während sie gleichzeitig versucht hatte, mit mir ein Gespräch über das Saufen meines Vaters zu führen. Wer er *wurde*, wenn er trank, wer er *gewesen war*, bevor er angefangen hatte zu trinken, wie wir *beide* Opfer seines *Alkoholismus* waren … Mit ihr über Harald zu sprechen, hätte alles so real gemacht. Stattdessen ließ ich alles surreal und schrecklich sein. In meinem Zuhause tobte ein erwachsener Mann herum, der seine Kleider auf links trug, Essen auf dem Fußboden verschüttete und entweder komatös oder so hyperfokussiert auf ein seltsames sinnloses Projekt war, dass man ihn kaum ansprechen konnte. Und *das* hatte ja wohl kaum etwas mit der Realität zu tun. Am meisten erstaunte mich, wie er es schaffte, dennoch weiter zur Arbeit zu gehen.

Natürlich schämte ich mich, so wie man es von jedem Menschen in einer Beziehung mit einem Drogenabhängigen erwartet. Es war meine eigene, private kleine Scham, wortlos und farblos, in meiner Fantasie gut verborgen zwischen Organen wie Milz und Lunge, eine so wohlversteckte Entität, dass es einen ungeheuer geschickten Chirurgen gebraucht hätte, um sie auszugraben. Faszinierenderweise schämte ich mich niemals für Harald – seine Verrücktheit gehörte ihm allein. Ich verweigerte die Beschäftigung damit. Das einzige Mal, dass ich so etwas wie Scham für ihn empfunden hatte, war, als ihm im Supermarkt die Hosen bis auf die Knöchel heruntergerutscht waren und er in seinem durch Schlaftabletten verursachten euphorischen Zustand brüllend lachte, ohne auch nur den kleinsten Versuch zu unternehmen, sie wieder hochzuziehen. Es war der Höhepunkt der Erniedrigung, wie ich in die Hocke sank und ihm die kleinkarierten Chinos hochzog, während er wie ein Dreijähriger johlte. Ich war außer mir vor Wut. Ich packte ihn am Arm und zerrte ihn aus dem Laden. Ich sprach kein Wort dabei, was Harald höchstwahrscheinlich überhaupt nicht bemerkte. Als wir dann nach Hause kamen, sah die Wohnung total scheiße aus. Keiner von uns beiden hatte noch die Kraft, Essen zu kochen, es lag ein einzelner Teller hier, ein Messer und eine Gabel für eine Tiefkühlpizza da, ein kleinerer Löffel für Joghurtbecher … Ich hatte nur mein eigenes Geschirr gespült und die Hinterlassenschaften des Orkans namens Harald nicht angerührt. Das hatte ich auf dem Nachhauseweg irgendwie vergessen gehabt, denn als ich feststellte, in welchem Zustand ich die Wohnung zurückgelassen hatte, war ich drauf und dran laut zu schreien.

Sie sah aus, wie man sich die Wohnung eines Drogenabhängigen vorstellt, auch wenn es ein Drogie der Mittelschicht mit Freundin und gut bezahltem Job und der Sorte Möbel war, die damals *in* waren, und über die wir in fünfzig Jahren lachen werden – und es war einfach unerträglich. Überall lagen Sachen herum. Teller mit Essensresten, halb leere Chipstüten, ein nicht beendetes Brotback-Projekt, ein zur Hälfte ausgeführtes Umtopf-Projekt, das Blumenerde, Stecklinge und viel zu viele Terrakotta-Töpfe umfasste. Harald stand da und versuchte gerade sich die Schuhe auszuziehen, als ich ihn an der Schulter rüttelte. Keine Reaktion. Ich rüttelte fester, unsanft.

»Was hast du?«, fragte ich. Er schien auf dem Weg in die Phase, in der die Wirkung der Schlaftabletten von aufgekratzt zu komatös übergeht.

»Wassn habbn«, sagte er nachdenklich lallend mit Blick auf seine Schuhe. Sie waren schwarz und elegant. Monkstraps.

Ich durchwühlte erst meine eigene Hausapotheke und dann die von Harald.

»Hast du Propofol?«, rief ich aus dem Badezimmer, wo ich seine Medikamentenschachteln und Salben gegen Fußpilz herauszerrte. Erstaunlicherweise tauchte er in der Tür auf, immer noch mit einem Schuh am Fuß.

»Nichts, was man als Narkosemittel verwenden könnte.«

»Irgendwas für Euthanasie vielleicht?«

»Schau doch nach.« Er sprach immer langsamer und langsamer.

Ich teilte ihm mit, dass ich keine Sekunde länger wach bleiben wollte. Ich meinte damit nicht, dass ich vorhatte, mir das Leben zu nehmen, sondern lediglich plante, bewusstlos zu sein, bis sich die Wirklichkeit wieder erträglich anfühlte. Es war fünf Uhr nachmittags, als ich mich hinlegte. Nachts um drei wachte ich wieder auf. Ein Auto rollte langsam unsere Querstraße hinunter, und die Scheinwerfer ließen die Jalousien unheilvolle Schatten an die Zimmerdecke werfen. Ich tastete mit der Hand das Bett neben mir ab. Harald war nicht da.

*

Am folgenden Tag rief Amanda an und erklärte, sie habe Harald eben bei der Polizei abgeholt. Ich antwortete mit dem Kopf unterm Kissen, den Mund voll Schotter von Haralds Beruhigungstabletten. In dem Versuch, giftig böswillig zu erscheinen, unterließ ich es zu fragen, was passiert war. Ich ging davon aus, dass sie wegen Gruppenvergewaltigung kassiert worden waren. Was ging mich das an? Amanda klang nervös.

»Ich übernehme die ganze Verantwortung«, sagte sie.

Ich wollte nichts hören. Wer übernimmt schon die Verantwortung für eine Gruppenvergewaltigung? Nur ein rechtschaffener Wahnsinniger.

»Ich hab grad nicht so richtig Zeit«, erwiderte ich.

Sie grunzte verständnisvoll, redete aber trotzdem weiter.

»Ich hätte ihm sagen müssen, dass er in dem Zustand nicht Auto fahren darf, das hätte ich ihm echt sagen müssen.«

Autofahren. Eine interessante Wortwahl, wenn man über eine Vergewaltigung spricht.

»Und das Schlimme ist ja, dass er jetzt die ganze Strafe aufgebrummt kriegt. Den Führerschein kriegt nur *er* abgenommen!«

Ein Verkehrsunfall. Verdammt, verdammt. Harald in der Notaufnahme, Harald mit blutverschmiertem Gesicht, unter Drogen, verdammt, verdammt …

»Meine Urteilskraft war ebenso beeinträchtigt! Auch ich müsste bestraft werden!« Sie klang ohne Frage ziemlich beeinträchtigt.

»Das müsstest du wirklich«, erwiderte ich. Verdammt, verdammt, verdammt. »Du, eine kurze Frage noch, ehe wir dieses Gespräch beenden – ist Harald tot?«

»Nein, nein!«, zwitscherte die blöde Gans. »Harald geht es gut! Den Umständen entsprechend. Niemand ist verletzt, wir … ja.«

»Schön zu hören, dass es euch so gut geht.« Mein animalischer Schrecken wich einer übermenschlichen Wut, verdammte Scheiße, noch mal … Ich konnte nicht mehr. Ich wollte Haralds verdammtes Fotzengesicht nicht sehen, wollte seine Scham nicht ertragen, keine verlegene Entschuldigung hören, er hätte sich bei diesem Autounfall verletzen sollen, er hätte sich die Vorderzähne ausschlagen sollen, diese blöde Schlange von einer Diplom-Sozialwirtin hätte sich das Nasenbein brechen sollen, sie hätten zu Tode kommen müssen, alle beide, durch die Windschutzscheibe rausgeflogen. Ich konnte ihm nicht länger Mama sein. Und Freundin auch nicht. Keine 24-Stunden-Pflegekraft, die den Katheter wechselte.

»Könntest du ihn heute Abend nehmen? Als Bezahlung

kannst du einen Blister …« Ich kramte auf Haralds Nachttisch herum. »… Zopiclon bekommen.«

Sie schwieg.

»Und eine Flasche Sauvignon blanc. Oder trinkst du lieber Wodka?«

»Ich brauche nichts«, sagte sie fröhlich.

Blöde verdammte Hure.

»Ich wusste gar nicht, dass du pro bono arbeitest.«

»Harald ist bei mir immer, *immer* willkommen. *Selbstverständlich* helfe ich ihm jetzt supergerne.«

Das hier ging mich nichts an.

»Wie süß von dir. Das ist wirklich das Süßeste, was ich seit Langem gehört habe. Du kannst dich ja später melden und erzählen, wie es gelaufen ist.« Oder auch nicht. »Du, ich hab hier grad ziemlich viel …« Ich schob das Telefon unter die Matratze und brüllte ins Kissen. Hoffentlich legte sie irgendwann von selbst auf.

Ein paar Stunden später bekam ich eine SMS. *Alles super hier!*, gefolgt von einem geschmacklosen Emoji.

Du Heldin, antwortete ich. *Die Welt braucht mehr von deiner Sorte.*

Sie antwortete nicht binnen dreißig Sekunden, und das ärgerte mich.

Sorry, falsche Adresse! Ruf Haralds Mama an, wenn was zum Tefl geht. Sitze den ganzen Ttgpbr in Sitzungen.

Als ich auf »Senden« klickte, sah ich, dass es zwanzig vor elf Uhr am Abend war. Aber was konnte sie schon tun? Mich wegen falscher Zeitangabe anzeigen?

Kann grad keine Gespräche annehmen. Habt Spaß, hjjhhchjjjjjjl kg ggj

Ruf die Zeitansage an. Die Säuferkollegen Dunkin Donje und Tuppen. Ruf den Präsidenten der Vereinigten Staaten an und grüß ihn von mir. Ich stellte das Handy auf Flugmodus und suchte nach diesem Zopliclon-Blister, den Amanda offenbar nicht benötigte. *Er ist bei mir immer, immer willkommen!* Perfekt. *Hallo allerseits, ich kündige die Elternschaft! Habe leider keine Möglichkeit, Unterhaltszahlungen zu leisten, aber ich weiß ja, dass du gratis arbeitest!* Einen schönen Tag noch ☺

Als ich am Vormittag aufwachte, war Harald zurück. Warum hatte die Polizei – oder genauer gesagt, ich – ihn an die Sozialfürsorge übergeben? Er hätte auf einer harten Pritsche in der Nachbarzelle von Turbo liegen sollen. Stattdessen lag er glühend warm neben mir im Bett. Was machte er überhaupt hier? Warum war er nicht mehr bei Amanda? War ihr das Oxycontin ausgegangen? Am liebsten hätte ich ihm mein platt gelegenes Kissen aufs Gesicht gedrückt und es so lange festgehalten, bis er kapierte … bis er kapierte … was wollte ich denn, dass er kapierte? Wie viel Angst ich gehabt hatte? Wie außer mir ich war? Dass meine inneren Organe, Gedärme, Lungenflügel, die Milz … die Gallenblase, dass der Schmerz schlimmer war als Gallensteine? Es war nicht einmal mehr das Herz, was noch wehtat. Ich stieß ihn in die Seite. Keine Reaktion. Ich stieß fester, und am Ende schlug ich ihn richtig.

»Hallole«, lallte er. Zumindest glaubte ich, dass es das war, was er sagte. Er redete zu undeutlich, als dass man es mit Sicherheit hätte sagen können.

»Bist du total bescheuert?«

»Es waren so eine Art Milchkühe, aber irgendwie kleiner …«, murmelte er.

Ich schaffte es nicht länger mit dem alleinigen Sorgerecht.

»Ich rufe jetzt deine Mama an.«

Sein Schnarchen stockte, ein bisschen zu lange. Apnoe? Atmungsdepression? Zwar hatte er eine hohe Toleranz, aber es gibt Grenzen, wie viel Benzodiazepine ein Mensch mit Alkohol zusammen einnehmen kann.

Vermutlich sollte ich erst mal die 112 anrufen.

Unbekannter Golden Retriever von Frauchen zu Hause bewusstlos aufgefunden, Verdacht auf Vergiftung. Laut Frauchen anhaltender Tablettenmissbrauch, leere Pillenschachtel neben dem Bett, keine bekannten Vorerkrankungen. Selbständiges Atmen 12/min, gesättigt bei 96 %, Blutdruck 100:60, Puls 89, Peripherer Widerstand o.b.

9

Der Junggesellenabschied hatte das Stadium erreicht, in dem alte Erinnerungen ausgetauscht werden: glückliche (Unterhosen runterziehen, Schwulentest und »als wir in den USA nach Gold geschürft haben oder zumindest nach Bronze«) und traurigere (»Zu Simon in der 5A waren wir aber schon ziemlich scheiße.«) Ein rotblonder Typ wirkte richtiggehend unglücklich. »Das hatte der echt nicht verdient, was hatte er uns denn getan … ihm den Kopf ins Klo drücken, nur weil er eine Tunte war …« Haralds Mama befand sich mental gesehen an einem ähnlichen Ort.

»Ich glaube, ich habe es dir schon mal gesagt, aber es dauert Jahre, einen anderen Menschen kennenzulernen. Ein ganzes Leben. Und manchmal genügt nicht einmal das. Deshalb ist es nur natürlich, dass du viele Dinge über Harald nicht weißt.«

»Ich bin keine sonderlich wissbegierige Person.«

Sie fuhr fort: »Letzten Sommer zum Beispiel. Weißt du eigentlich, wie es ihm da wirklich ging?«

Ich wusste genug, vielen Dank, ich hatte schließlich immer wieder mentale Postkarten erhalten, die sein Dasein im kombinierten Spa/Kibbuz der Familie mit 24-Stunden-Service dokumentierten, *Benzodiazepine sowie Desserts, gebacken auf der Basis frisch geernteter Früchte aus dem eigenen Garten sind Teil des Pakets.*

»Weil ich damals die ganze Zeit dabei war, fühlt es sich jetzt sehr seltsam an, so gar keinen Einblick zu bekommen. Vielleicht ist dieser Aufenthalt im Behandlungsheim ja was *ganz furchtbar* Unseriöses.« Sie seufzte. »Es ist wichtig, dass die Familie über jeden Schritt der Rehabilitierung informiert wird.«

»Du findest also, dass er dir alles erzählen sollte?«

»Als er bei mir war, wusste ich genau, was vor sich ging. Ich hatte den totalen Überblick. Es gab einen festen Plan und klare Aufgaben. Jeden Morgen sind wir um neun aufgestanden, und ich habe ihm seine Medikamente gegeben. Dann haben wir gefrühstückt. Eine halbe Banane für mich. Harald hat immer mal was anderes gegessen. Dickmilch, manchmal Haferbrei ... Dann hat jeder was für sich gemacht – Harald hat sich zum Beispiel mit einem guten Buch irgendwo hingesetzt oder im Gemüsegarten gearbeitet.«

Ich hatte Harald noch nie mit einem Buch in der Hand gesehen.

»Mittagessen um eins. Ich esse immer um eins zu Mittag. Dazu hat er dann seine zweite Dosis Medikamente bekommen. Da habe ich ganz penibel drauf geachtet. Jede Tablette, jede noch so kleine Pille. Manchmal ist er nachmittags Joggen gegangen. Man sagt ja, dass Bewegung ganz wichtig ist, wenn man in ein normales Leben zurückkehren will. Ein Leben ohne Drogen. Es tut jedem gut, sich ein bisschen zu bewegen. Auf der *Insel* bin ich natürlich immer schwimmen gegangen. Jeden Tag. Den Nachmittagskaffee haben wir um halb vier eingenommen. Harald hat ja schon immer etwas kontinentalere Zeiten gepflegt …«, sie lachte wie über eine liebe Erinnerung. Ich persönlich hasste es, dass er es vorzog, um 22:30 Uhr zu Abend zu essen. »… aber Abendessen um acht. Fisch. Viel Fisch. Harald ist ganz verrückt danach. Das war er schon immer. Fischstäbchen, Fischklopse, Fischfilet – dem Kind konnte man aus dem Meer vorsetzen, was man wollte, er hat alles verputzt! Manchmal habe ich ihn ein Bier trinken lassen. Höchstens zwei. Er war nie alleine. Ich habe ihn auf jedem Schritt seiner Reise begleitet. Das ist wirklich nichts, was man alleine durchmachen sollte.«

»Viele nehmen lieber in der Gruppe Drogen«, pflichtete ich ihr bei.

»Es war ein *Ausschleichen*. Um drogenfrei zu werden. Gesund. Ich dachte, du wüsstest zumindest, wie so was funktioniert.«

Ich erwiderte nichts.

Haralds Mama kehrte zum Sommer zurück.

»Und dann warst da ja noch du.«

Das konnte ich nicht wirklich leugnen.

»Ich möchte gerne offen mit dir reden. Aufrichtig.«

Ich gab einen Laut von mir, der sowohl bejahend als auch verneinend interpretiert werden konnte.

»Deine ständigen Schikanen haben Rückschritte in seiner Genesung verursacht und waren ein großes Hindernis. Ich habe ja gemerkt, dass deine Anrufe Harald nicht guttaten. Manchmal hätte ich ihm fast das Handy weggenommen. Selbst schafft er es ja nicht, sich abzugrenzen. Woran auch immer das liegt. Sogar Bengt hat mitbekommen, wie Harald reagiert hat. Das Ganze wurde sehr traumatisch für ihn. Du hast es ja wahrscheinlich gar nicht bemerkt, aber Bengt ist nicht so begeistert von Harald.«

»Ach, echt nicht? Das ist doch … krank.«

Wie konnte Bengt einen Mann um die vierzig, der in seine Sommerhütte einfiel und Beruhigungsmittel lutschte, nicht lieben? (»*Kein* Öl auf den Salat! Jetzt bist du verdammt noch mal in *meinem* Haus und hier tun wir *kein Öl auf den Salat*!«)

»Besonders erschwerend war dabei, dass Bengt eigene Erfahrungen mit Drogenmissbrauch hat. Und davon hatte ich ja keine Ahnung. Nicht die geringste.«

»Seid ihr nicht seit irgendwie fünfzehn Jahren zusammen?«

»Er hat das nie auch nur mit einem Wort erwähnt. Wenn man abhängig ist … ja, es ist die Hölle. Ich glaube, er hatte Angst, dass ich ihn für schwach halten könnte. Für einen Menschen ohne Selbstkontrolle.«

Ich hatte mangelnde Selbstkontrolle schon immer für einen zentralen Punkt bei Abhängigkeit gehalten, in der Sache war ich also ganz bei ihr.

»Das ist ja alles bald vierzig Jahre her, aber es kann *ungeheuer* belastend sein, noch einmal mit einer ähnlichen Situation konfrontiert zu werden. Ein *Trigger*. Noch dazu, wenn man die ganze Zeit mit so einem Geheimnis rumgelaufen ist. Am Ende musste er wegfahren, weil er es nicht mehr ausgehalten hat. Ich musste schließlich meine gesamten Urlaubswochen Haralds Gesundheit widmen. Darunter, wie du mit der Situation umgegangen bist, haben also wirklich viele Menschen gelitten.«

Waren wir nicht auch viele, die darunter litten, dass Harald überhaupt angefangen hatte, Drogen zu nehmen?

»Er bekam Magenprobleme. Durchfall, alles. Ich musste ganz besonders auf seine Ernährung achten. An Schonkost hält man sich ja heutzutage kaum noch. Weißer Fisch, weißer Reis, Toastbrot – heute dreht sich immer alles nur um Ballaststoffe. Ich hatte Angst, dass er eine Darmspiegelung würde machen müssen. Wie gesagt, ein zusätzliches Auge darauf. Ich habe dafür gesorgt, dass er abends zu den Medikamenten immer ein Glas Milchbrei getrunken hat. Die Abende waren manchmal echt schwer. Er war schon immer ein Grübler. Aber wir können den Göttern danken, dass er mit einem so ungeheuren Humor ausgestattet ist. Galgenhumor. Schwarzer Humor. Ziemlich verrückte Witze, wie man sie nur unter vier Augen macht. So belastend das alles war, hatten wir es doch auch verdammt lustig. Das hatten wir wirklich. Wir haben über alles Mögliche gelacht – über den Durchfall, über Bengt. Über dich. Ich möchte wirklich, dass du weißt, wie viel Spaß wir hatten. Es ist nicht immer alles nur Elend!«

»Da habe ich ja wirklich was verpasst.«

»Natürlich ist es schwierig für mich, dass Harald und Bengt nicht miteinander auskommen können. Zwei so feine Männer. Ja, man kann nicht alles verstehen. Aber manchmal passen Menschen einfach nicht zueinander.«

»Gibt es denn einen Grund, weshalb sie sich mögen könnten?«

»Nein, und jetzt müssen sie halt. Also, ich will damit ja nur sagen, dass ich alles getan habe, was in meiner Macht stand, um es für alle Beteiligten so erträglich wie möglich zu machen.«

»Für dich selbst auch?« Die Frage war tatsächlich aufrichtig gemeint.

»Und ich finde, das hättest du auch tun sollen.«

Schlucken. Schlucken und die Augen schließen. Worte sind Austern, Austern, die von der Zunge rutschen und dann wie ein essbarer Teil des Meeres den Schlund hinunter. Einfach durch die Kehle gleiten lassen, ein kalter Schluck weiblichen Geschlechts. So musste Scham schmecken.

»Ich würde nie behaupten, dass alles deine *Schuld* war.« Sie hielt eine Hand hoch, wie um mich zu unterbrechen. »Schließlich habe ich hinterher gehört, dass es dir auch nicht gut ging.«

Wäre es am einfachsten, sie einfach reden zu lassen, sie zu bestätigen, ihr etwas zu geben, wofür ich ihr eigentlich eine Rechnung schreiben müsste? Ja.

»Ich bin einfach nur dankbar, dass es so viele andere gab, die für ihn da waren. In der Not zeigt sich die wahre Freundschaft. Es sagt viel über Harald aus, dass er so fantastische Kameraden hat, die jederzeit für ihn da sind. Arbeitskollegen, seine alten Studienfreunde. Johannes, Matthäus. Und Amanda. So eine Fürsorgliche.« Das Drogenluder Amanda, ja. »Dass man füreinander einsteht.« Offenbar dachte sie über ihre eigenen Worte nach.

»Aber zurück zu dir. Machst du zurzeit irgendwas? Oder sitzt du nur zu Hause vorm Computer?«

Ja, jetzt, wo du es sagst … ich bin ein fünfzehnjähriger Gamer und identifiziere mich mit dem Begriff »Stubenhocker«.

»Du hast keinen Job, wo du persönlich erscheinen müsstest? Es ist schließlich Donnerstag.«

Es war Samstag.

»Vielleicht hast du dir freigenommen. Völlig unnötig, einen Urlaubstag zu verschwenden. Oder hast du dich krankgemeldet? Ich weiß, das machen heute viele.«

»Die Doktorarbeit …«, sagte ich. »Ich schreibe daran.«

Sie antwortete nicht.

»So was dauert ja eine Weile. Massenhaft Seiten. Wörter. Mehrere tausend.«

»Du schreibst immer noch über diese, wie heißt das noch, Misshandlung? Misshandlung früher?«

Die Frau arbeitete im Schulwesen. Sie musste sich nicht unnötig dumm stellen.

»Ist doch unglaublich, dass du in dieser Zeit schreiben konntest. Nach allem, was passiert ist.«

»Es ist mein Job.« Dieser Zorn in mir … »Es ist sozusagen in mir drin.«

»Aha.«

»Harald wird ja bald wieder ins Büro gehen. Die Rechtswissenschaft. Der Beruf, den man hat.«

Haralds Mutter schaute auf ihre Armbanduhr, dann auf die Wanduhr und schließlich auf die Zeitangabe auf dem Handy. *Nein, nicht einmal du kannst den Lauf der Zeit verhandeln.*

»Das wird ein verdammt langes Warten«, sagte sie.

»Nimm es nicht persönlich«, schlug ich vor.

Im nächsten Moment hatte sie offensichtlich alles wieder vergessen und rief:

»Mein Gott, wir verpassen ja das Match!«

»Welches Match?«, fragte ich.

Haralds Mama sah mit einer Miene puren Erstaunens auf.

»Handball natürlich. Dänemark trifft doch auf unsere schwedischen Mädchen. Aber für so was interessierst du dich natürlich auch nicht. Ich werde mir die Ergebnisse auf dem Handy anschauen. Du treibst gar keinen Sport, oder? Nachdem, was Harald erzählt hat, denke ich, du bist mehr ... eine Einzelgängerin. Keine Mannschaftsspielerin. Ich selbst spiele sehr viel Fußball. Mit der alten Gang vom VPK. Also, wir, die im Vietnamkomitee gesessen und Ho Chi Minh unterstützt haben. Das klingt heute vielleicht seltsam, aber es war eine besondere Zeit. Sehr besonders. *Wir* waren besonders. Wir haben wirklich an was geglaubt.«

»Ich selbst habe ich mich immer eher als Agnostikerin betrachtet.« Das war kein Gedanke, den ich schon mal formuliert hätte.

»Das ist ein säkularer politischer Verein.«

Ich versuchte skeptisch auszusehen.

»Der Kommunismus ist keine religiöse Ideologie.«

Gegen meinen Willen wurde ich neugierig, ob sie wirklich glaubte, das wären Neuigkeiten für mich. Vermutlich war es unnötig, eine Geschichte zu erfinden, dass ich die Christdemokraten gewählt hätte. Ich versuchte auf etwas über den Vietnamkrieg oder über Mao zu kommen. Oder wäre es vernichtender, eine lange Argumentation über Bachtin zu liefern?

»Wir waren in vielen Fragen engagiert.«

Jetzt hatte ich irgendeinen wichtigen Übergang in ihrem Denken verpasst.

kommunikation

»Über die Gesellschaft und wie sie gelenkt werden sollte. Es gab einen Kollektivismus, der heute fehlt. Man half einander, diskutierte miteinander. Wir waren durchgehend im *Gespräch.*«

»Ich habe mein ganzes Leben lang niemandem geholfen«, sagte ich.

Sie nickte nachdenklich.

»Das kann ich mir vorstellen. Aber so etwas kann ja auch an der Erziehung liegen. Kindheit. Welche Werte man von zu Hause mitbekommen hat.«

»In meiner Familie haben wir einander täglich ein Bein gestellt. Das war so ein Scherz, den wir machten.«

»Ah ja, du. Das sind so die Sachen, weshalb man in deiner Generation nicht miteinander redet.«

»Wirklich.« Wie konnte es meine Schuld sein, dass in der Gegenwart ein durchgehendes Gespräch fehlte?

»So haben wir uns kennengelernt. Ich und Haralds Vater. Wir hatten uns schon lange beäugt, bevor er es wagte, den ersten Schritt zu tun. Man sah sich schließlich überall, die ganze Zeit. Damals war nicht alles nur Computer. Da war alles echt. Demonstrationen, Studienkreise, Gott weiß was.« Sie lachte auf. »Ich wusste, dass er ein Auge auf mich geworfen hatte, so war das in den Kreisen eben.«

»Dass die Leute ein Auge auf dich geworfen hatten?«

»Es gab eine erotische Spannung. Eine Sensibilität.«

Ich nickte.

»Ich sage ja nicht, dass jeder mit jedem ins Bett ging, aber wir haben Sachen ausprobiert. Wir hatten keine *Angst*, wenn du weißt, was ich meine. Lesbischsein. Zum Beispiel.«

»Gruppensex?«

»Manchmal waren wir zwei, drei, vier. Oder eine ganze Gruppe, ja.«

Erwartete sie eine Reaktion?

»Männer mit Frauen, Frauen mit Männern, Frauen mit Frauen.«

Frauen mit Kindern, Männer mit Kindern. Kinder mit Kindern.

»Das klingt sexy.«

»Wie auch immer, so war es, als wir uns kennengelernt haben, Haralds Vater und ich. Nach einer Weile waren wir dann einfach zusammen.« Sie sog an ihren Vorderzähnen und schnalzte. »Aber wir hatten das, was man heute ›offene Beziehung‹ nennt, so sagt ihr doch heute, oder? Wir haben es Freiheit genannt. Ich kann mir vorstellen, dass so was in deinen Ohren bohemisch klingt, und vielleicht war es das auch. Liebe kann so unterschiedliche Gestalt annehmen.«

Meinte sie nun schwule Liebe oder etwas anderes Herausforderndes?

»Wir lebten gefährlich. Sind zum Beispiel ohne Rückfahrkarte gereist. Aber wir hatten Ziele. Als ich zwanzig war, habe ich auf das Haga-Haus in der Nordstan gezeigt und gesagt: Hier will ich leben. Und ein halbes Jahr später saß ich da in einer schäbigen Altbauwohnung mit sieben Zimmern. Wir waren ein *Kollektiv.*«

Sie sah mich eindringlich an, um zu kontrollieren, ob ich wusste, was das bedeutete.

»Freiheit, wie gesagt, aber nicht so, wie du das interpretierst. Wir haben die gesamten Siebzigerjahre von der

Hand in den Mund gelebt, aber immer dafür gesorgt, genügend Geld für Essen und Miete zu haben. Man hat hart gearbeitet, das war Ehrensache. Man war stolz. Auch in der Hinsicht habe ich vieles ausprobiert. Wir haben uns selbst nicht als anders betrachtet, wir waren Teil der Gesellschaft. Arbeiter. Schuften, lieben, leben. Man hat alles selbst repariert, die Wände gestrichen, die Rohre verlegt. Ich habe in meinem ganzen Leben noch keinen Handwerker bestellt. Eine Zeitlang habe ich in einer Fabrik gearbeitet. Das hieß um fünf Uhr aufstehen, die Kinder in die Tagesstätte bringen, dann auf dem Fahrrad zur Arbeit sausen. Und dann hat sich auch das verändert. Progression. Wir haben mehr Sachen ausprobiert, immer probiert und weiter probiert. Aber ich habe es nicht für mich getan, ich habe es nicht als persönliche Reise betrachtet. Es ging auch nicht um meine individuelle Entwicklung. Man tat es für das Kollektiv. Die Gruppe«, verdeutlichte sie. »Eigentlich glaube ich ja nicht an das Wort Pflicht, aber im Nachhinein denke ich doch, dass es genau das war. Ich *verspürte eine Pflicht*, den Wunsch, etwas zurückgeben zu wollen.«

Ob sie mir wohl auch die vergangenen sieben Minuten meines Lebens zurückgeben könnte?

»Aber man bekam ja auch was. Ei, ei, ei, was haben wir nicht alles bekommen. Es lohnte sich.«

»Für dich?«

»Für die Gesellschaft. Für uns alle. Ich habe ja einen ganz guten Job gehabt, und es gab sicher einen Grund dafür, dass ich den Posten bekam. Erfahrung. Menschenkenntnis. Ein tief verwurzeltes Gefühl für Gerechtigkeit.« Es klang, als wäre sie Generalsekretärin der UN.

»Schwer ist die Last der Ehre, so steht es in der Bibel. Manche Sachen haben sich auch nicht gelohnt. Zum Beispiel sind wir vom Rentensystem ziemlich reingelegt worden. Deine Generation hat es da natürlich noch schlechter. Und heute … Ich mache mir wirklich Sorgen um eure Zukunft. Die Umweltzerstörung. Mal ist es kalt, mal heiß. Die Welt ist so wahnsinnig instabil geworden. Aber du engagierst dich natürlich nirgendwo, oder?«

»Darüber habe ich noch nie nachgedacht, aber jetzt, wo du es sagst, muss ich mal überlegen.« Ich schloss die Augen und hoffte auszusehen, als würde ich wirklich überlegen. Ihre Stimme klang weit entfernt, einzelne Sätze kamen durch die Luft geschwebt.

»Wir haben Mora-Messer geschnitzt. Wurzeln und Beeren gesammelt.«

Stammte sie aus der Zeit der neolithischen Revolution? Als die Menschen von Jägern und Sammlern zu sesshaften Bauern wurden und erste Siedlungen bauten? Haralds Mama hatte wilde Tiere gezähmt und das Feuer zum Freund des Menschen gemacht. Nein. Wann wurde das Feuer unser bester Freund? Sie blubberte weiter.

»Was glaubst du, wärst du in einer urzeitlichen Gesellschaft gewesen?«, fragte ich. »Häuptling? Oder eher eine weise Alte?«

»Häuptling natürlich. Ich bin die geborene Führerin.«

»Ein frühes feministisches Vorbild.«

»Zeitlos«, korrigierte sie mich.

»Und Harald?«

»Ein Held.«

Ich merkte, wie mein Blick durch den Raum irrlichterte. Vielleicht hatte meine Tante recht, und ich entwickelte eine Form von Erwachsenen-ADHS, die akute Unfähigkeit, mich auf ein und dieselbe Sache zu konzentrieren, weshalb ich mich auf direktem Weg in den Tod befand. Niemand sonst im Wartesaal sah aus, als würde er sich in der Endphase seines Lebens befinden. Ein Kind unbestimmten Geschlechts saß da und jammerte. Sein Mund war ein schwarzes Loch in einem rotwangigen Gesicht. Ich wollte sie gern trösten, oder ihn. Oder es. *Bald ist es vorbei, mein Herzchen. Alles hier.*

»Zum Beispiel als er sich das Bein gebrochen hat.« Er hatte sich nicht das Bein gebrochen, sondern beim Fußballspielen irgendeine Sehne gerissen. »Da bin ich sofort gekommen. Ich habe gesagt: Jetzt kümmern wir uns darum. Ich habe sein Bein verbunden und ihm in die Dusche und wieder rausgeholfen. Ich habe ihn finanziell unterstützt. Die Gesprächstherapie bezahlt. Als er ausgezogen war. Ich bin für ihn da gewesen.«

»Was für ein Glück«, sagte ich, »dass er dich hat.«

»Du hast ja auch ganz schön Glück gehabt, könnte man sagen. Dass du mich hast.«

Wir lachten herzlich.

»Die Frage ist ja auch, ob ihr nicht unserer ganzen Generation zu danken habt. Unsere Generation und unsere Ideale haben den Teppich für euch ausgerollt … Frauenwahlrecht. Gleiche Löhne für alle. Gleichberechtigung.«

Ich machte mich bereit für eine Anekdote über ihren Einsatz in Ådalen 1931. Den größten Teil meiner Jugendjahre und die Jahre Anfang zwanzig hatte ich schließlich in einen grauen, maskulinen Linksjargon gehüllt verbracht. Harald behauptete, das hätte mich zur »Individualistin« gemacht, und ich wäre deshalb »unfähig, Teil einer Gruppe zu sein«. Nicht politisch, hatte ich gesagt. Nur persönlich. Deine Familie wird mich nicht dazu bringen, die Partei zu wechseln, sondern nur konsequent Worte wie »Kollektiv«, »Arbeiterklasse« und »Sechsstundentag« zu vermeiden.

»Das Ganze ist wahrscheinlich auch eine Frage des Feminismus. Wie wir die Frau betrachten.«

Ja, genau, dieser universelle Begriff.

»Es gibt so eine Zerbrechlichkeit bei euch jungen Frauen von heute, die ich nur schwer verstehen kann. Klar, manche können es nicht besser, aber das untergräbt doch den Kampf, den wir anderen führen. Ich sag jetzt nicht, dass du lernen solltest, für dich einzustehen, aber ein paar Leute müssten tatsächlich lauter rufen, um gehört zu werden.«

»Ich habe immer gedacht, es sei umgekehrt. Dass ein paar Leute leiser sprechen müssten, damit andere gehört werden.«

»Ah so.« Sie lehnte sich auf dem Stuhl zurück. Vielleicht um Luft zu holen und dann zu Teil zwei ihres Inspirationsvortrags zu kommen. »Den Mund halten auf Kosten seiner eigenen Überzeugung.«

»Das ist doch die solidarische Tat schlechthin.«

»Für jemanden in deiner Situation muss es schwer sein zu träumen. Wenn man es im Leben so kompliziert hatte wie du, dann denkt man vielleicht: *Nein, ich bin nichts wert*, oder: *Es gibt keine Zukunft für mich*.«

Eines Tages würde diese Frau in der Hölle schmoren.

Wir starrten einander unverwandt an. Draußen war es jetzt vollkommen dunkel, und aus dem Augenwinkel sah ich, dass es angefangen hatte zu schneien. Die Stimmung um uns herum war von verärgert zu müde übergegangen. Einer aus dem Junggesellenabschied war eingenickt. Ich musste daran denken, dass es irgendwo auf der Welt einen zotteligen Wolfshund gab, der mich vermisste, mein Bett in Stockholm stand noch, und ich konnte einfach hineinkriechen und am Morgen nach der Nacht kam das Licht, und es war das Licht, in das wir uns verliebten. Es gab englische Gärten, in denen der Abend in diesem Moment schwer vom Duft hellroter Rosen war.

10

»Ich wusste ja nicht, dass es so schlimm ist«, sagte Haralds Mama mit bebender Stimme.

Ich hatte die Wohnung verlassen und wanderte planlos durch einen nahegelegenen Park. In der Mitte stand ein rosenförmiger Springbrunnen.

»Es ist so schlimm.«

Seit jenem Abendessen auf der *Insel* hatten wir keinen Kontakt mehr gehabt. Das war bald ein Jahr her. Vielleicht hatte ich mal ganz verlogen *Grüß deine Mutter!* gesagt, oder: *Ich hoffe, sie haben es schön auf dem Land!*, aber kaum mehr als das. Ich erkannte ihre Stimme nicht wieder. Klang sie immer so? Atemlos und aufgewühlt? Nasal?

»Ich wusste schon, dass er Stress hat und dass dieser Klient eine Herausforderung ist, ganz zu schweigen von seiner Mutter …«

Melancholisch und traurig waren die falschen Wörter.

»Aber das hier … nein. Pfui Teufel. *Schrecklich.*«

Was hatte ich mir bloß gedacht? Ich hatte auf einen anderen Erwachsenen gehofft, der die Situation in den Griff bekam, und nun stand ich hier mit einem weiteren bizarren Menschen, der etwas von mir *brauchte*. Ich hatte keinen Trost mehr zu spenden. Im Euter, das ich war, herrschte gähnende Leere. *Bitte, hilf mir.*

»Ich muss ihn sofort anrufen.«

»Ich glaube, Harald braucht mehr als nur einen Anruf.«

Es schien mir unnötig, darauf hinzuweisen, dass Harald vermutlich nicht ans Telefon gehen würde, weil er mehr oder weniger bewusstlos war, aber immerhin nicht so bewusstlos, dass eine medizinische Gefahr für sein Leben bestand. Ich sank auf eine Art Betonfundament, das war nass. Ich fluchte. »Es geht nicht mehr.« Das hatte ich bis zu diesem Moment nicht gewusst. Manche Dinge müssen laut ausgesprochen werden, um wahr zu sein.

»Ich habe im Laufe der Jahre eine ganze Reihe von Helikoptereinsätzen geflogen …« Dieses Wort würde mich bis zu meinem Ableben verfolgen. Wenn ich irgendwann auf der Intensivstation lag und eine Krankenschwester mit ausdrucksloser Miene den Stecker zog, dann würde sie dabei *Helikoptereinsatz* flüstern.

»Es wäre gut, wenn du helfen könntest«, sagte ich. Erst da hörte ich meiner Stimme an, wie aufgewühlt ich war. Es war die Stimme eines Kindes. *Ja, du kannst auch Harald helfen, aber vor allem musst du mir helfen.* Etwas Schlimmes war zerbrochen. Es brach und brach, und brach immer weiter, und ich starrte wild um mich. Ich musste mich an irgendwas festhalten, aber die Umgebung war zu verschwommen. Ich begann zu erzählen, erst langsam, ich tastete nach Worten, und erst war alles leer, aber dann strömte es aus mir heraus. Ich hörte mich selbst plappern, erschrocken und aufgekratzt von der Situation, dieses Sensationelle, das in einer Katastrophe entstehen kann, das Aufgeregte, das den Ernst der Lage bestätigt. Manchmal ist das die schwindelerregende Auflösung oder eine überwältigende Welle von vielen kleinen, endlos, Wasser, das vor- und zurückrollt. Der Zweig, an dem ich zerrte, knickte ab. Er hätte grün und vielversprechend duften sollen. Ich roch aber nichts.

»Wäre es am besten für Harald, wenn ich kommen würde?«

Meine Stimme krächzte halb erstickt. »Ich kann mich nicht mehr allein um ihn kümmern. Ich weiß einfach nicht mehr, was ich tun soll. Nicht, wenn er so ist wie jetzt.«

»Das verstehe ich«, sagte Haralds Mama, und jetzt weinten wir beide. Wenn wir nachher auflegten, würde sie vielleicht die Finger an ihre Nasenwurzel pressen, die Lesebrille weglegen und einfach nur schluchzen, aber im Moment klang ihr Weinen noch zivilisiert. »Ich weiß ja genau, wie er sein kann«, sagte sie, und ihre Worte, ihre Stimme, die schließlich brach, ließen mir die Tränen die Wangen herunterlaufen und von der Nase tropfen. Jetzt weinten wir zusammen, und wir weinten über Harald.

»Ich komme einfach runter.«

»Das wäre vielleicht wirklich am besten.« *Du musst mich retten, denn anscheinend kann das niemand sonst.*

»Ich fahre sofort los. Mal sehen – ja, morgen früh kann ich da sein. Ich sage einfach das Treffen mit Ann-Sofi ab, so mache ich das.« Sie begann Zugfahrpläne und praktische Details runterzurattern, und zählte dann alles auf, was wahrscheinlich entscheidend für ihr Leben war … *Logistik.* Sie konnte fünf Tage bleiben.

»Oder ja, vielleicht sogar eine ganze Woche.«

Weinte ich über mich selbst?

»Ich schicke dir gleich eine Liste von Hotels, ich glaube, in der Nähe gibt es ein paar billige …«

»Nein, nein, Harald und ich haben so oft schon zusammen kampiert! Das Sofa reicht mir vollkommen.«

»Es gibt jede Menge preiswerter …«

»Das Sofa ist sehr gut«, erwiderte sie sanft.

Die Luft hatte unmerklich dieselbe Temperatur angenommen wie meine Haut. Zerfloss ich jetzt? Mit zusammengekniffenen Augen schaute ich zum Himmel: Hing Asche in der Luft? *Thunder in our hearts* – dieses Telefongespräch hatte mich offensichtlich viel Kraft gekostet. Würde ich es überhaupt noch schaffen, mich von, ja, was auch immer das für eine Betonskulptur war, auf der ich saß, zu erheben? Der Frühsommer legte sich um mich, vielleicht würde ich darin ruhen können. Haralds Mama würde kommen, und sie würde alles wiedergutmachen. Ich ließ mich von der sanften Brise einhüllen. Es war egal, was ich mir vorstellte: Herz-Lungen-Wiederbelebung und künstliche Beatmung. Sie würde es *regeln*. Sie würde reinkommen und sagen *Stopp, jetzt reicht's*, den Heimlich-Griff durchführen und Haralds Essen und Schlaf, seine Drogen und Arbeitszeiten organisieren, sodass ich …

Der Gedanke folgte mir den ganzen Tag. Ich wusste nicht, wie den Satz abschließen. *Sodass ich nicht mehr seine Mama sein muss? Sodass ich wieder seine Sexbombe von Freundin sein kann?*

Oder endete er in Wirklichkeit mit: *sodass ich eine neue Mama bekomme, die bei uns zu Hause einzieht und Harald und mich scharf zurechtweist, wenn wir mal wieder zu viel streiten?*

Es brummte in meinem Schädel, *Will ich, dass Mama Zitzen für alle hat?*, während ich dastand und versuchte, auf dem Sofa ein Bett für sie herzurichten.

»Du musst das nicht machen«, sagte Harald. War er high? Ich schüttelte ein weiteres Kissen auf. Natürlich war er high.

»Mama hat immer ihren Jugendherbergsschlafsack dabei.«

Er rülpste, und ich hasste ihn. Hasste den Sünder, nicht die Sünde. Nein.

»Weil du nie saubere Bettwäsche hast?«

»Sie zieht den Jugendherbergsschlafsack vor.«

Er rülpste wieder, lauter. Es hatte wirklich geklungen, als würde Haralds Mama sich mit einer Strohmatratze und einem Pinkeleimer zufriedengeben, aber ich fühlte mich doch genötigt, irgendeine Form von Gastgeberinneneinsatz zu zeigen. Ich war ja schließlich kein Tier.

Harald würde seine Mutter um halb zehn am Hauptbahnhof abholen. Wegen meiner fragilen Schlafgewohnheiten brauchte ich nicht mitzufahren. In dem Versuch überenthusiastisch zu sein, wies ich schlau darauf hin, dass Harald und Mami ja so ein Stündchen für sich haben würden. »Wär das nicht nett!«, rief ich. Wo zum Teufel kam dieses »Mami« her?

»Bis bald«, sagte Harald, küsste mich und brabbelte irgendwas darüber, wie schön es doch sei, dass seine Mama kommen dürfe – *sodass ich eine Haushälterin/Kinderfrau/Sexsklavin bekam?*

»Gute Nacht«, sagte ich und schlich ins Schlafzimmer. Heute hatte ich keine Kraft für Alia und quetschte mich an der Wand entlang, um die Gardinen vorzuziehen. Jetzt musste ich so schnell wie möglich zwar nicht bewusstlos, aber doch gerne so tief weggedämmert sein, dass ich Harald nicht treffen musste. Und auch nicht seine Mutter.

Ich knipste eine Schlaftablette aus dem Blister und brach sie in zwei Teile. Sie schmeckte nach Krebs. Das hier vergiftet Seen, dachte ich. Schwäne lassen die Köpfe hängen. Tote Fische mit Kreuzen anstelle von Augen treiben auf dem Rücken. Ich verbarrikadierte im Geiste die Tür. Ich visualisierte Sandsäcke, und wie ich eine schwere Kommode vorschob, um die Klinke zu blockieren. Ich würde mindestens vierzig Minuten brauchen, um einzuschlafen, aber ich konnte mich auf kein Buch und keine Fernsehserie konzentrieren und ließ meine Gedanken einfach treiben.

Ich versuchte auf weitere Frauen zu kommen, die tot in ihren Betten gefunden worden waren. Marilyn Monroe natürlich, vermutlich ein friedlicher Tod, weil sie an einer Überdosis Barbiturate gestorben war. Es hätte unendliche Mengen heutiger Benzodiazepine erfordert, um zu sterben wie Marilyn Monroe. Und wenn es überhaupt eine Moral gab, dann sollte es doch bitte tödlicher sein, Marilyns Tod zu romantisieren, als eine Handvoll Diazepam in sich hineinzustopfen.

Prinzessin Leila Pahlavi, die Tochter des iranischen Shahs: ebenfalls ein Tod im Bett. Sie war in einem Palast aufgewachsen und hatte einen eigenen Zoo. Indira Gandhi hatte mit einem indischen Elefanten zur Menagerie beigetragen. Die Prinzessin studierte auf dem Brown, Literatur, Deutsch, skandinavische Philosophie. Sie fuhr Ski, verbrachte ein Jahr in Kalifornien und übersetzte persische Lyrik ins Französische und Englische. Sie war Model in Paris, lebte ein Jetsetlife mit ungeheuer wertvollem Schmuck, Haute Couture, tiefergelegten, schnellen Autos. Die Definition von Glamour schlechthin. Auch in ihrem Fall Barbiturate. Benzodiazepine. Rohypnol. Morphium. Sie starb in Suite Nummer 15, in einem exklusiven Hotel in der Londoner City. Die Suite kostete 1300 Pfund pro Nacht. Schnell mal googeln: Das entsprach nach heutigem Geldwert über 2000 Pfund.

Jennifer Fairgate – auch sie in einem schicken Hotel. Zählte sie? Sie war erschossen worden, es war also eher ein Grenzfall. Plaza Hotel, Oslo, 28. Etage. Immer noch Oslos höchstes Gebäude. Warum war ich nie dort gewesen? Ein einziger Schuss in die Stirn. Genau wie bei Marilyn und der Prinzessin konnte niemand hinterher feststellen, ob es sich um Selbstmord handelte oder nicht.

Obwohl ich mich mit Propavan vollgestopft hatte, um lange zu schlafen und mit Zolpidem, um schnell und schmerzfrei einzuschlummern, hörte ich, wie nur fünfundvierzig Minuten später der Schlüssel in der Tür rasselte. Waren sie vom Bahnhof hierher gejoggt? Ich rief mir selbst meine imaginäre Festung ins Gedächtnis, leider kein sonderlich effektiver Dämpfer. Ich hörte Haralds eintönige Stimme, den mal indignierten, mal räsonierenden Tonfall seiner Mutter. Das Turteln der beiden drängte sich in mein

Dämmern. Zahme Tauben, Mama Gans. Irgendwann musste ich dringend auf die Toilette. Ruckedigu. Leider hatte ich bereits beschlossen, mich fernzuhalten und das Zimmer nur zu verlassen, wenn der Feueralarm losging. Sie konnten da draußen schließlich machen, was sie wollten. Was, wenn sie Harald stillte? War das eine perverse Fantasie oder nur eine natürliche Umgangsform zwischen Müttern und Söhnen? Weiter reichte meine Vorstellungskraft Gott sei Dank nicht: Ich konnte mir nicht ausdenken, was sie da miteinander machten. Was Obszönes, schon klar, aber viel zu pervers, um es zu visualisieren.

Ich hatte genug von der Beziehung zwischen meiner Großmutter und meinem Vater mitbekommen, um zu wissen, dass da draußen grade etwas richtig Ekliges vor sich ging. Als Kind hatte es mich natürlich kaum interessiert, wenn sie ihm Geld zusteckte, ihm das Abendessen kochte, weil er »zufällig in der Gegend war« und ihm verbiesterte und ausweichende Blicke zuwarf, am Ende aber immer nachgab. Ich weiß nicht genau, warum, vermutlich begriff ich es damals nicht, aber ich erinnere mich noch gut an die geladene Stimmung im Raum und wie sie mich mucksmäuschenstill werden ließ. Als meine Tante und ich viele Jahre später darüber sprachen, fielen die Puzzleteile an ihren Platz. Mein Vater war Mamas kleiner Prinz gewesen, ganz gleich, ob er betrunken war wie eine Haubitze oder sich »nur einen Fünfziger leihen« wollte. Leider war meine Tante nicht die kleine Prinzessin ihrer Mutter gewesen.

Die Aussagen meiner eigenen Mutter über meine Großmutter väterlicherseits waren spärlich und unterschieden sich nicht sonderlich von dem, was sie über alle Menschen dachte: dass sie kranke Schweine seien und jedes freundliche Wort, das sie äußerten, falsch und künstlich sei, ganz abgesehen davon, dass sie damit die Umgebung zu ihrem eigenen Nutzen manipulieren wollten. Ein Ereignis, auf das sie immer wieder zurückkam, war, wie meine Großmutter bei einer Gelegenheit einen Krümel vom Fußboden aufgehoben hatte, was laut meiner Mutter ein Zeichen für Unterwürfigkeit und krankhafte Putzsucht war. Vielleicht musste man das aber eher metaphorisch als symbolisch interpretieren, als Einleitung eines morbiden Volksmärchens.

Als ich am Morgen in die Küche kam, hatte sich Haralds Mama mit ihrem Computer an unseren Küchentisch gepflanzt. Sie sah aus, als würde sie sich zu Hause fühlen. Außerdem wirkte es so, als hätte sie den Haufen mit Rechnungen und Werbung, der da gelegen hatte, umarrangiert, ebenso die Sammlung von Salz- und Pfeffermühlen, Kerzenständern und Flaschen mit Öl und Essig. Ich hatte am Abend zuvor alles aufgeräumt und abgewischt. Nun waren die Küchenhandtücher zusammengefaltet und lagen auf einem Stuhl. Die kleinen Töpfe mit frischen Kräutern standen militärisch aufgereiht. Sie war wirklich eine Frau, die wusste, wo der Hammer hing. Das Morgenlicht machte alles glasklar und blinkte fröhlich in ihrer randlosen Lesebrille sowie auf ihrem blendend weißen Kopf.

Hatte sie wirklich so ausgesehen?

Irgendwas stimmte nicht. Mich durchzuckte ein Unbehagen, meine Hand wollte nach dem Küchenmesser greifen. Da saß ein fremder Mensch in meiner Küche. Dann durchströmte mich Erleichterung, Liebe, Dankbarkeit, wie man sie vielleicht nur einer Mutter gegenüber empfinden kann. Sie sah perfekt aus. Sie war perfekt. Die Generation der Fünfzigerjahre lenkte dieses Land, weil sie eine Ruhe besaß, eine Kompetenz, einen inneren Kompass oder ein Barometer, eine Wasserwaage, die dafür sorgte, dass die Dinge nicht schiefgingen, wenn man ein Regal aufhängte. Was, wenn sie die Mutter war, die ich immer gebraucht hätte? Wer wäre ich wohl geworden? Eine Papierbürokratin, eine gut bezahlte Juristin? Hätte ich weniger an mir selbst und meinen Fähigkeiten gezweifelt, wenn diese Frau mich täglich an ihren Busen gedrückt und mich ihre Prinzessin genannt hätte?

Einen Moment lang betrachteten wir einander, und Ohnmacht durchfuhr mich: *Hilf mir, bitte*. Sie stand auf, und ich schäme mich, zugeben zu müssen, dass ihre Umarmung sich tröstlich anfühlt. *Ich kann mich nicht mehr um ihn kümmern. Ich kann kein Essen mehr auf den Tisch stellen und dafür sorgen, dass er ins Bett geht und nicht nach elf Uhr abends noch mit Kerstin telefoniert, und dass er einen sauberen Pullover anhat, wenn er zur Arbeit geht, und ihn daran hindern, sich selbst Brandverletzungen zuzufügen, wenn er in der Nacht hier steht und über kochendem Wasser Nägel biegt, und vor allem kann ich weder wissen noch kontrollieren, was für Pillen er in sich hineinstopft*. Nein.

»Hast du schon einen Kaffee bekommen?«, fragte ich, weil ich ein erwachsener Mensch war. Sie lächelte und bedankte sich für die Nachfrage, sie sei bereits bei der zweiten Tasse.

»Vielen Dank«, sagte sie mit Nachdruck, und ihr Tonfall war eine elektrische Heizdecke. Für einen Moment können die ja immer ganz angenehm sein.

»Und natürlich trinke ich ihn schwarz. Ich will nur noch ein bisschen was wegarbeiten, aber dann können wir einen Plan für heute machen.«

Einen Plan. Die Fünfzigerjahre-Kinder waren dabei gewesen, als die Welt geformt wurde, sie folgten den Regeln nicht, sie *schufen* sie. Ich machte mir selbst einen Kaffee – Mandelmilch, weil ich den schlechten Geschmack besaß, in den Achtzigerjahren geboren zu sein – und sie schob den Computer beiseite. Natürlich ein PC. Ihr Samsung-Handy steckte wahrscheinlich in einem Futteral aus Kunstleder, so einem mit Druckknopf, wo sie auch ihre Kreditkarten und ein paar Dokumente verwahrte, die im Falle eines plötzlichen Ablebens darüber informierten, dass sie ihre Organe spenden würde, und zwar alle. Vielleicht gehörte sich das so, vielleicht musste man der analogen Welt vertrauen, mit einer EU-blauen Krankenversicherungskarte herumrennen und ein physisches Plastikschildchen dabeihaben, das die Mitgliedschaft im IKEA-Club bestätigte.

»Ich bin froh, dass du mich angerufen hast. Dankbar. Das hast du genau richtig gemacht. Harald braucht mich manchmal, kann das selbst aber nicht immer richtig erkennen. Ich hatte ja keine Ahnung, wie es wirklich um ihn steht. Dass es ihm so schlecht geht. Dass er *so kämpft*.«

Ihre Augen füllten sich mit Tränen. Und mir ging es zu

meinem eigenen Entsetzen ebenso. Wir näherten uns allmählich einer Grenze, und das fühlte sich nicht sehr angenehm an. Ich konnte nicht genau den Finger darauflegen. Sie nahm die Brille ab und holte tief Luft.

»Es ist so schwer, danebenzustehen – manchmal ist es fast das Allerschwerste.«

Ich nickte, und sie *verstand* mich, es waren keine weiteren Erklärungen aus irgendeiner Richtung erforderlich. Vielleicht standen wir sogar zusammen hier.

»Ich meine, die Situation mit diesem Verbrecher ... Es ist schon sehr bedauerlich, wenn da, wo eigentlich die Gesellschaft Verantwortung zeigen sollte, alles nur *einer einzelnen* Person aufgebürdet wird. Das Leben dieses Mannes kann doch nicht von Haralds Einsatz abhängen.« Sie schüttelte den Kopf. »Und dann diese Mutter, die sich immer aufdrängt. Zu jeder Tages- und Nachtzeit. Natürlich befindet sie sich in einer problematischen Situation, aber das ist doch vollkommen verrückt. Unerhört übergriffig. Harald ist empfindsam für Stress und Herausforderungen von außen. Ich kenne das so gut von seinem Vater. Mit dem war es ja auch nicht leicht. Hoch. Runter. Berg. Tal.«

Hügellandschaft.

Wir lächelten, hoffnungsvoll und mit feuchten Augen, und in diesem Moment entschied Harald sich, die Bühne zu betreten, unendlich verschlafen und liebevoll, in einer Küche im gottvergessenen Malmö, wo ihn die Frauen, die ihn am meisten liebten, mit bekümmerten, zärtlichen Blicken empfingen. Erst gab er mir einen Kuss auf die Stirn, dann seiner Mutter. Vielleicht, weil ich näher zur Tür saß, vielleicht hatte es gar keine Symbolik, vielleicht ist eine Bewegung immer nur ein Verschieben von Materie und Kraft durch den Raum.

»Hallo!«, rief er mit jovialer Weihnachtsmannmiene. *Hier komme ich mit den Geschenken!*

Sein Schwanz hätte auf den Boden klopfen, seine Pfoten im Halbkreis trappeln müssen, außer sich vor Freude hätte er jaulen und hochspringen müssen, während wir ihm die Nase streichelten. Stattdessen stand seine Mutter auf und umarmte ihn, klagend, bekümmert, froh, aber auch ein wenig – zurückhaltend?

Hier stimmte was nicht. Ich stand mit dem Rücken zur Spüle, und nichts stimmte. Begriff Harald eigentlich, dass ich seine Mutter angerufen hatte, und dass die wegen seines Drogenkonsums geradewegs von Linköping hierhergefahren war?

»Ich muss nur mal kurz pinkeln«, verkündete Harald und löste sich von seiner Mutter. Das Badezimmer lag leider Wand an Wand mit der Küche. Er pisste wie ein Pferd, ein Pferd mit voller Morgenblase. Immer wenn ich gerade dachte er wäre fertig, ging der Strahl von Neuem los. Es klang, als würde er einen Gartenschlauch aufs Porzellan richten. Haralds Mama schien sich darum nicht zu scheren. Sah so wahre Intimität aus?

»Schenkst du mir noch ein bisschen Kaffee ein?«, bat sie. Das wischende Geräusch einer versendeten Mail verklang, und sie knallte den Computer zu. Harald kam mit offenem Morgenmantel wieder herein, ein Ende des Gürtels schleifte über den Boden.

»Ich glaube, wir werden hier erst mal ein bisschen aufräumen«, sagte Haralds Mama. »Ich weiß, wie es mit der guten Ordnung gehen kann, wenn alles mal zu viel ist. Das sehe ich doch.«

Es war entweder beeindruckend oder ein Zeichen für schwere mentale Störung, dass Harald keinen langen Teenagerseufzer von sich gab.

»Und diese Umzugskartons im Wohnzimmer habe ich doch auch schon mal gesehen. Das kriegen wir hin. Das schaffen wir gemeinsam.«

Ich nickte. All der Kleinscheiß, der sich wie magnetisch um Harald ansammelte, auch das konnte man in Ordnung bringen. Er würde ein Mann der Ordnung werden, pünktlich, er würde morgens aufstehen, ohne dass ich ihn weckte, er würde aufhören, nachts Brot zu backen und Hufeisen zu formen – ich merkte, dass ich in Gedanken und Fantasien flüchtete und Harald und seine Mama in Ruhe turteln ließ. Hatte sie auch das Geschirr gespült? Die Tassen und die Schüsseln standen anders im Ständer, als Harald und ich das immer machten. Ich spürte instinktiv, dass sie meine feinen Trinkgläser hasste, und mein schweres dänisches Steingut, warum war ich so fixiert auf nordisches Geschirr?

»Ich habe *alle* meine Termine verschoben, und jetzt habe ich noch ein paar Mails beantwortet, wir können also sofort loslegen. Ich finde, wir erledigen erst mal Haralds Kram. Er war schon immer ein richtiger Sachensucher.« Kaum zu glauben, aber sie wandte sich mir mit einem großen Lächeln zu. »Du hättest seine Stöckchen-Sammlung sehen sollen! Nicht eines davon durfte man wegwerfen.

Dann wurde er so traurig. Untröstlich. Und natürlich war alles wichtiger, als das Zimmer aufzuräumen.«

In Ermangelung einer besseren Antwort sagte ich:

»Vielleicht können wir auch die Küchenbank runtertragen.« Einer von Haralds Kellerfunden. Sie war schön, hatte aber keinen Sitz, und eine Armlehne fehlte auch.

Seine Mutter wirkte skeptisch. »Die könnte man aber gut noch reparieren, wenn man ein bisschen geschickt ist.«

»Mama und ich kümmern uns darum. Du hast mich in den letzten Wochen genug versorgt.« Der Mann sah plötzlich aus wie das blühende Leben, gerader Rücken, zugewandt, verbindliches Lächeln. Ich hätte dankbar sein müssen, endlich *meinen* Harald wiederzusehen, keine flatternden Augenlider, kein Sabber im Mundwinkel, aber …

»Wir haben doch gesagt, wir machen es zusammen«, erwiderte ich. Irgendwas stimmte wirklich nicht. Wie lange hatte sie Harald eigentlich gestillt?

»Mein Herz, du hast in letzter Zeit so viel gemacht. Heute solltest du mal …«

Seine Mutter unterbrach ihn. »Es ist doch eine gute Idee, wenn sie auch ein bisschen aufräumt. Immerhin seid ihr zwei in dieser Wohnung.« Sie wechselten einen Blick, den ich nicht deuten konnte. Das Wortlose ihrer Kommunikation verursachte mir Übelkeit. Hier lagen Jahre der Übereinstimmung, Forderungen und Erwartungen in der Luft, sie war von zusammengeflickten Katastrophen und privaten Witzen aufgeladen, und ich betete zu Gott, nicht mit hineingezogen zu werden. Das Problem war nicht, dass er gerne an ihren Brüsten gesaugt hatte. Das Problem war, dass sie nicht wollte, dass er gerne an meinen sog.

»Ihr entscheidet, wie ihr das machen wollt«, sagte ich, empfahl mich und verließ die Küche. Offensichtlich bezeugte ich hier die Ouvertüre zu etwas völlig Normalen oder unbegreiflich Perversen.

Am Ende entschieden wir, dass ich ein paar Stunden »mithelfen« würde und Harald und seine Mutter dann auf die Müllkippe in Hyllie fahren und etwas von Haralds Schrott entsorgen würden. Ich hoffte, dass sie die Hanteln mitnahmen, die er offensichtlich schon in seinem Kinderzimmer in Linköping gehabt hatte, Metallteile, die er mechanisch hoch und runter, hoch und runter gestemmt hatte, um stärker und schöner zu werden. Ich hatte ihn sie nie benutzen sehen. Vielleicht, weil er jetzt stark und schön genug war, oder weil er unfähig war, sich von Sachen zu trennen. Man kann es Nostalgie nennen, oder ADHS. Wie waren sie wohl gewesen, er und seine Familie, während der Jahre in irgendeinem Vorort von Linköping, dessen Namen ich nicht kannte? Hatte seine Mutter sein Zimmer aufgeräumt? Hatten sie intensive Diskussionen am Esstisch geführt, über die Kommunalpolitik oder Göran Perssons Konflikte mit der Gewerkschaft? Sein Sparprogramm gemeinsam mit der Centerpartiet? Hatte Haralds Bruder Vorträge über HTML gehalten? Harald als Welpe. *Nostos*, Heimkehr, *Agos*, Schmerz. Ich versuchte mich selbst als Kind zu sehen. Sah die grüne Tapete in meinem Mädchenzimmer und meine dunklen Zöpfe. Eine Zeit, in der man Kindern noch kein Melatonin verschrieb, damit sie schlafen konnten.

Oder mit ihnen zur Schulschwester ging, weil sie tagelang weinten. Vielleicht waren alle Schmerztabletten im Arzneischrank gegen Gift ausgetauscht worden, vielleicht war ich ein selten hässliches Kind. Ich konnte mich nicht an mein Gesicht erinnern.

Wir verabredeten, uns gegen neunzehn Uhr wiederzutreffen. Eine der Traditionen, die Harald und seine Mutter pflegten, war jedes Mal, wenn sie sich in Malmö trafen, ein italienisches Restaurant zu besuchen. Sie teilte seine Liebe und Faszination für das Land – *die Wiege der Zivilisation!* –, und laut Harald konnten sie stundenlang über Weinanbaugebiete, Verdi sowie Trauben sprechen. Immer wieder erzählte er einen Witz, der darauf hinauslief, dass die ungarische Flagge dieselben Farben hatte wie die italienische. Ja, aber was ist denn daran so lustig?, fragte ich regelmäßig. Die sehen fast gleich aus!, antwortete Harald dann, während er vor Lachen kiekste.

Für diesen Abend hatte Haralds Mama einen Tisch in irgendeinem Lokal gebucht, das La vecchia puttana hieß, auf dem Köpenhamnsvägen oder in irgendeinem anderen Teil von Malmö, und ich würde Stunden brauchen, um dorthin zu kommen. Trotz der kurzen Abstände schien alles in Malmö immer so weit … weg.

Es war ein paar Wochen vor Haralds Geburtstag, und am Vormittag rief ich im Puttana an und fragte, ob ich eine mit Wunderkerzen dekorierte Torte mitbringen könnte, die sie dann zu »Viel Glück und viel Segen« auf Italienisch reintragen sollten. Das war süß. Ich war süß, dass ich das organisierte. Irgendjemand, zum Beispiel Haralds Mama, könnte das ruhig mal erwähnen.

Ich verbrachte den Nachmittag damit, planlos durch Malmös Konditoreien zu stromern, und am Ende entschied ich mich für ein richtiges Monstrum: zweistöckig, mit Sprühsahne, eingelegtem Obst und Gelee obendrauf. Congratulazioni.

Weil es nicht so viele Konditoreien gab, kam ich früh im Puttana an. So war es mir am liebsten: zuerst da sein, einen geschützten Tisch suchen, die Umgebung checken. Das Lokal war nett – es war ein Restaurant, es war nett, es war nur ein Restaurant, wie konnte es etwas anderes sein als nett? – und ich bekam einen Ecktisch. Leider war die Wand gegenüber zur Hälfte mit Spiegeln verkleidet, sodass es sich lange anfühlte, als hätte ich mich selbst zum Essen eingeladen. Um mir sozusagen selbst zu danken, bestellte ich mir noch ein Bier. Ich saß da und probierte verschiedene Mienen aus (Interessiert! Mitleidig! Expertin zu irgendeinem großartigen Thema!), als Mutter und Sohn gestikulierend und hysterisch lachend die Bühne betraten. Vielleicht wegen irgendeines Witzes über Italien. Haralds Mama wischte sich die Lachtränen aus den Augenwinkeln, während sie mir eine entschlossene Umarmung zukommen ließ. Und als ich aufstand, musterte sie meine Kleidung und meine Schuhe und legte den Kopf schief.

»Uiuiui«, sagte sie, »ich wusste ja nicht, dass es heute so fein hergeht!«

Zu den vielen Dingen, die ich an Malmö verabscheute, gehörte, dass der Dresscode immer »zurückhaltend« hieß.

Schon wenn ich einen roten Lippenstift und hochhackige Schuhe trug, kam ich mir völlig overdressed vor. Haralds Mama war wie eine Frau gekleidet, die den ganzen Tag harter, ehrlicher, körperlicher Arbeit nachgegangen und stolz darauf war.

»Und Parfüm hast du auch aufgelegt«, sagte sie und schnupperte kurz, bevor sie ihre Nase in die Karte steckte.

»Gut riechst du.« Harald strich mir über die Wange. Er hatte sich neben mich auf die Bank gesetzt, und wir sahen schon sehr hübsch aus, wie sich unsere Blicke da so im Spiegel begegneten. Sein blondes Haar, mein dunkles.

»Du bist so schön«, sagte er. Dann rief er dem Kellner zu, dass wir einen Aperitif bestellen wollten. »Einen Negroni, oder?«, fragte er seine Mutter. Sein Eifer verschlug mir die Sprache. Sie lachte herzlich. Es war mehr ein Brüllen als ein Lachen.

»Natürlich nehmen wir einen Negroni!«

Der Kellner lächelte. Er war so jung. Ich wollte ihm helfen. *Du musst nicht so leben. Es gibt einen Ausweg.*

»Ein richtig feiner Drink«, sagte Haralds Mama und nickte. »Stimmt doch, oder? Der Beste. Dreimal, bitte!«

Ja, danke, gerne ein Glas Benzin vor dem Essen, ich kann mir nichts Besseres vorstellen.

»Ich hätte lieber was anderes«, sagte ich. Aber was meinte ich eigentlich damit? Eine andere Gesellschaft? Ich zeigte auf mein Bierglas und bat um ein weiteres. Der Kellner verbeugte sich. Für einen kurzen Augenblick wurde es still, es war Zeit für mein Stichwort. Ich hatte schon stundenlang im Geist geübt.

»Hat alles geklappt in Hyllie?«

»Natürlich, gar kein Problem.« Haralds Mama starrte weitsichtig in die Vorspeisenkarte. »Wir hätten etwas Unterstützung gebrauchen können, aber letztlich ging es auch so.«

Ich spürte, wie sich mein rechter Oberschenkelmuskel zusammenzog und animalisch, steinzeitlich erstarrte.

»Sollen wir diesen Antipasti-Teller nehmen?«, fragte Harald. »Trüffelsalami mit Fenchel, das klingt doch gut. Nur gibt es dann nicht so viel, was du essen könntest.« Er klang aufrichtig bekümmert.

»Warum kann sie das nicht essen?«

Ich hasse Menschen, die wegen des *Essens* essen gingen.

»Ich esse kein Fleisch.«

»Wieso isst du kein Fleisch?«

Eine Frage, die mir seit 1997 niemand mehr gestellt hatte.

»Das macht man doch heute einfach nicht mehr. Ich meine, Klima. Bedrohung. Wolfs … stämme.« Nichts davon war ein Grund dafür, dass ich kein Fleisch aß, ich konnte es einfach nur nicht als etwas Essbares betrachten. Für mich war es Materie, dieselbe Kategorie wie Kissen, Stühle, Ziegelsteine.

»Du isst es nicht mal, wenn es so gut ist wie hier?«

Der Kellner stellte elegant unsere Gläser ab, bestimmt hatte er das mit seinen großen Händen geübt, und vielleicht gab es doch kein anderes Leben für ihn, vielleicht war das hier seine Endstation – und Haralds Mutter bestellte den Fleischteller zum Teilen.

»Ja, und was nehmen wir jetzt für dich?« Sie seufzte. »Das wird echt schwierig.«

»Es ist mir wirklich egal«, sagte ich. »Nehmt ihr einfach, was ihr wollt.« Das stimmte natürlich überhaupt nicht.

»Ich nehme die Burrata«, sagte ich dann und versuchte zu lächeln. Warum hatte ich nicht mehr Gesprächsthemen vorbereitet? »Und zu Hause hat auch alles geklappt?«

»Wir haben alle Umzugskisten ausgepackt!«, rief Harald. »Alle! Und diese Lampe angebracht!« Er strahlte. »Es ist superschön geworden. Ich habe schon an ein Regalsystem gedacht, da könnten wir viele kleine Kästchen für kleine Dinge bauen, und ich habe auch …«

»Das haben wir echt gut hingekriegt«, versicherte mir seine Mutter. »Richtig gut. Und wir haben auch schön viel Zeit zum Reden gehabt.«

Sah es so aus, wenn alles sich ordnete? Genau wie bei Katastrophen ist es ja ein einziger Augenblick, der sich erst im Nachhinein herauskristallisiert. Man steht im seichten Wasser, und die Welle kann groß oder klein sein, einem langsam über die nackten Füße spülen oder bis zu den Knien hinaufspritzen. Ich wusste es nicht. Ich betrachtete meine Hände auf der Tischplatte, und es waren immer noch die meiner Mutter: knochig, gelblich blass. Außer dass ihre Nägel niemals Trauerränder gehabt hatten. Ein lustiges Wort – ich fuhr zusammen, als ich merkte, dass Haralds Mama schon wieder redete. Ein paar Sätze hatte ich anscheinend bereits verpasst.

»Und wir haben einen Plan gemacht, wie Harald künftig mit Kerstins Telefonanrufen umgehen soll. Manchmal muss man einfach Stopp sagen. *Nein.* Der Arbeitstag ist jetzt zu Ende, und du kannst mich morgen um neun Uhr wieder anrufen. Ihre seelische Gesundheit ist schließlich nicht deine Verantwortung. Man kann nicht einfach so überall reinplatzen ...«

Harald hüpfte auf der Bank hoch, als eine Schüssel mit klein geschnittenen, grünbraunen und gelben Gegenständen auf den Tisch gestellt wurde. Meine Burrata war weiß, die Tomaten rot. Sollte ich das in den Mund stecken? Haralds Mama war ganz fettig von der Salsiccia, als sie fortfuhr:

»Man muss lernen, auch mal Nein zu sagen. Grenzen setzen. Das war für mich auch eine Herausforderung, vor allem als Chefin. Zuzuhören und gleichzeitig bei der eigenen Linie zu bleiben.«

Mit Teelöffel und Gabel trommelte Harald rhythmisch gegen einen Teller. Sie wandte sich mir zu.

»In deinem Job ist das natürlich nicht so. Wenn man nie Entscheidungen treffen muss, die auch andere Menschen betreffen, kann einem nicht passieren, dass man in so ein Hamsterrad gerät.«

Was kam jetzt? Der freie Fall? Ich versuchte, Haralds Blick einzufangen, doch der war gar nicht da. War ich da? Harald fragte, ob er mal meine Burrata probieren dürfe, und ich schob ihm meinen Teller hin. Als er begann, den Unterschied zwischen Burrata und Mozzarella zu erklären und wo in Italien der beste Käse gemacht wird, schaltete ich auf Durchzug. Seine Mutter nickte und wühlte mit dem Finger in den Oliven. War irgendeiner von uns hier? Ich wusste nicht, wie lange wir schon so gesessen hatten, als der Kellner wieder an unseren Tisch trat.

»Und hier sind alle so weit zufrieden?«

Es gab kein anderes Leben für ihn. Jetzt war ich mir ganz sicher.

»Oh ja!«, rief Haralds Mama. »Total lecker!«

»Möchten Sie, dass ich Ihren Tomatensalat noch stehenlasse?«

Ich hatte ihn vergessen.

»Danke, ja, sehr gern.«

Die Burrata war mir scheißegal.

»Wollen wir noch mal in die Karte schauen, bevor wir uns entscheiden? Vielleicht auch in die Weinkarte?«

Wir.

»Natürlich wollen wir die Weinkarte! Was denn sonst!«

Noch nie hatte ich Harald so aufgedreht gesehen. Vielleicht hatte er sich am Morgen zusammengerissen, war ansprechbar gewesen und nicht merklich beeinträchtigt von irgendwelchen chemischen Substanzen, aber das hier war etwas anderes. Ich wusste, dass er nichts gegen den Klang seiner eigenen Stimme hatte, aber das hier war – außergewöhnlich. Ich versuchte Blickkontakt mit ihm aufzunehmen, wieder und wieder, aber seine Augen irrten durch den Raum, rund, hellblau und berauscht.

Als er auf die Toilette ging, war mein erster Reflex, das Handy rauszuholen, mit den Fingerspitzen über das schmutzige Display zu fahren, mich an meiner Rettungsleine zur Umwelt festzuklammern, aber Haralds Mama wollte reden. So wie Frauen mit Frauen reden, wenn die Schlüsselbegriffe Verständnis, Intuition, Empathie sind, wenn man so einfühlsam wird, dass die Gefühle der anderen Person nahezu vom eigenen Körper Besitz ergreifen. Ich wollte nicht reden. Man konnte nicht in Kontakt mit auch nur einer dieser beiden Personen kommen, die sich in ihrer jeweiligen Welt aus Wahnvorstellungen und selbstgebastelten Wahrheiten befanden, in der Harald nach Geburtstagsregeln spielte und seine Mutter eine versierte Königin im Blaumann war und etwas besaß, was sie selbst als Menschenkenntnis bezeichnete. Mein Handy – ich nahm es nicht raus, sondern presste nur die Fingerspitzen auf die fettige Oberfläche. *Das hier geschieht nicht wirklich*, redete ich mir ein. *Oder doch, es geschieht, aber es ist nicht die ganze Wirklichkeit.*

»Also, lecker war es.« Haralds Mama zeigte auf meinen Salat, der ohnehin schon viel zu viel Aufmerksamkeit bekommen hatte. »Harald war im Gymnasium auch mal eine Zeit lang Veggie, aber er war es schnell wieder leid.« Sie nahm einen Schluck Wein. »Ich bin wirklich froh, hier zu sein und zu sehen, wie es Harald geht. Im Moment scheint alles gut zu sein. Wirklich eine der besseren Phasen. Da hast du mich am Telefon wirklich ein bisschen erschreckt! Aber melde dich natürlich jederzeit wieder, wann immer du willst.«

Für einen Moment schien es, als würde sie ihre Hand auf meinen Arm legen wollen, und ich setzte mich schnell auf meine Hände.

»Ich glaube, es ist einfach wichtig, dass du in Zukunft sachlich bleibst und nicht deine eigenen Gefühle zu sehr mit reinspielen lässt. Nach allem, was Harald erzählt, hast du es in deinem Job ziemlich schwer. Und du hast einiges erlebt, was nicht so lustig war. Aber wie gesagt, ich bin ja *so* froh, hier zu sein.«

Atmete ich noch? Schwer zu sagen.

»Es ist lange her, dass ich ihn so gut gelaunt gesehen habe.«

Vermutlich, als er das letzte Mal einen manischen Schub hatte.

»Er … das hier ist nicht repräsentativ dafür, wie er in den vergangenen Wochen war. Ich glaube, dass er sich gerade wirklich am Riemen reißt.«

»Und das ist doch supergut. Auch das zeigt doch, wie es ihm geht, also, dass er das überhaupt *kann*.«

Hatte ich mich etwa getäuscht? In meinem Wasserglas schwammen Eiswürfel, an einem Tisch etwas weiter entfernt schob sich jemand ein Stück Trüffel in den Mund. Stimmte das? War Harald im Grunde immer so? Vielleicht war alles gar nicht so schlimm gewesen. Ich merkte, dass ich auf der Bank heruntergerutscht war und wie ein Teenager dasaß. Ein Kind. Ich suchte nach erwachsenen Wörtern, reifen Ausdrücken, nach Aussagen, die gut klangen und überzeugend wirkten, obwohl ich sie nicht wirklich meinte: *Tut mir leid, dass ich dir einen Schrecken eingejagt habe. Vielleicht habe ich sein Verhalten falsch interpretiert. Wenn es da ein Missverständnis gab, dann bitte ich wirklich um Entschuldigung.*

»Du hast getan, was in der Situation deiner Einschätzung nach am besten war.«

Ich befand mich in einem Mitarbeitergespräch mit der Chefin.

»Vielleicht kennst du ihn einfach nicht gut genug«, fügte sie hinzu und begann, an einem übrig gebliebenen Wurstzipfel zu nagen. »Es dauert *Jahre*, einen anderen Menschen kennenzulernen. Und ihr kennt euch ja wirklich noch nicht lange. Du musst dich auch gar nicht entschuldigen«, beeilte sie sich zu sagen, »manchmal macht man sich einfach Sorgen. Aber jetzt können wir beide uns entspannen, du und ich. Ich bin gerade unglaublich erleichtert. Und auch überhaupt nicht böse auf dich.«

In diesem Augenblick kehrte Harald von der Toilette zurück, hüpfend, mit roten Wangen und begeistert darüber, dass dieses Restaurant kleine, zusammengerollte Handtücher hatte und nicht die üblichen Papiertücher zum Händeabtrocknen. Er hatte vergessen, seinen Hosenladen zuzumachen. Sein Haaransatz war schweißnass, und er fing an, irgendwas daherzubrabbeln, schwer zu sagen, was genau es war. Seine Mutter lachte. Er redete zu laut, zu viel, und klapperte dabei mit Besteck und Gläsern – sollte ich sitzenbleiben? War das hier ein abendfüllendes Erlebnis? War diese Frau überhaupt *gesund*? War es in Ordnung, zuzulassen, dass sich diese Familie frei auf der Straße bewegte?

Wieder einmal spürte ich den schweren Gefühlsdunst zwischen Mutter und Sohn. Er war so dick, dass ich ihn fast sehen konnte, als würden die Ablagerungen von Glück und Katastrophen, von Trauer und Traumata und langen Sommern auf der *Insel* wie Nebel aus einer Wiese aufsteigen. War ihr Blick wahrer und klarer, weil sie nicht nur die Zeit, sondern auch die Erfahrung und die Mutterschaft auf ihrer Seite hatte?

Harald war gerade zum Thema Sancerre übergegangen, als drei Kellner unter inbrünstigem Gesang und gemessenen Schrittes anmarschiert kamen. Die Wunderkerzen sprühten und glitzerten, und das Restaurant war gerade dunkel genug, dass es stimmungsvoll wirkte, aber nicht wie ein

Lucia-Zug aussah. Die anderen Gäste drehten sich um, lächelten, der Typ an der Tür stimmte ein, und ich versuchte es auch, aber irgendetwas blockierte mir die Kehle, sodass kein Laut herauskam. Als sie bei uns angekommen waren, stimmten sie noch einmal das Lied an – es hatte nur eine Strophe, aber damit konnten sie sich nicht begnügen – ein Pärchen am Nebentisch fiel auf Englisch ein, und als Harald die Kerzen ausblies, applaudierten alle Gäste. Jemand rief laut Hurra.

11

Eine knappe Woche, nachdem Haralds Mama abgereist war (»Oh nein, ich werde euch zum Abschied nicht umarmen, ich habe das starke Gefühl, dass bei mir eine Erkältung im Anmarsch ist!«), kam Harald nach Hause und verkündete, dass Turbo ein freier Mann sei. Ich fühlte nichts. Seit dem Abend im La vecchia puttana war ich wie betäubt. Mein Gesicht im Spiegel war dasselbe, und ich schlief wie immer in der Gewissheit ein, dass Harald sich ein paar Stunden später in die Kissen neben mir wühlen würde, und es wurde Juni – ein derart intensiv duftender, herrlicher Juni, wie ihn Stockholm niemals bietet. Ich weiß es nicht. Es fühlte sich an, wie wenn man sich den Musikantenknochen stößt. Der Augenblick, ehe der Schmerz zuschlägt. Turbo hätte mir nie gleichgültiger sein können als in diesem Moment. Ich lächelte und gratulierte Harald, ich öffnete die Sektflasche und ließ mir erzählen, wie der Prozess gelaufen war und was Turbo gesagt hatte, als man ihm die frohe Nachricht überbrachte, und wie er weinend seine Mutter angerufen hatte …

Wir stießen auf die Freilassung an, und am nächsten Morgen weckten mich die durchdringenden Dauergeräusche aus Haralds Handy. Ich knirschte mit den Zähnen. Das war meine stärkste Emotion seit Langem. Warum hatte er an einem Samstag den Wecker gestellt? Turbo war frei – Turbo, du bist frei. Befreie mich, Turbo. Der Satz lag recht gut im Mund. Harald reagierte nicht auf den Lärm. Sein Schnarchen ließ den Raum erbeben. Es wäre nett gewesen, wenn er wach gewesen wäre. Dann hätten wir lachen können oder so. Was Erotisches tun. Ich hatte nicht unbedingt Lust, aber mir fehlten Haralds Hände, die Teig kneten und fette Brotlaibe formen konnten. Er hätte sie auf meinen Körper legen können. Nicht die Brotlaibe, natürlich. Das schien mir unwahrscheinlich. War ich jetzt nicht auch mal ein bisschen sexuelle Aufmerksamkeit wert? Nein. Sex gehörte offenbar nicht zur Tauschwirtschaft. *Jetzt gibt es Frühstück im Bett, mein Herz, hier hast du ein Croissant, und ich werde die Zähne in dich schlagen, mit französischer Marmelade und richtig viel Butter …* Mit einem Mal war ich so voller Sehnsucht, dass mir geradezu übel wurde. *Ich brauche keine Marmelade. Ich habe doch dich.* Ich rollte auf meine Seite des Bettes zurück und ließ Haralds Teufelsmaschine weiterscheppern. Er hatte den Klingelton »retro Autoalarm« gewählt: nach drei Minuten gab ich auf. Mein Zeigefinger glitt schon über das Display, um den gesegneten Off-Punkt zu finden, als mein halbwaches Gehirn realisierte, dass es nicht der Wecker war, der hier klingelte. Eine Push-Nachricht nach der anderen poppte auf. Das Ding vibrierte förmlich.

UNTER AUFLAGEN FREIGELASSENER MANN WEGEN MORDES AN MUTTER IN UNTERSUCHUNGSHAFT

WOHNSITZLOSER DROGENABHÄNGIGER AUS DEM GEFÄNGNIS ENTLASSEN. FRAU, 89, TOT

MALMÖS PEPE PERSSON MORDVERDÄCHTIG

In der Nacht ist in Malmö ein Mann wegen Mordverdachts festgenommen worden.

Nachbarn hatten die Polizei alarmiert, doch das Leben der älteren Frau war nicht mehr zu retten.

Dagens Nyheter:

In der Nacht zu Samstag wurde ein 62-jähriger Mann wegen Mordes oder Totschlags festgenommen. Die Polizei berichtet, dass eine enge verwandtschaftliche Beziehung zwischen Opfer und mutmaßlichem Täter besteht. Aufgrund laufender Ermittlungen kann die Polizei keine weiteren Informationen veröffentlichen. Aus unbestätigten Quellen heißt es, der Mann sei erst am selben Tag unter Auflagen aus der Untersuchungshaft entlassen worden, wo er wegen groben Diebstahls einsaß.

Eine der Klatschzeitungen hatte eine Anzahl verpixelter Bilder ins Netz gestellt, die ein ganz normales Wohnhaus aus den Siebzigerjahren zeigten, einen Treppenaufgang mit Wänden in gedeckt orange-rosa Farbton. Die Balkons waren braun. Dieses Haus hätte überall in Schweden stehen können. Ich hätte dort wohnen können. Jeder hätte dort wohnen können. Harald hatte mindestens fünfzehn SMS bekommen, die letzte lautete: RUFEN SIE MICH SOFORT AN und kam von einem Kontakt, den er als CHEFIN abgespeichert hatte. Ich klickte planlos herum. Eine Tür war mit blau-weißem Polizeiband abgesperrt. Dahinter sah man einen ordentlichen Flur und eine Tischlampe aus den Siebzigern. Die Nutzer von Flashback drückten dieselbe groteske Neugier aus, die auch ich empfand.

Polizei & Notarzt vorm Bokstigen 1. Haben wir irgendeinen Blaulicht-Tratsch?

Frau, vor Ort verstorben, lt. ehem. Kollege

Die Frau war Ex-Frau oder Lebensgefährtin? Typisches Eifersuchtsding … Wenn man das Nein einer Frau nicht akzeptieren kann, sollte man sich nicht als Heterosexueller Mensch bezeichnen, stinkt nach Ehrenmord

Oder nur ein Schäferstündchen, das ausgeartet ist hehe

Verdammte Mongos, die sich an einem Freitag mit Würgesex u dergl vergnügen?

Jetzt mal alle mit der Ruhe. Der sexuelle Aspekt ist nicht aktuell, weil die Frau die MUTTER vom MÖRDERARSCH war.

Bitte mehr Infos

*Ein alter Bekannter von mir, der im Aufgang nebenan wohnt, (B*kst*gen 1 in Sorgenfri) sagt, dass der berüchtigte Möllevångsäufer Turbo gestern Abend da war und rumgetobt und gebrüllt hat.*

Ruhe in Frieden Kerstin

Que??? Keine Namen, bevor das von Polizei und Staatsanwaltschaft bestätigt ist

Steht nur eine Kerstin (Pers.Nr. 19360927-xxxx), registriert auf die Whg u. scheint so, als wär ihr Sohn

*T*re »Turbo« Bl*m, den alle Fixer und Drogies in ganz Malmö kennen. Offenbar erst gestern aus dem Gefängnis entlassen. Die Nachbarn hatten Schreie gehört und die Polizei alarmiert. Die sagen, Turbo hätte wegen einem VHS-Gerät rumgebrüllt und ein paar Schläge ausgeteilt.*

Falsch, nicht VHS. Stereo. Nehme mal an, dass der verdammte Drogie da war und nach Sachen für Drogen gesucht hat. Die Regierung gehört abgesetzt.

Langsam wurde ich nervös.

CHEFIN: Meeting um 10 h morgen Vorm. Verpflichtend.

Ich entdeckte das Foto eines angedeuteten Schlafzimmers, in dem anscheinend ein wilder Tumult stattgefunden hatte, ein blutiger Leib war über den Boden gezerrt worden. Schnell legte ich mir das erstbeste Buch über die Augen, das greifbar war. *Besessen* von A. S. Byatt, ausgerechnet. Es tat weh. Nächster Versuch: Bd. 5 der Tagebücher von Norén. Ich gab auf, rappelte mich hoch und machte mir ein Brot. Das hier war nicht mein Problem. Ich versuchte zu kauen. Das hier würde mein Problem werden. Ich tat, als würde ich meditieren. Ich ließ es wieder sein und schaute verstohlen ins Schlafzimmer. Harald lag in drei Decken gewickelt da, den Kopf unter einem gestreiften Kissen. Ich wollte nicht diejenige sein, die ihm die Todesnachricht überbrachte. Langsam schob ich mich rückwärts in die Küche zurück und überlegte. Ein grauer Tag, so einer, an dem nichts passieren konnte. Wenn nun mir jemand eine Todesnachricht überbringen würde? Wen würde ich vorziehen? Ich roch an den Tulpen auf dem Tisch. Schwacher Duft. Natürlich würde das davon abhängen, wer gestorben war. Wenn Harald nicht in der Lage war, auf sein Handy zu schauen, dann musste ich es ihm sagen. *Sei deine eigene Mutter*, hatte meine Tante mich in einem fantasielosen Augenblick ermahnt. *Sei dein eigener Hund*, sagte ich zu mir selbst. Ich konnte die feuchte Nase an der Handfläche spüren, der Hund suchte nach einem Leckerli oder einer Streicheleinheit, er schwänzelte blöde um meine Beine und jaulte. *Das kriegen wir hin!*, sagte ich sanft zu dem Hund. Er hatte weiche, so weiche Ohren.

*

Als Harald am darauffolgenden Nachmittag nach Hause kam, war er grau im Gesicht. Ich hörte seine Schritte, noch bevor er aufschloss – umpf, umpf, umpf, das Schlagen von schlappem Fleisch auf Treppenstufen. Er sagte nichts, sondern ging direkt ins Badezimmer. Fünfundvierzig Minuten später kam er wieder raus, zittrig und am Boden zerstört. Er sank auf einen Küchenstuhl, die Hände auf dem Schoß, die Handflächen zum Himmel gerichtet. Hoffentlich hatte er sich den Kaffee erst nach dem Verlassen des Büros übers Hemd geschüttet und nicht schon vorher.

Die Geschichte war genauso denkbar einfach. Turbo war aus dem Gefängnis rausmarschiert und hatte ein paar Bier mit Dunken Donje und Ragge und Tuppen getrunken sowie mit jemandem, der bedauernswerterweise Kalle Katzenauge hieß. Anschließend war Turbo auf die glorreiche Idee gekommen, zu seiner Mutter zu fahren, um eine alte Stereoanlage zu holen.

»Wie geht es jetzt weiter?«, fragte ich. Ich kniete vor ihm und hielt seine Hände. Wahrscheinlich ein Versuch, ihn am Boden zu halten, oder besser gesagt, in der Wirklichkeit. Harald schüttelte nur den Kopf. Er weinte.

»Es ist doch nicht deine Schuld«, sagte ich. »Oder hat das irgendjemand in der Kanzlei behauptet?« Dann würde ich ihnen aber die Bude bis auf die Grundfesten niederbrennen.

»Sieht aus, als wäre es ein Unfall gewesen. Aus Turbo ist nichts Brauchbares herauszukriegen, er heult bloß. Es klingt alles total unzusammenhängend. Kerstin war ja schon alt, sie hatte vor Jahren schon mal eine Hüftfraktur. Osteoporose. Knochenschwund.« Harald hickste und schniefte. »Sie hat Blutverdünner genommen, Warfarin. Gegen Blutpfropfen. Sie hatte da einen kleinen … also, ich weiß nicht … irgendeinen Pfropf. Lungenembolie. Das Blut gerinnt nicht. Sie gehen davon aus, dass es eine Gehirnblutung war.«

»Woher wollen die denn wissen, dass es wirklich ein Unfall war? Ist es nicht ein bisschen zu früh, um das zu sagen? Wurde sie schon obduziert?«

Ich hatte eindeutig zu viel ferngesehen.

»Turbo sagt nichts, außer, dass es keine Absicht war. *Das war keine Absicht, das war keine Absicht, Mami* … Sie war schon tot, als der Notarzt kam. Die Nachbarn haben angerufen.«

»Und Turbo? Auf Flashback steht, dass er in voller Lautstärke Jussi Björling gehört hat.«

Harald antwortete nicht.

»Ist natürlich keine so zuverlässige Informationsquelle«, fügte ich hinzu.

Harald weinte nur, ein stilles, heftiges Weinen. »Er war noch da, als der Notarzt kam.«

»Ist er denn schon vernommen worden? Ohne rechtlichen Beistand?« Leider spielten alle Anwaltsserien in Boston oder möglicherweise Chicago, und die juristischen Verhältnisse dort waren nur selten auf das schwedische Gerichtswesen übertragbar. Wäre Harald Notarzt, hätte ich wahrscheinlich angefangen, mich darüber auszulassen, wie man jemanden mit einem Strohhalm intubiert oder wie man, wenn man zwischen zwei Stockwerken in einem Krankenhausfahrstuhl steckt, einen Kaiserschnitt durchführt. »Die werden ja wohl nicht erwarten, dass du dich um diese Sache kümmerst, oder?« Ich wünschte mir, ich hätte mehr Fachtermini gehabt, mit denen ich hätte um mich werfen können, irgendwas Besseres als *It's going to be a big problem for the DOJ if they didn't read him his Miranda rights properly.* »Die Chefin weiß ja wohl, wie es dir gerade geht, oder?« Wenn sie nicht gesehen hatte, was in den letzten Monaten mit Harald los gewesen war, dann musste man ihr verbieten, mit Menschen zu arbeiten. Ich wusste natürlich nicht, wie er im Job aufgetreten war, ob er manisch oder high oder einfach nur seltsam gewesen war. Oder ob er einen total kompetenten Eindruck gemacht hatte, weil er sich sein seelisches Leiden für die Zeit zwischen 23:00 und 7:58 Uhr aufsparte.

»Wir haben morgen eine Besprechung.«

»Worum geht es da?« Ich hätte ihn am liebsten geschüttelt.

»Wie wir weitermachen. Ich. Wie ich weitermache.«

Ich würde aus ihm keine belastbare Information herauskriegen, es klang aber, als hätte seine Chefin bemerkt, dass irgendetwas an Haralds Verhalten, sagen wir mal in Ermangelung besserer Formulierungen: abweichend war.

»Haben wir was zu trinken?«

»Denke schon«, sagte ich. Er blieb sitzen, ohne einen Muskel zu rühren. Ich stand auf und brachte ihm ein Glas Wein. Was spielte es noch für eine Rolle? Nachdem er ausgetrunken hatte, wirkte er zumindest ein bisschen frischer. Es schien, als würde ihm jetzt erst bewusst, dass ich mich ebenfalls im Raum befand, und er beugte sich zu mir.

»Ich wünschte, ich läge mit dir an einem Strand, weißer Sand.« Er steckte die Zunge in mein Ohr, und ich fühlte mich geschmeichelt. Fast scharf. »Ein paar schicke Badehosen. Und du vielleicht einen Bikini.« Sein Atem roch nach süßen Teilchen und Chablis. Warum hatte ich ein Glas Chablis an einen Mann verschwendet, der im Grunde schon bewusstlos war?

»Und der Sand ist so warm und in der Brandung ganz nass. Ein Drink. Aperol. Nein. Vielleicht ein Negroni. Oder einfach eine Piña Colada. Viele glauben, dass Piña Colada …«

»Harald, hast du was genommen?« Blöde Frage. »Was hast du genommen und wie viel?«

»Nein, nein. Ich habe nichts genommen.« Er kniff ein Auge zu. »Und dann liegen wir da, unter dem Sonnenschirm. Nur du und ich, ja. Ich bin einfach ein bisschen müde. Habe auch im Büro schon ein Nickerchen gemacht. Die haben so gute Toiletten.« Sein Gesicht wirkte irgendwie verzerrt.

Ich versuchte herauszufinden, ob er einen Schlaganfall gehabt hatte. Musste ich ihn bitten, die Mundwinkel hochzuziehen und seine Hände abwechselnd zur Nase zu führen? Harald kramte in der Hosentasche und holte eine Handvoll Tabletten heraus, die er sich wahllos in den Mund stopfte.

»Wir würden dasitzen, du und ich unter den Sternen. Jeden Abend. Ich habe immer schon eine Badewanne mit Holzfeuer gewollt.«

»Alvedon?«

»Der Trick ist, es nur glühen, nicht aufflammen zu lassen. Eine gleichmäßige Glut zu halten.«

Ich konnte mich nicht entscheiden, ob ich ihn liebte oder ob ich lieber abhauen sollte, und ob diese beiden Möglichkeiten in Widerspruch zueinander standen.

»Ein Winter auf Mauritius. Magisch.«

»Leg dich erst mal schlafen, komm.« Ich war dieses Gespräch plötzlich leid.

Harald hörte nicht.

»Und jetzt ist Kerstin tot. Wie soll ich damit leben können?« Er weinte noch mehr und erging sich in einer Suada, die vom Rechtsstaat und von Badeurlauben zu handeln schien.

Nachdem ich Harald ins Bett gebracht hatte, flüsterte er Verzeihung und versank in einem Dämmern. Ich hätte ihm den Kopf mit der Nachttischlampe einschlagen können. Oder mit einem der sogenannten Kunstwerke seiner Mutter. Nein, wahrscheinlich nicht. Was mir wirklich Sorgen machte, war, was er wohl an seinem Arbeitsplatz angestellt hatte. War das mein Problem?

Als ich die Gardine zuzog, sah ich Alia von der anderen Straßenseite zu uns rüber glotzen. Wie immer gab sie mir das Gefühl, schizophren zu sein. Ich wusste, dass ich mir nicht einbildete, dass sie direkt in mein Schlafzimmer schaute, aber man hätte mir durchaus vorwerfen können, zu übertreiben. War Haralds Arbeitsplatz mein Problem? Nein. Ich musste mit jemandem reden. Nein. Ich musste den Sekt von gestern austrinken.

Ich setzte mich mit dem übrig gebliebenen Sekt und einem Zeichenblock in die Küche. Aber auch heute schien mich nichts auf den Weg des Künstlers leiten zu wollen. Oder zu den Geschlechterkonstruktionen im europäischen Drama des 17. Jahrhunderts. Vielleicht klingt es herzlos, aber Kerstins Tod berührte mich kein bisschen. Er war sensationell, aber nicht besonders. Wenn eine Frau unter gewaltsamen Umständen stirbt, wird als Erstes der Mann in ihrem Leben verdächtigt, das weiß jeder. Der Ehemann, der Ex-Mann, der Bruder. Oder der Vater. Es genügt nicht, dass ein Mord sensationell ist: Die Frau muss auch jung, weiß, Mittelschicht und schön sein. Kerstin war eine alte Vettel gewesen, eine arme Rentnerin mit einem kriminellen Sohn. Das Interesse der Medien an ihr würde bald vergehen. An wen erinnerte sich die Klatschpresse denn schon dauerhaft.

Ich dachte an das Verlies, in das dieser Österreicher seine 18-jährige Tochter gesperrt hatte. Damit sie keinen Widerstand leistete, hatte er ihr ein mit Äther getränktes Tuch vor die Nase gehalten, während er sie hinter die schwere Metalltür schob. Als ihre Mutter sie später vermisst meldete, hockte sie direkt unter ihr im Kellerdunkel. Einen Monat später zwang der Vater das Mädchen, einen Brief an ihn und die Mutter zu schreiben, in dem sie behauptete, sie sei das Leben mit ihrer Familie leid und zu einem Freund gezogen. Man solle sie nicht suchen, denn sonst würde sie das Land verlassen. Der Vater erklärte der Polizei, er sei überzeugt, dass sie in einer Sekte gelandet sei. Der Brief war nur der erste von vielen. Vierundzwanzig Jahre saß die Tochter im Keller. Wie hätte sie in einem der Briefe vermitteln können, dass etwas nicht stimmte? Wenn doch ihr Kidnapper beim Schreiben direkt hinter ihr stand und ihr die Hand aufs Papier drückte? Sie hatte keinerlei Chance, das Wort *HILFE* in Morsecode zu blinken, wie ein Kriegsgefangener in den Fernsehnachrichten, oder an Wände und Fenster zu schlagen, so zu tun, als würde sie eine Pizza bestellen, in Wirklichkeit aber die Nummer des Rettungsdiensts zu wählen. *Wenn ihr nach mir sucht, verlasse ich das Land.*

*

Am nächsten Morgen bekam ich Harald gar nicht wach. Er schlief bereits seit vierzehn Stunden. Ich wusste, dass er um zehn zu einer weiteren Besprechung mit der *CHEFIN* musste. Ich rüttelte ihn und schrie. Die Verlockung, ihm einfach mal ins Gesicht zu schlagen, war groß, weil ich irgendwo gelesen hatte, dass man das so machte, aber ich hatte Angst, meine Hände nicht kalibrieren zu können und ihm eine Ohrfeige zu geben. Vielleicht einen Nasenstüber. Er murmelte etwas. Ich wusste nicht genau, worum es bei der Besprechung ging, aber ich nahm an, dass es richtig üble Konsequenzen haben könnte, wenn er nicht daran teilnahm.

Ich rief seine Chefin an – ich wollte wirklich nicht als *die CHEFIN* an sie denken.

»Harald geht es nicht gut. Er bittet vielmals um Entschuldigung, aber er kann heute nicht in die Kanzlei kommen.« Er hat sich das Bein gebrochen. Mittelohrentzündung. Er ist vollkommen außer sich, und ich glaube, dass er alles Mögliche eingeworfen hat, und ich mache mir Sorgen um seinen Bewusstseinszustand.

Ich wusste nicht genau, was er genommen hatte. Er besaß die magische Fähigkeit, immer noch mehr Beruhigungstabletten herbeizuzaubern. Warum hatte ich nie herausgefunden, woher er die kriegte?

»Verstehe.« Sie klang aufrichtig besorgt. »Wäre es ihm denn möglich, über Telefon an der Besprechung teilzunehmen? Oder Zoom?«

»Das wird schwierig« – ich hörte im Schlafzimmer etwas zu Boden fallen, hoffentlich nicht seinen leblosen Körper – »es wäre wahrscheinlich am besten, wenn Sie die Besprechung noch mal verschieben könnten.«

Die üblichen pflichtschuldigen Abschiedsphrasen: Danke, dass Sie angerufen haben, bestellen Sie ihm Grüße, und er soll wieder gesund werden, klar, ich werde versuchen, ob ich ihn bis Mittwoch entgiften kann, schönen Tag noch!

Harald lag unversehrt und anscheinend auch lebendig auf dem Bett. Er hatte lediglich die Nachttischlampe umgeworfen. So eine idiotische Dämmerungslampe, zu hässlich, um sie anzuschauen. Neben seinem Bett stand eine ganze Apotheke. Antidepressiva, stabilisierende Psychopharmaka, Schmerztabletten, Angstdämpfer, Omega-3-Kapseln, irgendwas, das mit der Hypophyse zu tun hatte. Ziemlich viele Schlaftabletten.

»Was hast du genommen?«, fragte ich und schob mich ins Bett. Es war feucht und roch nach Babyschweiß. Heu und sauberer Windel. Harald murmelte etwas und legte den Arm um mich. Er schnarchte noch einmal laut auf, ein Golden Retriever in den letzten Atemzügen. Hast du Hunde-Hospiz gesagt?

»Was du auch immer genommen hast, ich nehme dasselbe mal vier«, sagte ich, zu niemandem.

*

Und dann war es irgendwie vorbei. Die Kanzlei teilte mit, sie würden sich darum kümmern, dass Harald in eine Entzugsklinik kam, und bis es dort einen Platz für ihn gäbe, wäre er vom Dienst freigestellt. Vielleicht krankgeschrieben. Das mit dem Platz könne bis zu einem Monat dauern, vielleicht auch zwei.

Ich weiß nicht, ob sie von dem Intermezzo mit der Polizei wussten – offensichtlich war er dabei nur seinen Führerschein losgeworden, niemand war zu Schaden gekommen, er und Amanda hatten die Gruppenvergewaltigung nicht durchgeführt – und möglicherweise war irgendwas mit einem Schlips um den Kopf vorgekommen, aber in dieser Hinsicht blieb Harald ziemlich vage. Ich fragte nicht nach Details.

Haralds Psychiater meinte, er dürfe mit den Benzodiazepinen auf keinen Fall abrupt aufhören, das sei gefährlich und könne zum Beispiel zu Krampfanfällen führen – als ob das schlimm wäre, man wurde ja dabei bewusstlos – Herzstillstand, plötzlichem Tod – und dass er umgehend sein Lithium neu einstellen müsse. Lauter so Zeug. Ich konnte mir nicht alles merken. Ich konnte mir überhaupt nichts merken. Der Arzt meinte weiter, er müsse, während er auf den Platz in der Klinik wartete, die Medikamente aussetzen, und man könne ihn in eine geschlossene Abteilung für Suchtkranke verlegen. Ich sah Harald schon mit einem Tropfgestell über die Klinikflure wandeln, in einem Krankenhaushemd, bei dem jemand den Knopf zu schließen vergessen hatte, sodass seine Poritze wie ein rosiges Lächeln herausschaute.

Er könne doch auch zu seiner Mutter auf die *Insel* fahren und dort mit dem Entzug beginnen. Ein langes Wochenende. Freitag bis Dienstag. Tapetenwechsel. Harald insistierte, für uns beide nur das Beste zu wollen. Er hielt meine Hände in seinen, mit aufrichtigen, feuchten Augen und seidenweicher Schnauze. *Ich werde Hilfe bekommen, und während ich darauf warte, ist es wichtig, dass auch dir geholfen wird.*

Ich hasste ihn dafür. Es wäre so bequem gewesen, einfach nur hassen zu dürfen. Musste ich diese komplizierten, vertrackten Gefühle wegen seiner Fürsorge, wegen seiner Defizite haben? Der Hund ist das einzige Tier, das weinen kann.

Ich wollte mit meinen wenigen Habseligkeiten in einem praktischen, an einem Stock über der Schulter baumelnden Bündel dem Sonnenuntergang entgegengehen. Wäre ich eher ein wettergegerbter Cowboy, oder die einsame Gestalt in gebrochenem Weiß, die durch den Wald irrt, um einen Weiher zu finden, in dem sie sich ertränken kann? Nein. Weder Prärie noch Sumpf. Wonach ich mich sehnte, war die Freiheit, in die entgegengesetzte Richtung zu gehen.

Genau, fast vergessen: Auch der Mensch ist ein Tier, das weinen kann.

12

Nach Haralds Abreise war ich mehrere Wochen lang komplett desorientiert. Montag wurde zu Dienstag, und der wurde … Ich lag in der lauwarmen Luft und betrachtete den Himmel, der von einem Tag auf den anderen die falsche Farbe bekommen hatte. Die Stille wurde erdrückend, wenn das Gemurmel der Nachbarn durch die Wände drang. Wieso wurde ich von einer so akuten Schockreaktion erfasst? Mein Problem war doch zur Tür hinausspaziert.

Als Harald mir am Telefon verkündete, dass er wahrscheinlich mindestens eine Woche wegbliebe und nicht nur übers Wochenende, brüllte ich und fluchte und weinte und fegte erst einen Blumentopf von der Fensterbank, dann den zweiten. Alles wurde weiß. Ich kriegte keine Luft mehr. Passierte das hier jetzt auch noch? Das Haus brannte bis auf die Grundmauern nieder, und ich … was sollte ich tun? Ich konnte keine Häuser bauen … Planlos begann ich, die Reste der Blumentöpfe mit den Händen zusammenzukehren. Harald fackelte das Haus ab und fuhr dann in Urlaub – kleine Terrakottasplitter drangen mir in die Finger. Ich wusste nicht, was ich mit dem Haufen Erde und Müll tun sollte, und merkte, dass ich mich in die Reste von Haralds Forellenbegonie gekniet hatte. Die hatte er von seiner Großmutter geerbt, oder so. Ich rieb die Blätter zwischen meinen Fingern. Saß einfach nur da. Ein paar Tage zuvor:

Haralds teigiges, abwesendes Gesicht, die Tasche, die ich ihm packte, Wellen von Adrenalin und Verzweiflung, die durch meinen Körper schossen und jetzt die Stille, die eine eigene Anwesenheit darstellte.

Ich rief zurück. Harald klang geduldig oder von angstdämpfenden, schmerzstillenden Mitteln benebelt, als er mir erklärte, dass der Prozess des Runterfahrens doch länger brauchen würde als gedacht. Sowohl er als auch seine Mutter fanden, dass er noch eine Weile bleiben sollte. Die *Insel* sei einfach ein entspannterer Ort, an dem er versuchen könne, sich langsam wieder zu erholen.

»Im Moment fühlt es sich zu schwierig an, zurück nach Malmö zu kommen«, sagte Harald. Etwas wie Trauer sickerte aus seiner monotonen Stimme.

»Im Moment fühlt es sich schwierig an, in Malmö zu *sein*«, brüllte ich.

»Du fehlst mir«, erwiderte er. Seine Stimme klang sanft und weich, als er meinen Namen sagte. Ich hockte immer noch in der Blumenerde presste mich gegen die Wand. Eine Woche ist nichts.

Ich sah verschwommen. Oder mein Kopf saß auf dem falschen Körper. Ich weiß nicht, ob ich überhaupt auflegte oder einfach nur in ein anderes Zimmer ging und das Telefon liegen ließ. Als ich später entdeckte, dass meine Knie interessant gelb, grün und blau waren, brauchte ich eine Weile, um mich zu erinnern, wieso.

Zwischendurch fragte ich mich, ob ich wohl eine Psychose hätte, aber dafür fühlte sich alles zu real und wohlbekannt an. Zu Beginn rief ich Harald oft an. Richtig oft. Unsere Gespräche waren vollkommen sinnlos: Harald war meist zu betäubt und ich zu hysterisch, als dass wir einen Dialog hätten führen können. Ich glaube, ich habe viel geweint und noch mehr geschrien, und Harald war komplett auf null gestellt.

Überall fand ich Tabletten. Erst an den üblichen Stellen – um sein Bett herum, in der Küche, im Badezimmerschrank. Dann aber tauchten sie an ungewöhnlicheren Orten auf, zum Beispiel in einem Schuh oder zwischen Haralds Werkzeug. Ich fand sie auf dem Schlafzimmerfußboden, in der Ritze zwischen den Sofakissen sowie unter dem Bücherregal. Ich stopfte sie mir einfach in den Mund, automatisch, systematisch. Selten überprüfte ich, was ich da eigentlich schluckte, nur wenn die Pillen blau waren, ließ ich aus irgendeinem Grund eine gewisse Vorsicht walten. Die Medikamente halfen zwar nicht, aber sie ermöglichten mir zumindest zu schlafen und die Leere ein wenig auf Abstand zu halten. Zum Teil fühlte es sich wie eine Rache an, so seltsam das auch klingen mag, dann wieder wie das Einzige, was ich tun konnte.

Die Wohnung zu verlassen, stellte eine zu große Herausforderung dar, auch wollte ich Malmö in seiner ganzen Hässlichkeit nicht sehen. Die ersten Tage ließ ich die Gardinen zugezogen. Wenn ich das kleine Lüftungsfenster aufschob, steckte ich nur die Hand in die Lücke und tastete mich vor. Es war ein heißer Sommer. Meine Hand konnte das fühlen. Die Luft stand. An ein paar Abenden, vielleicht drei, gab es Gewitter. Es regnete, blitzte, donnerte. Ich lag auf dem Boden und betrachtete die Gardinen, die ein wenig aufwehten, und machte mir ganz vage Sorgen, dass das Fensterbrett vielleicht nass werden könnte. Es war aus Stein. Möglicherweise Marmor. Manchmal trug ein Windstoß den Duft von Sommerregen herein: Wasser auf trockenen Bürgersteigen. Wenn dann Böen aufkamen und der Himmel sich öffnete, kreischten die Leute draußen auf der Straße, gellende, fröhliche Schreie. Am Morgen war der Himmel wieder klar.

Ich konnte nicht lesen. Es fehlte mir an der nötigen Konzentration, um ein Stück Text oder einen längeren Satz zu verfolgen. Ich konnte mich durch Bücher mit kürzeren, aber nicht allzu kurzen Formulierungen arbeiten, aber keine Nebensätze oder Kommazeichen bitte. Der Text durfte nichts Expressives, keinen künstlerischen Ausdruck haben. Ich konnte mich von A nach B nach C lesen, aber nur, wenn es einigermaßen leicht möglich war, nach C zu kommen, ohne eine deutliche Erinnerung an A oder B zu haben.

Als im Kühlschrank etwas zu stinken anfing, hörte ich einfach auf, ihn zu öffnen. Auf der Spüle und an den Blumen tummelten sich die Fliegen. Irgendwie war es Hochsommer geworden. Nicht weit entfernt gab es ein mittelmäßiges und angestrengt urbanes Lokal, in dem ich begann, Salat zu bestellen. Ich aß ihn in Etappen, am Morgen ein bisschen, dann ein paar Blätter am Nachmittag und den Rest zum Abendbrot. Dieses System war ziemlich schlau:

Das Essen konnte so nicht verderben, und der Kühlschrank musste nicht geöffnet werden. Es war ein Segen, dass ich kein Fleisch aß. Sonst hätte ich mir wahrscheinlich eine Lebensmittelvergiftung oder Salmonellen zugezogen.

Als Harald ankündigte, er werde eine weitere Woche bleiben, weil sein Bruder mit Familie kommen wolle, heulte ich besinnungslos.

»Du hast es versprochen«, jammerte ich, »du hast es mir *versprochen.*«

Harald wurde böse. »Es ist ja wohl überhaupt nichts seltsam daran, seine Neffen sehen zu wollen!«

Das war zu dumm, als dass ich eine Antwort hätte formulieren können. Das Einzige, was mir einfiel, war *okay Donald Duck, fahr zur Hölle.*

Manchmal klang Harald mehr, manchmal weniger zugedröhnt. Einmal erzählte er, wie die Nachbarn zum Grillen gekommen waren. Das dauerte zwanzig Minuten. Wenn ich die Augen schloss, kam es mir vor, als würde ich mit einem dementen Menschen im Altersheim sitzen. Ein andermal wirkte er bedeutend wacher und beschrieb einen Tag, als würden sie wie in einem Kibbuz leben: Alle halfen im Garten, aßen rustikales Brot und hatten es richtig nett miteinander. Da hasste ich ihn wirklich.

Ich dachte an die toten Frauen in London, die eines Tages einfach verschwunden waren. Es gab keinen Hinweis darauf, dass sie um Hilfe gerufen oder an der Klinke gerüttelt hätten, dass sie ihre Leiber gegen die Eingangstür gestemmt oder hilflos auf dem Balkon gestanden und gewunken hätten. Im Gegenteil. Dann erinnerte ich mich an die Frau, die ganz oben im Grenfell Tower gestanden hatte, während dieser abbrannte. Mit einem kleinen Kind auf der Hüfte und einem anderen neben sich hatte sie verzweifelt an die Scheiben gehämmert. Ich wusste nicht einmal, wie sie hieß. Das musste ich rausfinden. Ich nahm drei blaue Pillen.

Als ich den Blick durchs Wohnzimmer wandern ließ, bemerkte ich, dass unser Heim exquisiter geworden war, femininer. War es mir gelungen, aufzuräumen? Meine Sachen lagen überall verstreut: ein dünner Strickpullover, Bücher, in denen ich geblättert haben musste, um sie dann weit von mir zu werfen, ein Notizblock, auf dem ich mit wilden, unleserlichen Buchstaben etwas aufgeschrieben hatte. Exquisit war vielleicht das falsche Wort, denn Einiges von Haralds Zeug lag immer noch herum. Ich nahm einen Hammer und drei Meißel und warf sie in den Werkzeugkasten, schob Haufen von Quittungen und nutzlosen Zetteln sowie Plastikmappen unters Sofa – Sachen, die so unbrauchbar und wertlos waren, dass ich es nicht mal beschreiben kann. Auch der entsetzlich hässliche Kerzenständer, den sein Vater in einem Workshop für mittelalterlich orientiertes Kunsthandwerk geschmiedet hatte, musste weg sowie die lächerlichen Aquarell-Versuche seiner Mutter, Haralds juristische Nachschlagewerke, in denen ich ihn niemals hatte blättern sehen – ich warf alles ohne Unterschied in einen der beschissenen Umzugskartons, die Harald und seine Mutter versprochen hatten, in den Keller zu stellen. Nach kurzer Überlegung holte ich die Aquarelle wieder raus und riss sie in kleine Fetzen. Dann fiel mir ein, wie ungeheuer kreativ Haralds Mama war, und ich zerstörte auch noch drei schalenähnliche Lehmklumpen. Im Schlafzimmer raffte ich alle Kissen zusammen, legte sie in der Mitte auf den Boden und fegte alles, was auf dem Nachttisch stand, in eine Mülltüte: Medikamentenschachteln, eine Kneifzange, leere Gläser, einen Eierbecher, den er praktisch fand, um Kleinigkeiten darin aufzubewahren. Seine Monstera schob ich hinter die Gardine. Ich durchsuchte die Kleider im Schrank und holte eins meiner Hemden raus, das weiß, sauber und fast ordentlich gebügelt war. Das durfte auf dem Haken an der Tür hängen. In der Luft hing etwas Blumiges, eine Nuance von schwarzen Johannisbeerblättern. Ich erklärte das Schlafzimmer für Harald-frei, rief ihn an und teilte es ihm mit.

Tags darauf ließ meine wortlose Verzweiflung nach. Ich lag auf dem Fußboden auf meinem üblichen Fell, das viel zu klein war – wieso machten sie keine größeren Schafe? – und hörte Tom Petty. Jemand hatte mir gesagt, es sei gut zu singen, wenn man Angst habe, also legte ich los (LEARNING TO FLY – *learning to fly – LEARNING TO FLY)* und versuchte, mich wie ein Mensch zu fühlen. Ich trug einen Kaftan aus schimmernder schwarzer Seide und mit praktischen Taschen, den ich mir immer von Harald auslieh. Eigentlich war es ein Damen-Morgenmantel in XXXL ohne Gürtel. Harald trug ihn niemals im Haus, wanderte aber oft damit durch die Stadt und ließ die Seide hinter sich herflattern wie ein Bohemien. Ich weiß nicht, warum dieser Kaftan beim Großen Aufräumen verschont worden war, möglicherweise, weil ich ihn schlichtweg gern anzog und alle Regeln mich mal konnten. Ich verschob meinen Hintern ein wenig, eine minimale verschwitzte Bewegung, und bemerkte die Konturen eines schmalen Blisters in der Tasche. Schlaftabletten.

Ich spürte, wie alles in mir platzte, Arterien und Venen und Kapillaren und die Aorta in der Herzkammer – Harald hatte nicht schlafen wollen. Er tobte in der Stadt herum und versetzte sich in Situationen, aus denen ich ihn abholen musste – wenn er Großeinkäufe bei Willys tätigte, oder in ungeklärten Bankangelegenheiten albern daherquatschte, einmal auch aus dem Zug zwischen Malmö und Kopenhagen, als ich irgendwo zwischen Hyllie und Ørestad die Benzodiazepine zuschlagen sah. Ich trommelte mit den Fäusten auf den Boden, schlug, schlug, schlug, schniefte und weinte, ich schlug mir mit der Hand ins Gesicht, lag halb über dem Bett wie eine trauernde Sizilianerin, deren Sohn im Sarg nach Hause gekommen ist. Dann ging ich in die Küche und übergab mich heftig. Wer war Harald?

Einfach nur jemand.

Der Bann war gebrochen. Als ich den Kopf aus der Spüle hob, hatte die Welt wieder Kontur angenommen. Tellerstapel, blau, rosa, weiß, ein glasierter Keramikbecher in einer verträumt-lila Nuance, eine Tasse mit kompliziertem Vogelmuster, die Kacheln weiß und viereckig mit grauen Fugen. Ich stand auf. Es war heiß und stickig und roch schwach nach Müll und aufgeheizten Fassaden, Stadtstraßen in der Hochsommerhitze. Draußen vorm Fenster stand ein Baum, der ein verschwommenes Schattenspiel auf den Holzboden warf. Ich setzte mich mit dem Rücken gegen die Schranktüren und lachte. Plötzlich war die Luft so leicht. Irgendetwas fühlte sich bekannt an. Das war ich. Es war die Stimme in meinem Kopf, meine innere Stimme war wieder da. Ich hatte nicht einmal gemerkt, dass sie weg gewesen war.

Ich rief Harald an.

»Hallo«, sagte ich, und meine Stimme klang anders.

»Hallo«, erwiderte Harald gedehnt, und seine Stimme klang genauso wie immer.

Dann legte ich mir zwei weiße Tabletten unter die Zunge und schlief, im Bett, mit sauber geschrubbtem Gesicht zwischen dem Bettzeug.

Nach dem Aufwachen setzte ich mich an den Küchentisch. Da lagen ein Block und ein Stift. Ich hatte vergessen, dass diese Art von Gegenständen überhaupt existierte. Aus irgendeinem Grunde nahm ich den Stift mit der linken Hand, und die Worte kamen wie aus dem Nichts.

Ich sitz im Gefengnis, bidde helf …
ha haha Witz!
»kranker Humor«
deluxe ☺
Sweet Dreams
von der besten Weltuntergangssekte der Welt.

Darunter malte ich drei Herzen. Diese Handschrift war wirklich bizarr. Das hätte kein Kidnapper so in den Kasten geworfen. Am nächsten Morgen klappte es schon besser.

Hallo!

Das hier wird vielleicht
verrückt klingen, aber ich
verspreche, alles ist normal!
Es geht mir supergut! Super-
supergut sogar. Deshalb werden
wir nie mehr voneinander hören! Es geht mir so
gut! Super! Oje, das habe
ich bereits geschrieben!
Superumarmung von einem super-
fröhlichen Mädchen an super-
geheimem Ort!

Ein paar Wochen später schaffte ich es, den Zug nach Kopenhagen zu nehmen. Ich habe flimmerige Bilder im Kopf, wie ich weinte und in verschiedenen Bars und Cafés Zigaretten rauchte, ich erinnere mich an einen sonnenbeschienenen Boulevard – in Wirklichkeit kann das aber auch viel früher gewesen sein, oder ich hatte es in einem Werbefilm gesehen. Meine Tante hatte mir erklärt, dass man niemals von etwas *weg fliehen* sollte, sondern nur zu etwas *hin*. Für mich klang das ungefähr genauso klar wie der Unterschied zwischen Selbstwertgefühl und Selbstvertrauen, oder der Unterschied zwischen allein und einsam – ebenfalls Begriffe, die sie sich im Laufe der Jahre bemüht hatte, mir verständlich zu machen. Keine dieser Ideen sagte mir zu.

Ich wollte einfach nur verschwinden. Ich konnte meinen eigenen Tod faken, mir einen neuen Namen zulegen, eine neue Personennummer, einen neuen Geburtstag. Ich konnte in einer mittelgroßen europäischen Stadt auftauchen und behaupten, meine Eltern wären bei einem Flugzeugabsturz tragisch ums Leben gekommen. Ich sprach bereits Französisch, ich konnte mein Deutsch verbessern oder Portugiesisch lernen und … was dann? Ich konnte eine rätselhafte Gestalt werden, eine frisch frisierte Betrügerin.

Ich saß in einer Bodega an einer Querstraße zur Vesterbrogade, als Harald mir schrieb:

Ich komme nach Hause. Bald.

Ich trank ein Tuborg Classic.

Ich dachte nach.

Dann schickte ich ihm ein Bild als Antwort. Darauf waren zwei übel zugerichtete Hunde zu sehen: dem einen fehlte ein Auge, bei dem anderen waren die Ohren so mitgenommen, dass sie kaum mehr wie Ohren aussahen. Aber sie schauten mit hoffnungsvollem Hundelächeln direkt in die Kamera: *Auch uns kann man liebhaben.*

Was für ein süßes Bild von dir und mir, schrieb Harald.

Wie bald?, schrieb ich.

Bald.

Auf dem Rückweg von Kopenhagen fiel mir ein, dass es bereits ein Buch über eine Frau gab, die ihr eigenes Verschwinden inszeniert hatte. *Gone Girl.* Ich erinnere mich nicht an alles. Nur dass es lächerlich gewesen war.

13

Eigentlich hätte mich die Lautsprecheransage nicht weiter überraschen dürfen. Schließlich hockte ich seit über zehn Stunden auf diesem Flugplatz. Hier wegzukommen, war sehr viel unwahrscheinlicher, als bleiben zu müssen, und zwar für den Rest meines Lebens. Um für meine Sünden zu büßen, würde ich für immer und ewig – Lebenslänglich als Strafe existierte tatsächlich – in einem anonymen Gebäude irgendwo in Nordschweden festgehalten. Zusammen mit Haralds Mama. Ich fühlte mich bereits tot, als die Information ausgerufen wurde: Aufgrund der schlechten Sicht werde an diesem Abend kein Flugzeug mehr starten, und alle Flüge nach und von diesem Flugplatz seien eingestellt worden.

Der Bräutigam des Junggesellenabschieds sah aus, als würde er anfangen zu weinen. Sie alle waren inzwischen ziemlich sentimental – vorbei das Stadium, in dem man sich gegenseitig den Arm um die Schulter legte, *Dadde, du warst immer ein verdammt guter Kumpel*, um dann zu einem maskulinen Knallkuss auf den Mund und *Verdammte Scheiße, Leo, ich liebe dich, aber dir ist das scheißegal, wegen dieser Tanja lässt du uns einfach alle im Stich* überzugehen – und hatten gerade irgendwas geklärt, was im Zusammenhang mit der Abifete oder irgendeinem Ball in der Uni passiert war. Der Bräutigam heulte hemmungslos. Vielleicht vermisste er seine zukünftige Frau, oder er war einfach nur tief enttäuscht, weil er im Laufe der nächsten vierundzwanzig Stunden keinen Striptease zu sehen bekommen würde. Sollte ich mich anbieten? Ein leicht verdienter Tausender? Oh Gott. Wenn ich mich nicht sehr, sehr bald in einem abschließbaren Raum in die Horizontale begeben konnte, würde ich eine Psychose kriegen. Wie ein Affe zu schnattern beginnen und mich gegen die Wände werfen. Ich war nicht die Einzige, die eine gewisse Frustration empfand. Jemand buhte. Ein Kind brüllte mit erstaunlich starker Stimme.

Manchmal, wenn wir fernsahen und jemand bestialisch beim Sex ermordet oder in die Luft gesprengt wurde, streichelte ich Haralds Arm, um ihn daran zu erinnern, dass nicht die Wirklichkeit war, was er sah. Mir würde hier niemand den Arm streicheln. Haralds Mama machte irgendwas mit ihrem Telefon. Vielleicht war das alles aber ja auch ein Versuch der Götter, mich zu befreien: Vielleicht bedeutete die schlechte Sicht, dass Haralds Mama Harald erst mal hierlassen und in ihrem kleinen Autochen loszuckeln würde, nach Süden, mir aus den Augen.

Sie fluchte. Selbstverständlich würde sie ihn nicht erst mal hierlassen. Lieber hätte sie sich wie ein Fuchs in der Falle ein Bein abgenagt, als Harald seinem Schicksal zu überlassen. Heute hätte ich ihn wiedersehen sollen. Ich hätte meine Wange an seinen Hals legen, und er hätte meine Hände in seinen halten sollen. Er hätte sein Gesicht in mein Haar pressen und sanfte Worte murmeln sollen. Wir hätten nicht viel zu reden brauchen, oder wir hätten uns alles gesagt, wir hätten beim Abendessen nebeneinandergesessen – für ein paar Augenblicke gönnte ich mir, in dieser kindlichen Hoffnung zu versinken, die ich schon so oft verspürt hatte. *Jetzt wird alles gut. Wir werden es gut miteinander haben.* In den letzten Wochen hatte ich das effektiv verdrängt. Ich hatte alles getan, was in meiner Macht stand, um so abgestumpft wie möglich im Hier und Jetzt zu verharren. Ich hatte sogar Fernsehsendungen vermieden, die allzu starke Gefühle hätten wecken können: Comedy, Thriller, emotionale Dramen. Ich hatte versucht, mich auf einer konstant mittleren Gefühlsebene zu halten: Froh? Nicht direkt. Traurig? Na ja. Wütend? Eigentlich nicht. Ich hatte mich bemüht, eine Person zu sein, die morgens aufstand und abends ins Bett ging. Ich hatte es ein bisschen genossen, dass die Wohnung ordentlich und sauber war, dass ich nicht mehr hinter Harald herräumen und Liter um Liter Dickmilch kaufen musste, die er mit Becherkleie und Flohsamenschalen und anderen Produkten für IBS-Betroffene in sich hineinschlabberte. Mein Zuhause war still und ruhig gewesen, jedes Ding an seinem Platz.

Die stärksten Gefühle hatten noch die Morgenseiten in mir ausgelöst. Für meine Doktorarbeit hatten sie mir zwar nicht viel gebracht, aber irgendetwas Bizarres mit meinem Gehirn angestellt. Eine Zeit lang waren dadurch einige mehr oder weniger verzweifelte Briefe von Filip »Breitband« Bredberg herausgekommen, der offenbar gekidnappt worden war und sich an unbekanntem Ort in den USA befand. Dann begannen die Seiten, ihre Form zu verändern, sie entwickelten ein Eigenleben von »Tiger Kidnapping« bis hin zu Mischformen – wie etwa eine Postkarte von einem Hund an einen anderen (auf Französisch) oder die ziemlich ausführliche Krankenakte (komplett mit Anamnese, Medikamentenliste, aktuellen Symptomen) für einen Mann mittleren Alters, Kenneth Johansson, 56. Manchmal schickte ich ein paar meiner Ergüsse an Harald. Aus irgendeinem Grund fand er, sie besäßen eine künstlerische Qualität, und hängte sie in seiner Zelle auf (die auf den Fotos wie ein mittelgroßes Zimmer in einem Vier-Sterne-Hotel aussah).

Du bist ja total krank im Kopf, schrieb ich. *Bist du in der Klapse oder im Chateau Marmont?*

Ich bin vielleicht krank im Kopf, aber niemand kann behaupten, dass ich nicht ein Auge für Kunst hätte! Er fügte ein Emoji hinzu, das einen Arm mit angespanntem Bizeps zeigte. Kurz darauf kam ein Kuss-Emoji. Na klar.

*

Die Leute um mich herum hatten begonnen, ihre Sachen zusammenzusuchen, zogen die Reißverschlüsse der Kinderjacken hoch, kontrollierten, ob sie ihre Handys eingesteckt hatten. Der Junggesellenabschied war verschwunden. Ich bekam eine SMS mit Informationen der Fluggesellschaft, dem Namen eines Hotels sowie Wegbeschreibung etcetera. Ich liebte es, im Hotel zu übernachten: an einem geschützten, befriedeten Ort, an dem mir niemand etwas anhaben konnte. Andererseits war es beim letzten Mal, als Haralds Mama uns in Malmö besucht hatte, kein so

Familien-Kontakte

schönes Erlebnis gewesen, am Tag vor diesem teuflischen Krampfanfall. Das hatte ich ganz vergessen. Aber es gab ja auch nicht viel, was ich davon noch erinnerte …

Möglicherweise den Blick von Haralds Mama, wie sie auf einem Küchenstuhl saß und mich beobachtete, wie ich nachlässig meine eigene Kotze aufwischte.

Als ich mich umdrehte, um meine Tasche zu nehmen, erblickte ich sie. Wieder stand sie in ihrem kompetenten Parka da, starrte auf ihr Handy und murmelte etwas vor sich hin (hatte sie dieselbe Information bekommen? Aber sie hatte ja kein Flugticket). Irgendetwas an ihrer Haltung, wie sie den Nacken beugte, verstärkte ihre Ähnlichkeit mit Harald. Ich hatte es ihm versprochen. Nach einer unserer unzähligen Auseinandersetzungen über seine Mutter hatte ich gesagt: *Ich verspreche, dass ich das hinkriege*. Ich meinte es wirklich; wusste aber nicht so richtig, was. Vielleicht, weil ich ein Scheidungskind war, weil ich keine richtigen Eltern hatte oder weil es mir schlicht an Empathie mangelte. Ich konnte einfach nicht begreifen, warum es ihm so wichtig war, dass seine Mutter und ich uns mochten. Warum mussten *wir* um jeden Preis eine Beziehung haben? Die wenigen meiner Familienmitglieder, die noch lebten, hatten meines Wissens überhaupt keinen Kontakt zueinander. Wahrscheinlich, weil sie keine Lust darauf hatten. Was war denn daran so falsch? Haralds Mama und ich hatten einander nicht ausgesucht. Dennoch war es definitiv, eindeutig, offensichtlich meine Aufgabe, *Dinge zu besprechen*, beim Abendessen eine Konversation aufrechtzuerhalten und ihr auf dem Sofa ein Bett zu machen, wenn sie zu Besuch kam.

Um zu sehen, ob er in einer Fixerhöhle lebt. Ja, ich hatte weiter die Küchenfronten abgewischt und die Teppiche gesaugt. Ich wischte den Fußboden, faltete Decken zusammen und legte sie ordentlich über die Sessellehne. Wie lange würde es dauern, bis Harald es bemerkte, falls ich irgendwann damit aufhörte? Und wie lange würde er brauchen, um das als ein Problem zu betrachten? Harald hatte erst bemerkt, dass ich aufgehört hatte, alles zu regeln und mich mit seiner Mutter zu beschäftigen, als wir uns längst in Dantes Inferno befanden. Fünfter Kreis. Er selbst hatte keinen Small Talk initiiert oder Helikoptereinsätze arrangiert, er hatte keine tränenreichen Telefongespräche geführt und um Hilfe gefleht. In der Theorie war Harald »die unsichtbare Frauenarbeit« absolut bewusst – ich hatte ihn unzählige Male darüber dozieren hören –, und er meinte auch, dass es sich dabei sowohl um emotionale wie um praktische Einsätze handelte. In der Praxis aber war er blind dafür, was er von mir forderte.

Natürlich wusste ich, dass Harald mehr wollte als ein funktionierendes Familienleben. Er sehnte sich nicht einfach nur nach einem Waffenstillstand, sondern wünschte sich lebhafte Familien-Essen und Mittsommertorte mit Erdbeeren. Aber warum musste ich daran teilnehmen? Er war schließlich mehr als dreißig Jahre lang vollauf imstande gewesen, das alles ohne mich zu machen, wie konnte sein Bedürfnis danach also jetzt so groß sein? Harald wollte eine Tradition aufrechterhalten, die niemals existiert hatte. Unsere Beziehung war ebenso wenig wie ich eine nahtlose Fortsetzung von etwas. Wir waren ein Bruch. Ich produzierte eine hässliche Fuge, wo er versuchte, die Gegenwart mit der Vergangenheit zusammenzuweben. Er wollte mich in seine Familienfotos hineinkleben, das aber hatte sich als unmöglich erwiesen, es wurde bloß eine Collage aus zusammengeklebten Gesichtern daraus, wie Buchstaben im Brief eines Kidnappers. Erpressung konnte mich nicht in gesellschaftliche Arrangements zwingen, die lange vor meiner Zeit vereinbart worden waren. Gegen diese Argumentation hätte Harald lauthals protestiert, das wusste ich. Er hätte etwas über die Vergangenheit gesagt, und es der Zukunft gegenübergestellt. Das größte Kompliment, das großzügigste Angebot: *Ich möchte so gerne, dass du die erzwungenen Verwandtschaftsbeziehungen aufrechterhältst, die meine radikal linksorientierte Familie eigentlich als Werkzeug zum Erhalt der kapitalistischen Weltordnung identifizieren müsste. Ich liebe dich so unendlich.*

Hätte Haralds Mama überhaupt irgendeine Frau mögen können, die ihr den Sohn abspenstig machte? War das alles einfach ein Naturgesetz? Ich versuchte, mich an Schwiegertöchter in der Literatur zu erinnern, doch mir fiel nichts ein. In Simone de Beauvoirs *L'âge de discrétion* konnte man aus der Beschreibung der Irène darauf schließen, dass die Schwiegermutter die Ehefrau ihres Sohnes nicht mochte. Überhaupt nicht. De Beauvoir hatte selbst keine Schwiegertochter gehabt. Was also war notwendig, um zu verstehen? Brauchte ich einen Sohn, um zu begreifen, was Haralds Mama durchstehen musste? Oder genügte es, mich selbst von außen zu betrachten, um zu erkennen, welche Zumutung es bedeutete, mich in seinem Leben zu haben? Nein.

Ich war eigentlich gewohnt, dass die Leute mich mochten. Ich war leicht reizbar, oft sarkastisch und neigte dazu, im letzten Moment abzusagen und war insgesamt vielleicht nicht gerade die Warmherzigkeit in Person. Aber die Leute mochten mich. Und bestimmt mochten die Leute auch Haralds Mama. Diese Vorstellung war mir nicht völlig fremd, obwohl sie schon sehr grotesk wirkte. In anderen Zusammenhängen war Haralds Mama sicherlich nett und charmant, vielleicht sogar höflich und imstande, einen Dialog zu führen und nicht nur einen Monolog – »geschätzte Kollegin«, »treue Parteigenossin« oder was auch immer in ihrer Todesanzeige stehen würde.

Der Gedanke, dass es irgendwo tatsächlich eine Frau für Haralds Mama gab, war so verlockend wie abstoßend. Nicht, dass ich es ihr missgönnt hätte – was für eine bizarre Schwiegertochter es auch sein mochte, die sie akzeptiert hätte – aber es machte mir Angst, dass es zwischen seiner Mutter und mir etwas geben könnte, was wirklich *uns* betraf. Wir waren nicht nur Schwiegermutter und Schwiegertochter, wir waren Individuen, deren Sehnsüchte und Ansichten, deren Hass und Ideen über die Konstellation hinausgingen, in die wir zufällig geraten waren. Es erschreckte mich, dass es in unseren wahren Persönlichkeiten etwas geben könnte, das echte Gefühle bei der anderen weckte. Es war mir zu intim. Ich wollte keine Berührungsflächen, die der Wirklichkeit näher waren als die unglückliche Kombination von Faktoren, die uns zusammengeführt hatte. Jetzt schauen wir in einen Spiegel und sehen nur rätselhafte Umrisse – und genauso wollte ich es haben.

Ihr Auge in Auge gegenüberzustehen, war das Letzte, was ich wollte. Leider aber tat ich gerade genau das, und nicht nur in metaphorischer Hinsicht.

»Na, dann«, sagte ich, »werde ich mich wohl mal zum Bus begeben.«

Ich merkte, dass ich inzwischen ziemlich lallte.

»Gut«, erwiderte Haralds Mama. »Also, ich werde das Auto nehmen.«

»Gute Fahrt«, sagte ich.

»Ich glaube, du musst in die Richtung«, erwiderte sie und nickte zum Notausgang hin.

Als ich auf den Parkplatz rauskam, sah ich den Bus gerade um eine Reihe schneebedeckter Tannen biegen. Auf und davon. Seine Lichter blinkten freundlich, gelb und rot. Orange? Was ist die Definition von Orange? Ich hatte Weihnachten mal auf einer Orangenplantage in Kalifornien verbracht und eine halb reife Frucht direkt vom Baum gepflückt. Da hatte es einen dreibeinigen Alligator mit bösem Blick gegeben. Alligator? Dachte ich jetzt an den falschen Bundesstaat? Der nächste Bus würde in dreiundfünfzig Minuten kommen.

Als Haralds Mama mit dem Auto an der Bushaltestelle hielt, sah sie zufrieden aus. Ihr Wagen brummte meditativ, und die Schneeflocken segelten pittoresk durch die Lichtkegel der Scheinwerfer. Das Auto war rot. Hätten wir uns auf einer Weihnachtskarte befunden, wäre sie der Weihnachtsmann gewesen. Satans Taxiservice, zu ihren Diensten.

»Du hast natürlich den Bus verpasst«, sagte sie. Genüsslich.

Der Motor lief im Leerlauf, und die Temperatur war noch weiter gefallen. Ich trug wirklich nicht die richtige Kleidung für dieses Wetter.

»Steig einfach ein. Wir müssen eh in dieselbe Richtung.«

Na, dann gib mal Gas, dachte ich und öffnete die Autotür.

14

Es wurde August, bis Harald aus Mamas Hospiz nach Hause kam. Fünf Tage hatte er bleiben wollen. Doch es wurden fünf Wochen daraus. Fünf Sommerwochen auf einer Insel klang normal. Fünf Wochen auf dem Fußboden einer Wohnung in Malmö: nicht normal. Nein. Ich rückte meine Sonnenbrille zurecht. Auf dem Boden hatte ich nur zwei Wochen gelegen. Mir war nicht ganz klar, womit ich den Rest der Zeit verbracht hatte, außer mit unterirdischen Salaten und Martha Wainwrights heiserer Stimme. Ich meine aber, zwischendurch auch einmal Würstchen mit Brot gegessen zu haben.

Ich überquerte den Parkplatz vor dem Bahnhof von Malmö, ganz langsam, das möchte ich betonen, langsam. Ich rannte nicht. Das Nachmittagslicht war warm, golden, mit verschwommenen schwarzen Schatten. Ich war schweißgebadet. Der Rosenstrauß in Haralds Hand war riesig. Übertrieben. Wer nicht mit Filmen wie *E-m@il für dich* und *Vier Hochzeiten und ein Todesfall* aufgewachsen war, hätte ihn vielleicht geschmacklos gefunden. Harald wusste, dass ich Ende der Achtziger geboren war. Er wusste, dass Rosen das Richtige waren. Für mich.

Er sah schmaler aus und trug ein gestreiftes Hemd, das ich ihm geschenkt hatte. Ich vermochte ihm nicht ins Gesicht zu sehen, denn ich war mir nicht sicher, ob ich ihm eine runterhauen oder ihn umarmen sollte. Also hielt ich den Blick fest auf das Hemd gerichtet, auf die Rosen, auf das Bahnhofsgebäude aus rotem Backstein. Möwen schrien. Jetzt war er hier, ich aber hatte in einer Wohnung auf dem Fußboden gelegen, mit blau geschlagenen Knien, die wehtaten, weil meine Beine immer wieder unter mir weggesackt waren, wenn ich begriff, dass er trotz aller Versprechungen und Ansagen wieder nicht auf dem Weg nach Hause war. Sein Körper fühlte sich anders an. Ein schwacher Geruch nach den schimmeligen Wänden auf der *Insel*. Das Gesicht an seinen Hals gedrückt, schloss ich die Augen, weil ich weder sehen noch denken wollte. Harald weinte mehr als ich und sagte ein ums andere Mal *Ich begreife nicht, wie ich von dir wegfahren konnte*. Lange standen wir so. Der erste Kuss war einfach nur Mund-zu-Mund-Beatmung. Danach wurde es besser. Er küsste gut, wie alle Männer mit fülligen Lippen. Sie brauchen nicht viel Technik, sie haben einfach dieses Weiche, Rote, das man fühlen kann. Sein Ständer an meinem Bein. Ich hatte vergessen, wie sich das anfühlte. Ganz einfach wie ein warmer Stock in der Hose.

»Jetzt gehen wir nach Hause.«

Endlich gingen wir nach Hause.

Ich hatte Haralds Sachen wieder rausgekramt und strategisch in der Wohnung verteilt: die Hemden und die Jacketts, sein Parfüm. Die maskulinen, schrecklichen Topfpflanzen, auf die er immer so stolz gewesen war, standen nicht mehr hinter der Gardine. Die meisten waren sowieso eingegangen. Wenn schon ein paar verdammte Monsteras es keine fünf Wochen schafften, wie dann ich?

In der Tür blieb Harald kurz stehen und atmete.

»Es riecht nach zu Hause«, sagte er, und vielleicht war das schön. Er weinte wieder.

Und du riechst nach Datsche, dachte ich und stellte die Rosen in eine Vase. Ich fühlte irgendetwas. Ich wollte nicht wirklich wissen, was es war, weil ich Angst hatte, es könnte Hoffnung sein. Die hatte ich schon einmal verspürt. Ich dachte, Harald wäre nüchtern. Aber das war er natürlich nicht.

Wenige Tage später tauchte Alia wieder in ihrem Fenster auf. Sie sah aus wie immer. Nichts war passiert, nichts Unwiderrufliches, in ihrem friedlichen Blick war ich immer noch dieselbe. Was hatte sie die letzten Monate getan? Den Sommer im Chateau der Familie in Südfrankreich verbracht? Einen Ferienjob in Norwegen gehabt, geschuftet, Holz gehackt, Steine über das Moor gezerrt und Rentiergatter gebaut? Ich konnte vor mir sehen, wie sie per Interrail durch Europa fuhr, durch die dampfenden, schmutzigen Straßen von Paris schlenderte, in Berlin in Technoclubs abtanzte und dabei gellend kreischte. In Portugal rauchte sie zu viel Hasch, und eine Freundin hielt ihr die langen, lockigen Haare zurück, als sie sich in einer öffentlichen Toilette übergab. Was auch immer sie in den letzten Monaten erlebt hatte, es hatte keine Spuren hinterlassen. Vielleicht waren da ein paar mehr Sommersprossen auf ihrer Nase. Ich konnte es nicht genau erkennen, aber ich nahm an, dass die einzig sichtbare Veränderung die Warnhinweise auf ihrem Zigarettenpäckchen waren *Fumar mata. Rauchen schädigt Zähne und Zahnfleisch. Fumer tue.*

*

Am Tag, nachdem ich Harald aus dem Supermarkt abholen musste, wo er stundenlang herumgestreunt war, rief ich das Angehörigentelefon bei der Drogenberatung an. Die SMS, die er mir im Laufe des Vormittags geschickt hatte, waren erst aufgedreht, kryptisch, unleserlich, unbegreiflich gewesen und schließlich zu zufällig anmutenden Buchstabenkombinationen geworden, als hätte er wahllos auf die Tasten gedrückt. Als ich ihn am Regal für Aufschnitt entdeckte, trug er meine rote, katzenförmige Sonnenbrille und zerrte einen Einkaufswagen mit Müslizubehör, Konservendosen und Milchprodukten zum Sonderpreis sowie vier Monstera hinter sich her.

Ich bat, mit einem Berater sprechen zu dürfen.

*

Frei wie ein
Wellensittich (Vogel)
sicher wie
ein Maul-
wurf!

Comin' home
Hätte es nicht
gedacht!

Aus irgendeinem Grund datierte ich diesen Brief auf den 31.11.2013. Das fühlte sich wie ein sehr natürliches Datum an.

15

In meiner Vorstellung waren Menschen, die mit Drogenabhängigen arbeiteten, ausnahmslos selbst abhängig gewesen, besaßen keinerlei Sachkenntnis in ihrem Arbeitsbereich und/oder waren überzeugt davon, die Welt zu einem besseren Ort machen zu können. Außerdem war ihnen nicht bewusst, dass »Therapeut« keine geschützte Berufsbezeichnung ist. Ich war jedoch fest entschlossen, diese Vorurteile abzulegen: Sie *konnten* was, sie wussten, wie man am besten mit der Welt klarkam, auch wenn es ihnen an einer formellen Ausbildung mangelte, die das alles belegte. Ein Examen in Psychologie ist ja schließlich auch keine Garantie für irgendetwas. Ich saß im Wartezimmer, das irgendeine wohltätige Stiftung betrieb, um Fixer drogenfrei zu machen, und redete mir selbst beharrlich gut zu: *Du vertraust auf Empirie und menschliche Erfahrung.*

Irgendwann tauchte eine blonde Frau mit aufmunterndem, wenn auch ziemlich nichtssagendem Gesichtsausdruck auf. Sie wirkte nicht wie eine ehemalige Fixerin, also gehörte sie wahrscheinlich zu denen, die es nicht geschafft hatten, in den Studiengang Diplom-Sozialwirt zu kommen. Ihr ansonsten einziger sympathischer Zug war, dass sie ein wenig hinkte, als hätte sie Hüftprobleme Vielleicht Ischias. Ich mag Menschen mit chronischen Schmerzen.

Das Sprechzimmer schien darauf ausgerichtet, gemütlich zu wirken. Textilien, Auslegeware. Ein kornblumenblaues Kissen in einem Sessel. Auf dem Tisch ein paar vorhersehbare Ratgeber, populärwissenschaftliche Taschenbuchausgaben: wie man es schaffte, die Freude zu wählen und *ein Leben zu leben und keinen Krieg zu gewinnen*. Ich redete mir ein, dass das keine Rolle spiele. Vielleicht waren es nur Requisiten, von irgendeinem Pfuscher zurückgelassen, einem Quacksalber, der sein Leben lang nie irgendjemandem geholfen hatte. An der Wand hing ein großes Whiteboard. Ich atmete ein, atmete aus:

Du vertraust auf Empirie und menschliche Erfahrung.

Die Blondine stellte sich als Sofia Ursuladotter vor. Ihr Ischias war nicht altersbedingt, sie war ganz offensichtlich zu jung, um zu sensiblen, klugen und überraschenden Einsichten gekommen zu sein, die sie mit ihren Klienten hätte teilen können. Mit Abhängigen. Oder wie sie die hier auch immer nannte. Irgendetwas begann in meiner Brust zu ziehen.

»Normalerweise fangen wir so an«, erklärte sie mit warmer Stimme. »Fühlen Sie sich einfach wie zu Hause.« Und dann begann sie, Kreise und Pfeile auf ihr Whiteboard zu malen.

»So sieht eine Trauerreaktion aus.«

Es sah aus wie das wilde Gekritzel eines FBI-Agenten kurz vor der Psychose.

»Vielleicht befinden Sie sich gerade hier. Oder hier.« Sie fügte einen weiteren Pfeil hinzu. »Möglicherweise empfinden Sie Trauer. Wut. Schuld.«

Ich musste ihr eine Chance geben. Ich war so fest entschlossen, ihr eine Chance zu geben, dass sie es mir an den Augen ansehen musste, an meiner gesamten Körpersprache, aber sie war immer noch ganz von ihrem Flussdiagramm gefangen. »Scham. Vielleicht schämen Sie sich.« Sie kringelte das Wort *Scham* ein. »Oder Sie glauben, dass alles wieder gut werden wird.« Ein Viereck um *gut*. »Sie sind ganz einfach in einer sehr angestrengten Lage.« Jemand hatte ihr anscheinend die Technik *Validierung* beigebracht. »Es war vollkommen richtig von Ihnen, hierherzukommen. Was auch immer passiert ist, es war richtig.« Sie ließ sich in dem Sessel mir gegenüber nieder.

»Wer in Ihrem Umfeld ist denn betroffen?« Es wirkte, als wäre sie scharf auf etwas, zumindest leckte sie sich die Lippen. *Empirie. Menschliche Erfahrung.*

»Mein … ja … wie soll ich sagen … Lebensgefährte. Im Frühjahr hatte er einen manischen Schub und fing an Tabletten zu nehmen. Medikamentenmissbrauch nennt man das wohl. Jetzt ist er in einer Phase, in der er eigentlich runterfahren soll, sein Arbeitgeber hat einen Platz für ihn in einer Klinik organisiert. In einem Monat soll er dorthin. Oder in zwei. Oder noch mehr. Es scheint sich etwas hinzuziehen. Ich will einfach nur wissen, was ich bis dahin tun soll.«

Sie brummte verständnisvoll. Ich weinte nicht.

»Und deswegen sind Sie heute hier.«

Meine Angst, in Tränen auszubrechen, war zu groß, also nickte ich nur. »Ich weiß einfach nicht, was ich tun soll.«

»Ich erzähle Ihnen mal, wie ich arbeite. Also, wir machen das so. Wir schauen uns die *Kette* der Ereignisse an.

Sicherlich haben Sie schon einmal Erfahrungen mit Abhängigkeitskranken gemacht. Zum Beispiel in Ihrer Jugend. Ein naher Angehöriger? Oder ein Freund? Es kann jeden treffen, einen Lehrer in der Schule oder auch einen Nachbarn. Vielleicht ein Erwachsener, dem Sie vertraut haben?«

»Mein Vater hatte einige Probleme.«

Ich wollte das internationale Zeichen für Trinken aus einer Flasche machen, ließ es aber bleiben. »Wir haben uns selten gesehen. Er war Alkoholiker.«

»Und Ihre Mutter ist wahrscheinlich auch abhängig.« Sofia Ursuladotter nickte nachdrücklich.

»Nein.«

Sofia Ursuladotter schüttelte den Kopf. »Doch.«

»Ich habe sie nie ein Glas Wein trinken sehen«, erklärte ich. »Sie ist einfach nur klinisch verrückt.« Ich hatte sie auch nie eine Alvedon nehmen sehen, weil sie fest davon überzeugt war, die könnten vergiftet sein. »Auch kein Bier. Keinen Schnaps. Keinen Likör.« War ich deutlich genug? »Nicht einmal ein Glas Sekt an Silvester.«

»Missbrauch und psychische Krankheit können sehr, sehr ähnlich aussehen. Manchmal ist es extrem schwer, den Unterschied zu erkennen.«

Ich beschloss, kein Wort mehr über meine Eltern zu verlieren.

»Und nun sitzen Sie hier. Mit einem Lebensgefährten, der drogenabhängig ist. Das ist wirklich kein Wunder. Wie war noch mal sein Name?«

»Harald.«

»Arbeit? Soziales Netzwerk?«

»Er ist Jurist. Gesetze. Ethik. Moral. So was. Arbeitet hauptsächlich mit sozial Minderbemittelten. Wohnsitzlosen.«

»Und hat natürlich Marihuana geraucht. Vor den *Beruhigungsmitteln*.«

Diese Wendung war unerwartet. War das ein Malmö-Ding? Hier schien Kiffen geradezu obligatorisch zu sein.

»Nicht, soweit ich weiß«, sagte ich. »Nicht, seit wir zusammen sind.«

Sie schüttelte den Kopf. »Aber vorher.«

Sofia Ursuladotter trug eine Brille mit dickem schwarzem Gestell und hatte viel Lippenstift aufgetragen. Ein weihnachtsroter, zugekleisterter Mund. Irgendetwas sagte mir, dass sie eine Vergangenheit in der Rockabilly-Welt hatte.

»Das kann natürlich sein«, gab ich zu. Wenn man bedachte, wie ausführlich Harald mir von seinem Leben erzählt hatte, schien es aber eher unwahrscheinlich, dass er eine marihuanafrohe Ära ausgelassen hätte, in der er mit einer Clique entspannter Typen abgehangen und off-beat auf der Gitarre geklampft hatte. Das einzige Mal, dass ich ihn von Marihuana hatte reden hören, war im Zusammenhang mit wissenschaftlichen Studien über die Behandlung chronischer Schmerzen gewesen. Ischias-Ursula wartete.

»Jetzt sind es jedenfalls Pillen, die er nimmt«, sagte ich. Ich wollte nicht an Haralds herabhängende Augenlider denken, halb geschlossen wie kaputte Jalousien.

»Drogenabhängige lügen immer«, erklärte Sofia. »Aber erzählen Sie gerne ein bisschen von sich selbst.«

Erwartungsvoll lehnte sie sich zurück, als wolle sie die Füße auf den Couchtisch legen, sich die Hose aufknöpfen und den Rest des Abends fernsehen. »Was sind Sie für eine Frau?«

»Eine Pferde-Frau. Schon immer.« Oh Gott. Wie sollte ich aus der Nummer wieder rauskommen? »Tölt, Trab, Galopp.« Was, zum Teufel, redete ich da? »Schritt.«

Pferde: furchteinflößende, majestätische Biester.

»Unglaubliche Tiere«, pflichtete sie mir bei. »Bestimmt sind Sie von Kindesbeinen an geritten.«

»Wallach, Mähre, Stute.« Langsam redete ich mich warm.

»Und waren Sie abhängig davon? Sind Sie in den Stall gegangen, sobald zu Hause viel gestritten wurde? Ihr Vater Ihre Mutter angeschrien hat?«

Seit der Jahrtausendwende hatte ich meine Eltern kein einziges Wort miteinander wechseln hören.

»Sicherheitsbedürftig. Sie haben nach Sicherheit gesucht, weil es die zu Hause nicht gab.«

»Vielleicht können wir lieber wieder auf die Gegenwart zurückkommen«, schlug ich vor. »Ich hätte einfach gerne ein paar konkrete Ratschläge, wie ich mit meiner Situation umgehen soll. Ohne Pferde.«

Irgendwas fühlte sich hier absolut falsch an.

»Sie möchten lieber über die Substanzen sprechen, die Ihr Lebensgefährte nimmt, das verstehe ich.«

»Ich möchte über mich selbst sprechen.«

»Sie haben eine ausweichende Haltung, was Holgers Drogenabhängigkeit angeht.«

»Seine Drogen sind für ihn interessanter als für mich.«

»Dann finde ich, dass es superwichtig ist, dass wir darüber reden.«

Ich schloss die Augen.

»Sagen Sie mir etwas darüber«, ermahnte sie mich. »Über seine Drogen.«

»Sie interessieren mich nicht besonders.«

Sofia zeigte auf ihr demütigendes Whiteboard. »Sie haben eine ausweichende Haltung, was die Abhängigkeit Ihres Lebensgefährten angeht. Deshalb müssen wir daran arbeiten.«

Wahrscheinlich wirkte ich massiv angeekelt, denn nun begann Sofia Ursuladotter lang und breit zu erklären, dass ich an einer Drogenphobie leiden würde, und dass es da etwas gebe, was sich Konfrontationstherapie nenne und was wir ausprobieren könnten.

»Da können wir uns gemeinsam Kanülen und Spritzen anschauen«, schlug sie vor und wuschelte sich durchs Haar – sehr kurz, extrem blondiert, vielleicht fand sie das frech und aufmüpfig. Ihre Ärmel rutschten hoch und entblößten breite Unterarme, die mit wilden, romantischen Tätowierungen versehen waren: dornige Rosen und schmachtende Schwäne, lauter traurige verträumte Dinge, die von ihren oberflächlichen Visionen und nichtigen Fantasien zeugten. Oh, eine freie Schwalbe!

Ich litt nicht an Drogenphobie. Ihr Anblick weckte in mir den Wunsch, Crack zu rauchen.

»Aber was mache ich denn jetzt, ganz konkret?« Mir war klar, dass ich mich wiederholte, aber ich fand keine anderen Worte für mein Anliegen. »Können Sie mir irgendwie helfen?«

Ursula Sofiadotter wand sich auf ihrem Sessel und rieb diskret ihre Oberschenkel aneinander. Hatte sie einen Pilz?

»Sie müssen lernen, sich selbst zu helfen.«

Der Himmel fiel nicht herab, keine Bombe explodierte. Ich schloss die Augen. Vielleicht war ich woanders. Ich konnte nicht hier sein. Das war unmöglich.

Was hatte ich denn gedacht, wie Sofia Ursuladotter mir helfen könnte? Sie war ebenso ein Clown wie wir anderen, eine Frau ohne magische Eigenschaften. Ich brauchte Weihrauch und Myrrhe, ich brauchte uralte Rituale, Steinfußböden, die schmeichelweich waren von all den Stirnen, die beim Gebet darauf geruht hatten. Vertraute Bewegungen, die ein Muster bildeten, eine Wiederholung und eine Kraft in sich bargen, die stärker war als ihr eigener Ausdruck.

»Aber Sie wollen ihn retten.«

»Ich will, dass Harald *mich* rettet«, entgegnete ich. »Ich hätte gern, dass er mich behandelt, als wäre er ein Heiratsschwindler, aber ohne mich um mein Geld zu bringen.«

Sie machte ein nachdenkliches Gesicht.

»Was meinen Sie denn, was ich für Sie tun könnte?«

Aktive Sterbehilfe.

Das Atmen fiel mir schwer, schon wieder. Immer dieser Atemapparat, so sinnlos.

»Was wollen Sie eigentlich aus alldem mitnehmen?«

»Ich will, dass Sie mir mit meinem Leben helfen.«

»Nein, ich meine, aus alldem mit Helge.«

»Ich will, dass er alles tut, was in seiner Macht steht, um mich zu betören, mich zurückzugewinnen, sich meines Vertrauens als würdig zu erweisen.«

»Da, glaube ich, sollten Sie ansetzen und das dann weiterentwickeln.«

Ich schaute auf die Wanduhr.

»Wir haben alle Zeit der Welt. Ich liebe Überstunden.«

Sobald ich wieder auf der Straße stand, brach ich in Tränen aus. Ursula Sofiadotter … seit Jahren hatte mir niemand mehr das Gefühl gegeben, so einsam zu sein. Ich suchte nach einer Erinnerung, die schlimmer war, etwas, das dieses Gespräch in ein Verhältnis setzen könnte, und fand ein Bild von meiner Mutter, wie sie mich aus der Wohnung stieß. Es half nicht. Hatte sie ein Buttermesser in der Hand gehabt, oder täuschte ich mich? Alles, was in den letzten Monaten passiert war – von Haralds herabhängenden Augenlidern bis zu meinen verzweifelten Anrufen auf der *Insel* – war von Sofia Ursuladotters Sicht auf die Natur meiner Beziehung zu Harald noch einmal überdeutlich hervorgehoben worden.

*

Harald tröstete mich, als ich nach Hause kam und nicht aufhören konnte zu weinen. Er reichte mir ein Glas Wasser und holte Taschentücher, und dann legte er sich neben mich ins Bett, umarmte mich und hielt mich fest, bis ich aufhörte zu hyperventilieren.

»Das klingt echt nach einer Idiotin«, sagte er und schien dabei erstaunlich nüchtern.

»Ich wollte einfach nur, dass sie mir hilft, mit der aktuellen Situation zurechtzukommen. Ich habe um keine jahrelange Psychoanalyse gebeten, nicht einmal um fünf Sitzungen KVT, ich wollte einfach nur wissen, was ich tun kann, wenn du high bist oder einen Rückfall hast, ich wollte einfach nur, dass sie mich an dem teilhaben lässt, was sie eigentlich darüber wissen müsste.«

»Hat sie wirklich nach Spritzen und Kanülen gefragt?«

»Ja!«, schrie ich und weinte noch mehr in Haralds bereits nasses und verrotztes Hemd. Ich fühlte mich so unendlich gedemütigt.

Wir schwiegen eine Weile, und dann hörte ich Harald so Luft holen, wie er es immer tat, wenn er etwas Wichtiges sagen wollte.

»Vielleicht ist es der falsche Moment, aber ich muss es trotzdem sagen.«

Nein.

»Mama kommt am Freitag zu Besuch.«

»Ist das dein Ernst?« Ich weinte noch mehr, wie ein Kind, das nicht mehr sagen kann, ob es müde oder traurig oder wütend oder einfach nur verzweifelt ist.

»Sie bleibt nicht lange. Sie muss weiter zu irgendeiner Konferenz. Nach Odense, glaube ich.«

Als ob es mich auch nur im Geringsten interessierte, wo eine Konferenz von Haralds Mama stattfand.

»Mama will einfach nur schauen, ob ich okay bin. Ob *wir* okay sind.«

»Wir? So wie in du und ich?«

»Sie macht sich natürlich wahnsinnig Sorgen.«

»Glaubt sie, dass ich für dich Heroin deale oder einfach nur, dass ich dich psychisch misshandle?«

Harald schwieg. Taktvoll. Dann theatralisch:

»Ich weiß, dass du keine große Lust hast, sie zu sehen, aber zurzeit ist es sehr schwierig, euch beide zufriedenzustellen. Und natürlich will ich, dass meine Mutter mich besucht. Das alles war super anstrengend für sie. Und sie hat gesagt, dass sie bereit ist, dich zu akzeptieren, wenn ich wirklich … dich als Partnerin haben möchte.«

Ich bin bereit zu versuchen, sie als Mensch zu akzeptieren, wenn du immer noch willst, dass sie deine Mutter ist.

»Sie könnte doch wie alle anderen zu den Anonymen Alkoholikern gehen. Oder eine Freundin anrufen. Hat sie Freundinnen?«

»Ich habe gesagt, dass ich zuerst mit dir spreche und mich erkundige, ob es sich okay anfühlt, wenn sie kommt. Es werden maximal zwei Nächte.«

»Natürlich könnt ihr euch zwei Nächte sehen, da werde ich mich bestimmt nicht einmischen.«

»Sie bleibt zwei Nächte hier. Du weißt, dass sie immer bei mir wohnt, wenn sie nach Malmö kommt.«

»Und du weißt, dass sie nicht immer bei mir wohnt, wenn sie nach Malmö kommt. Du hast gefragt, ob es okay ist, wenn sie kommt, und das ist es nicht.«

»Nun geht es hier aber um meine Mutter. Sie hat sich den ganzen Sommer um mich gekümmert. Sie hat gesehen, wie verdammt schlecht es mir ging. Ich will sie nicht noch mehr beunruhigen.«

»Deine Mutter wollte, dass du Schluss mit mir machst, und jetzt soll sie hier bei mir wohnen? Sie soll von meinen Tellern essen und mit ihrem Hintern auf meinem Sofa rumrutschen?«

»Ich hätte nicht erzählen sollen, dass sie das gesagt hat.«

»Weißt du, wessen Name draußen an der Tür steht?«

»Deiner und meiner.«

»Laut UN bedeutet das, dass ich das Recht habe, ihr den Zutritt zu verweigern.«

»Redest du jetzt einfach irgendwelchen Unsinn?«

»Der Vatikanstaat – Abschiebevereinbarungen.« Ja, das tat ich.

»Sie kommt am Freitag.«

»Heute ist Mittwoch. Ist das eine Art Razzia?«

»Das Ding mit einer Razzia ist, dass man nicht vorgewarnt wird.«

»Und da dachtest du *Oh hallo, ja, ich bin Miep Gies, die Deutschen sind herzlich willkommen!*«

»Ich habe keine Ahnung, was du damit sagen willst. Deine Argumentation ist insgesamt nicht sehr zusammenhängend.«

»Sie ist hier nicht willkommen.«

»Und ich will, dass meine Mutter hierherkommt.«

Etwas klapperte, als ich die Eingangstür hinter mir zuschlug. Vielleicht meine Zähne. Sie würde mich aus meiner Höhle ausräuchern. Sie würde mit einem Stock dastehen und zuschlagen, wenn ich aus meinem Loch kroch. Und was würde sie dann tun? Eine Tasse Kaffee trinken, in meine Toilette scheißen? Sich in meine Daunendecken kuscheln und auf das Kopfkissen sabbern? Ich sank auf eine Treppenstufe, und es war mir völlig egal, dass die Nachbarn mein Weinen hörten, mein Kinderweinen, ein Kind, dass nicht mal sagen kann, warum es so verzweifelt ist. Sie hatte doch bereits den Finger in das gesteckt, was Harald und meins war. Warum musste sie auch noch in mein Zuhause eindringen? Den einzigen befriedeten Ort auf der Welt, der tatsächlich nur mir gehörte?

»Er gehört nicht nur dir«, berichtigte mich meine Tante. Ich war runtergestolpert, irgendeine Straße entlang, und es war mir egal, dass die Leute sahen, wie hysterisch ich heulte. »Es ist auch Haralds Wohnung.«

»Und das gibt ihm das Recht, diese schreckliche Frau in meine Wohnung zu lassen?«

»Ich weiß, wie wichtig dir dein Zuhause ist«, sagte sie, und ihre Stimme, irgendwas in ihrem Tonfall, ließ mich noch mehr weinen, allerdings eine andere Sorte Tränen. Sie kannte mich. Sie wusste, warum ich eine Tür brauchte, die ich hinter mir zumachen konnte, ein Zimmer, aus dem mich niemand rauswerfen konnte. Als ich klein war, hatte sie mich immer »Sahne« genannt. Auf den Urlaubskarten aus Paris, Bulgarien und dem unberührten Teil von Mallorca, auf Weihnachts- und Geburtstagsgeschenken stand als Gruß immer: *Für Sahne von Tante.*

»Es ist immer noch deins, auch wenn sie dorthin kommt.«

»Aber wieso? Wieso darf sie da rein? Sie können sich doch überall treffen.«

»Wahrscheinlich ist sie sehr besorgt um Harald.« Meine Tante klang etwas abgelenkt. Anscheinend scrollte sie sich nebenbei durch eine Seite, auf der teure Markenunterwäsche verkauft wurde. Es war Schlussverkauf.

»Was soll ich denn jetzt tun?«, fragte ich. Sie schlug vor, für mich auch welche zu bestellen.

»Das ist ja nichts, was man anprobieren muss. Welche Größe hast du? 34? 40?«

»Was soll ich jetzt mit Haralds Mutter machen?«, fragte ich. »*Ja*, ich verstehe, dass sie sich Sorgen macht.«

»Versuch mal, es mit ihren Augen zu sehen«, schlug meine Tante vor. Sie hielt inne. Wahrscheinlich hatte sie irgendeinen Tanga aus elfenbeinweißer Seide für 80 Dollar entdeckt. »Oder noch besser: mit Haralds Augen.«

»Und das wäre? Total Bock auf Zitzen?«

»Für ihn ist es eine unmögliche Situation«, erklärte meine Tante. »Er mag seine Mutter, und bestimmte Dinge haben sie immer auf ihre Weise gemacht. Vielleicht will er sie einfach bei sich haben.«

»Ich würde mir lieber eine Kugel in den Kopf schießen, als meine Mutter in meine Wohnung zu lassen.«

»Deine Mutter ist schizophren«, erinnerte mich meine Tante. Es klang, als scrolle sie sich immer noch durch den Tangaschlussverkauf.

»Ja, ja.«

»Es existieren durchaus andere Arten von Eltern-Kind-Beziehungen als die, die du erlebt hast«, fuhr sie fort. Würde sie dieses Messer auch noch herumdrehen? »Und es macht ja auch Sinn, aktiv für eine Disruption in Familienstrukturen zu arbeiten …«

»Ach, stimmt. Das hatte ich vergessen.«

Sie entschied, meinen Tonfall zu ignorieren.

»Manchmal müssen auch erwachsene Kinder noch bei ihren Eltern sein.«

»Okay, ich habe verstanden, was du meinst. Ich soll hier etwas *geben*. Etwas *tun*.«

erhalten Schweigen + Bestrafung
nach Meinungsverschiedenheiten

»Tja …«

Konnte sie vielleicht mal aufhören, auf dieser verdammten …

»Eine Beziehung ist schließlich Arbeit.«

War Sklavin sein eine Arbeit? Oder wurde das rein technisch gesehen nicht als Arbeit betrachtet, weil es nicht entlohnt wurde?

»Ich will nicht, dass es mein Vollzeitjob wird«, entgegnete ich.

»Es geht doch nur um zwei Nächte, die deine Schwiegermutter bei euch verbringen will. Danach kannst du ja Urlaub nehmen.«

»Aber warum muss sie bei uns *wohnen*? Ist das überhaupt *normal*? Warum soll er mit ihr *zusammenwohnen*? Sind wir kein Paar mehr, nur weil seine Mutter in die Stadt kommt? Hallöchen, hier ist meine neue Lebensgefährtin!«

»Ich glaube nicht, dass sie zusammen sind, nur weil sie auf eurem Sofa schläft«, entgegnete meine Tante.

»Was ist denn aber *normal*?«, insistierte ich.

»Betrachte es als kreative Übung. Du schreibst doch noch deine Morgenseiten, oder?«

Als ich nach Hause kam, stand Harald in der Küche und spülte. Oder war mit einem Experiment beschäftigt, das Wasser in Verbindung mit Zitronensäure und Flüssigdünger erforderte. Er sagte Hallo, und mir fiel ein, dass er es gewesen war, der mir beigebracht hatte, dass man nach einem Streit wieder gut miteinander sein kann. Eine Meinungsverschiedenheit bedeutete nicht automatisch mehrere Tage eiskalten Schweigens und Bestrafung. Ich musste umlernen, und das war schwer. Und so blieb ich eine Weile in der Tür stehen und wand mich, ohne hineinzugehen.

»Okay«, sagte ich. »Es ist okay, dass deine Mutter hierherkommt und schaut, wie es dir geht.«

»Uns«, sagte Harald. »Wie es uns geht.«

Wenn das so ist, dann kannst du ihr einfach viele Grüße sagen, und dass es mir scheiße geht.

»Und ich verstehe, dass ihr im Moment zusammen hier wohnen müsst.« Das war widerwärtig. »Ihr habt ja schließlich den ganzen Sommer zusammengewohnt.«

»Irgendwie klingst du gerade nicht wirklich wie du selbst. Du spannst jeden emotionalen Muskel an.«

Ich spannte auch jeden physischen Muskel an. Noch bevor dieser Tag zu Ende war, würde ich Muskelkater im Musculus masseter haben.

Er legte mir seine Daumen an den Unterkiefer und rieb vorsichtig. Es ärgerte mich, dass er ausgerechnet jetzt nüchtern wirkte. Ein Typ im Vollbesitz seiner Sinne, der ein ganz gewöhnliches Gespräch führte.

»Ich *bin* ich selbst,« sagte ich. »Du hast mich schon Tausende von Malen ›emotional angespannt‹ gesehen.« Vermutlich hatte er mich noch nie emotional entspannt gesehen, selbst hatte ich das zumindest noch nie erlebt. »Es ist normal, dass sie bei dir übernachtet, wenn sie hierherkommt, das verstehe ich. Und es ist vollkommen okay für mich, wenn sie das tut.« Die finsterste aller Lügen. »Das hier ist *normal.*« Pervertiert und inzestuös. »Ich erwarte nicht, dass du dich bei mir bedankst …« Noch eine Lüge »… aber du sollst wissen, dass ich es für dich tue. Ich weiß, wie wichtig es für dich ist.«

»Liebling«, sagte Harald und umarmte mich. Ich war ziemlich zufrieden mit mir selbst. *Ich mache das hier nur für dich, denn es ist mir vollkommen scheißegal, wie es deiner Mutter geht* – es gelang mir, das nicht laut zu sagen.

16

Jetzt schneite es, schwere feuchte Flocken wie aus einem Kinderbuch. Pappschnee. Er bedeckte die vereiste Straße und erinnerte mich daran, dass ich in einer Todesmaschine saß. Ich war schon immer eine ängstliche Beifahrerin gewesen. Als Kind war ich mal von einem Bus angefahren worden, aber ich glaube, es lag nicht daran. Es war eher dieses Gefühl des vollkommenen Kontrollverlusts, einer Berg- und Talbahn, die nicht einmal versuchte, spaßig zu wirken. Der Himmel war schwärzer, als ich es kannte, ohne Lichtverschmutzung, die ihn sonst in Lavendel changieren ließ.

Haralds Mama war auf die Landstraße gefahren, und eine Weile saßen wir in erschöpftem Schweigen nebeneinander. Der Tag war zu lang gewesen. Ich war um halb fünf aufgestanden, und jede Minute mit Haralds Mama fühlte sich wie eine Stunde an. Für einen Moment war ich wütend auf Harald – Golden Retriever sind keine klugen Tiere. Gewiss, sie können einen Blinden über eine stark befahrene Straße führen und Krebs erschnüffeln, aber sie begreifen nicht, was passiert, wenn zwei Personen, die einander nicht ausstehen können, einen ganzen Tag gemeinsam auf einem Flugplatz verbringen. Retriever kennen nur Lächeln und Schwanzklopfen. Sie können einen Ball fangen, wissen aber dann nicht, was sie damit anfangen sollen. Mit ihm im Maul herumjagen, auf einer sommerschönen Insel?

Haralds Mama brach das Schweigen.

»Ich konnte dich ja schlecht alleine in der Dunkelheit stehen lassen, so behandelt man nicht einmal ein Tier.« Sie schaltete. »Es gibt Tiere, die besser behandelt werden.«

Es roch nach Apfel und Thermoskannenkaffee. Ich hatte gedacht, sie gehörte zu den Leuten mit klinisch sauberem Auto, tatsächlich aber sah es ziemlich vermüllt aus. Auf dem Boden lagen zerknittert Bonbonpapiere und etwas, das aussah wie eine platt getretene Zigarettenschachtel. Darunter: eine halbe Bananenschale.

Sie schaltete. Die Landschaft blieb gleich. Immer dasselbe. Ich wollte den Mond sehen. Mein Handy hatte kein Netz, und ich fror in meinen Wildlederschuhen, in meiner Aversion gegen die Welt und alles Lebendige. Manchmal fragte ich mich, ob ich jemals verstehen würde, warum Menschen tanzten.

*

Ein paarmal hatte ich überlegt, wie es wohl wäre, wenn die Rollen vertauscht wären. Wenn mein Vater ein verfluchter Schwiegervater gewesen wäre und ich die kleine Prinzessin, wenn er auf Haralds Kosten Witze gemacht und ihn verhöhnt hätte, weil er nicht mit einer Wasserwaage umgehen konnte. Ihn an eine Wand gedrückt hätte, mit den Händen an Haralds Kehle: *Wenn du meine Tochter noch einmal so behandelst, dann werde ich dir die Kniescheiben zertrümmern*. Vollkommen unwahrscheinlich.

Mein Vater war auf eine vage distanzierte Weise mit mir verbunden gewesen. Meine Tante behauptete manchmal mit leuchtenden Augen: *Er war immer so stolz auf dich!*, meist aber verhielt er sich eher wie ein beliebiger älterer Verwandter, der Onkel von irgendjemandem oder ein Cousin zweiten Grades, als wie ein Vater. Manchmal, wenn er betrunken genug war oder nüchtern, was weiß ich, sah er geduldig über meine Launen hinweg und ließ meine gellenden Wutausbrüche an sich abperlen. Ein paarmal wurde er aber doch sauer und murmelte verärgert, oder er schmollte wochenlang, meist aber lachte er nur kurz oder nahm einen Schluck von seinem Bier oder kaute weiter auf einem Keks. Er hatte immer irgendwas im Mund. Der Alte wurde kirre, wenn er nichts hatte, worauf er herumlutschen konnte, am liebsten etwas Süßes. Seinen Tee trank er mit Unmengen von Sahne und Honig, während er entweder Bildschirmtext las oder gestresst in irgendwelchen alten Ed-McBain-Taschenausgaben mit zerknicktem Buchrücken blätterte. Vielleicht erklärt sich von selbst, warum ein Kaffeestündchen mit ihm nur selten sonderlich unterhaltsam war.

Sein Interesse an mir war im Grunde nicht existent: Als ich zwölf war, fragte er, ob ich lesen könne. Als ich sechzehn wurde – natürlich erschien er nicht auf meiner Geburtstagsfeier – hatte er plötzlich Tränen in den Augen, umarmte mich matt und steckte mir einen Umschlag mit einem Hunderter zu. Ich glaube, er dachte wirklich, es würde sich dabei um eine großzügige Summe handeln. Es war unklar, ob er sich noch an den Begriff Inflation erinnerte, und dass ein Hunderter nicht mehr dieselbe Kaufkraft hatte wie 1972, oder ob er einfach fand, dass anderthalb Kinobesuche ein richtig gutes Geburtstagsgeschenk waren.

Wenn Harald und mein Vater sich je begegnet wären, hätten sie wahrscheinlich einen kameradschaftlichen, entspannten Ton gepflegt, auch wenn sich mein Vater Haralds Anekdoten nicht angehört hätte, ohne sie ständig mit seinen eigenen benebelten Erinnerungen und deprimierenden Fantasien zu unterbrechen. »Ich bin 1982 mit dem Motorrad durch ganz Griechenland gefahren. Was für ein Tempo, was für ein Wind!« Er hätte Harald zugenickt und noch mal nachgeschoben: »Die Sonne. *Die Sonne*. Unglaublich.« Er hätte gefunden, dass Harald gute Pasta kochte – »Da ist ein bisschen Anchovis drin, oder?« – und sich zur Tür begeben, bevor es an den Abwasch ging. Im schlimmsten Fall hätte er noch eine geheimnisvolle Theorie über den Palme-Mörder vom Stapel gelassen. »Pssst, aber …«

Meine Mutter hat mich auf diese seltsame und intrikate Weise geliebt, wie viele psychisch Schwerkranke sie tief in sich selbst begraben halten. Sie hasste und fürchtete mich, aber ich glaube, dass sie auch echte Liebe empfand. Leider wurde sie mir nie wirklich zuteil. Sie fand, ich sei ein hässliches Kind, ein bedrohliches Kind, das darauf aus war, sie übellaunigen, hasserfüllten Angriffen auszusetzen. Ihre Anschuldigungen waren so lächerlich, so kleinlich, und was sie mir vorwarf, hätte ich schon rein logistisch kaum durchführen können: *Du hast den Kassiererinnen im Supermarkt schreckliche Geschichten über mich erzählt, das sehe ich denen an. Du hast alle Schmerztabletten im Arzneischrank ausgetauscht. Du lässt tagsüber die Nachbarn in die Wohnung und lädst sie zum Kaffee ein. Kaffee! Du versteckst meine Sachen und pinkelst drauf. Du bist an meinen Computer gegangen und hast jedes einzelne meiner Dokumente gelöscht. Du hast sämtliche Teller im Schrank abgeleckt.* Manchmal behauptete sie, ich wäre zu groß, um ihre Tochter zu sein.

Wenigstens hätte sie Haralds Mama gehasst. Dafür hätte es jede Menge Gründe gegeben, aber die wären viel zu uninteressant gewesen, um sie hier aufzulisten. Eins stand fest: Die vorgegebene Kompetenz von Haralds Mama hätte sie wahnsinnig gemacht. Außerdem verabscheute sie Leute, die Auto fuhren – eine Eigenschaft, die ich offenbar geerbt hatte. Ich war mir nicht sicher, warum. Vielleicht, weil Autofahrer sich völlig unbekümmert in Todesmaschinen setzen, ohne darüber nachzudenken, dass sie binnen Sekunden die ganze Welt kaputt fahren könnten.

Hasste sie mich ausreichend, um das Auto zu Schrott zu fahren, in dem wir beide saßen? War sie imstande, einen Unfall zu arrangieren und mich im Schnee sterben zu lassen? Ich sah vor mir, wie der Wagen sich auf einem schneebedeckten Feld überschlug, ihr regungsloses Gesicht, das allmählich von weißen, nassen Flocken bedeckt wurde. Ein Rinnsal Blut aus dem Mundwinkel. An und für sich schien es hier ziemlich wenig zu geben, womit man hätte zusammenstoßen können, weder Bergwände noch Felsklippen, über die man hätte hinausfahren können. Wenn sie allerdings das Steuer herumriss, würde sie uns schon gegen einen Nadelbaum setzen können. Würde ich sofort bewusstlos werden oder noch sehen, wie Erde und Himmel die Plätze tauschten?

Ich bat Harald immer gerne um höchst hypothetische juristische Ratschläge (die er mir oft verweigerte), aber ihn zu fragen, wie die gerichtlichen Folgen aussähen, wenn ich – oder seine Mutter – einen Autounfall faken würden, um die andere zum Sterben im Schnee zurückzulassen, das hatte ich vergessen, ihn zu fragen.

Das Auto schlingerte, glitt elegant und widerstandslos ein paar Meter über die Straße und hatte dann wieder Grip. Wie viel hatten wir getrunken? Wie viel hatte *sie* getrunken? Haralds Mama reagierte nicht. »Aquaplaning«, sagte sie. »Das wird natürlich noch schlimmer, wenn es regnet, Regen unter null, überfrierende Nässe; weil es ganz oben geschmolzen ist, wird es sehr glatt. Da kann man überhaupt nichts mehr machen. Sich nur zurücklehnen und die Fahrt genießen.«

Es gab keine Straßenbeleuchtung, keinen entgegenkommenden Verkehr. Nur die schmalen weißen Lichtkegel unserer eigenen Scheinwerfer. Als hätte ich gefragt, sagte sie: »Ich war niemals regelbesessen. Der Körper braucht ungefähr zwei Stunden, um ein Glas Wein zu verbrennen. Tatsache ist, dass die meisten Leute besser Auto fahren, wenn sie etwas intus haben. Es ist eine Frage der Konzentration. Du brauchst dir keine Sorgen zu machen. Schweden hat schließlich die niedrigste Promillegrenze der Welt. Und Norwegen natürlich. Ist doch klar, dass man mit mehr als 0,2 Promille im Leib besser fährt. Schau dir nur die Deutschen an. Ausgezeichnete Autofahrer. Da geht es wirklich um Präzision. Aber alles mit Maß.«

Dagegen hier und jetzt etwas einzuwenden, schien schwer. Es war nicht der richtige Zeitpunkt, um ihren Fahrstil oder die Gesetzgebung zu Alkohol am Steuer in Mitteleuropa infrage zu stellen.

»Du weißt natürlich, wie Haralds Vater ums Leben gekommen ist, oder?«

»Klang wie ein schlimmer Unfall.« Ich versuchte neutral anteilnehmend zu klingen. Als bedauerte ich das plötzliche Ableben des Staatschefs eines sehr fremden und entlegenen Landes. Sie hatte den Mann mehrere Stunden nicht erwähnt, und jetzt war er plötzlich wieder auf dem Tapet.

»War er besoffen?« Ich war höflich.

»Man fährt nicht versehentlich geradewegs gegen eine Felswand. Ganz gleich, wie viel man getrunken hat.« Das mit der Felswand hatte ich nicht gewusst. Sie klang ebenso lässig wie unangenehm verletzlich, als sie fortfuhr: »Das haben sie recht bald danach festgestellt.«

»Das wusste ich nicht.« Ich hatte keine Ahnung, was ich sagen sollte. Gar keine. »Das hat Harald nie erwähnt.«

»Harald weiß es nicht. Selbstmord ist ansteckend. Wenn man einen in der Familie hat, dann steigt die Gefahr auch für alle anderen. Das ist wie HIV.«

Es war nicht wie HIV.

»Es ist also nichts, was Harald wissen soll.«

Ich wollte mir die Hände waschen, immer und immer wieder, sie reiben, schrubben, bis die Haut sich ablöste.

»Das ist also nichts, was du ihm erzählen darfst.«

Zu viel Blut. Es ließ sich nicht abwaschen.

»Haralds Vater war ein wunderbarer Mann. Ein besonderer Mann, in vielerlei Hinsicht. Gut aussehend, natürlich. Harald hat seine Nase. Aber nicht gerade einfach, mit ihm zusammenzuleben. Was praktische Dinge anging, war er vollkommen unfähig. Ich weiß nicht genau, was in der Nacht passiert ist, es war einige Jahre nach unserer Trennung. Lustigerweise erinnere mich nicht einmal an das letzte Mal, als wir miteinander gesprochen haben. Oder miteinander geschlafen. Aber ich glaube, es war an einem Strand. Er war sehr romantisch veranlagt. Große Gesten. Konnte ganze Tage völlig im Blauen verbringen und dann plötzlich mit einem Drei-Gänge-Menü und einem Strauß Rosen nach Hause kommen. Diese Sorte Verliebtheit … das ist nicht jedem vergönnt.« Haralds Rosenstrauß im Sommer. »Manisch-depressiv, hätte man damals wahrscheinlich gesagt. Nicht, dass er eine richtige Diagnose gehabt hätte, aber ich erkenne so was ja schon, vor allem, wenn ich mir Harald ansehe.«

Ich versuchte etwas zu sagen, aber es ging nicht. Es flimmerte mir vor den Augen. Ich versuchte, etwas zu denken, aber auch das war unmöglich. Es scherte mich nicht länger, ob sie das Auto zu Schrott fuhr, sie konnte es gerne sofort tun, es über das Blitzeis rutschen lassen, oder wie sie das nannte. Meine Knie wurden ans Handschuhfach gepresst, aber ich konnte sie nicht bewegen. Ich zitterte wie wahnsinnig.

»Willst du nicht fragen, ob ich mich schuldig fühle?«, fragte Haralds Mama.

Ich war verwirrt.

»Schuldig weswegen?«

»Weil Haralds Vater sich das Leben genommen hat.«

Ich war zu überrascht, um antworten zu können. Ich wusste nicht, ob ich ihr jemals näher oder weiter von ihr entfernt gewesen war.

»Manchmal glauben die Leute so was. Und du scheinst ja nicht grade eine hohe Meinung von mir zu haben.«

Ich schloss die Augen. »Der Gedanke wäre mir nie gekommen, wenn du es nicht erwähnt hättest.«

Sie brummte etwas.

»Warum fragst du mich das?« Ich war wirklich verblüfft.

»Ich versuche ehrlich zu dir zu sein. Denn das erwarte ich auch von dir.«

»Das hier ist aber keine Ehrlichkeit. Es ist ein ungefiltertes Herausschleudern von absurden Behauptungen.«

»Damit hast du ja selbst ziemlich viel Erfahrung, wenn ich mich richtig erinnere.«

Ich schwieg.

Sie fuhr fort: »Oder hast du schon wieder verdrängt, was du letzten Sommer alles gesagt hast? Mir ist schon klar, dass du dich nicht daran erinnern *willst*, aber es wäre doch seltsam, wenn alles wie weggewischt wäre.« Ich hätte sehr gerne gehabt, dass alles wie weggewischt wäre. Vieles war natürlich ein wenig verschwommen. Die meisten Gespräche hatten in einer Zeit stattgefunden, als ich noch überall Tabletten fand, die in Kombination mit meiner Schockreaktion alles ziemlich vernebelt hatten.

»Ich weiß natürlich nicht genau, was du zu Harald gesagt hast, obwohl er mir ziemlich viel erzählt hat, aber ich erinnere mich, was du zu mir gesagt hast.«

»Ich habe dich für das, was ich damals gesagt habe, um Entschuldigung gebeten, und ich tue es noch einmal: Es tut mir leid, wie ich mich verhalten habe.« Es tat mir durchaus leid, aber nicht so sehr, dass ich in einem abgeschlossenen Raum mit Haralds Mama als einziger Gesellschaft das alles noch mal im Detail durchkauen wollte.

»Dass ich ihn gekidnappt hätte, zum Beispiel.«

Ich erinnerte mich daran.

»Und dass du dir die Pulsadern aufschneiden würdest, wenn ich ihn nicht sofort zu dir zurückschickte.«

Na ja. Das war natürlich ein Verlangen, das ich manchmal verspürte, meine Pulsadern am linken Handgelenk waren so praktisch platziert, genau neben der Speiche – aber würde ich so was zu Haralds Mama sagen? Das war doch eine ganz private Fantasie.

»Ganz zu schweigen von all den Schimpfwörtern, die du ausgespuckt hast. Ich glaube, du hast mich sowohl Hexe als auch Hure genannt.«

Vermutlich auch noch Fotze.

»Aber das ist ja eigentlich auch egal. Entscheidend ist, was du Harald angetan hast.« Sie drehte sich mir zu. Es gefiel mir nicht, wenn sie den Blick von der Straße nahm, das mochte ich überhaupt nicht … »Ich habe mir solche Sorgen um ihn gemacht, dass ich bereit gewesen wäre, mich ins Auto zu setzen und sofort nach Malmö runterzufahren, ihn zu holen!«

Einen Satz, den ich schon zum Überdruss gehört hatte.

»Ich habe ihn in einen Zug nach Linköping gesetzt. Nachdem ich seine Tasche gepackt, ihm Proviant fertig gemacht und kontrolliert hatte, dass er seine Badehose und seine Zahnbürste dabeihatte.«

»Du hast ihn in einen Zug gesetzt, nachdem du geschrien hast, dass du die Polizei rufen würdest, wenn er dir nicht die Schlüssel zu *seiner* Wohnung gibt, und du hast ihm einen *Schuh* ins Gesicht geworfen!«

Das klang plausibel.

»Und dann hast du mich angerufen und warst so *unglaublich* süß. Du warst so nett und freundlich und hast mir seine Ankunftszeit mitgeteilt und dass er was zu essen dabeihätte, und du hast mich gefragt, wie es mir ginge – und fünf Minuten später ruft Harald an und *heult* einfach nur, nachdem du ihn so schlimm behandelt hast. In genau diesem Augenblick habe ich das Vertrauen in dich verloren.«

Wann hatte ich eigentlich das Vertrauen in Haralds Mama verloren?

»Ich werde dir nie wieder vertrauen können.«

Wahrscheinlich als sie mich in diesem verfluchten Putanesca-Restaurant beiseitegenommen, Salami geschmatzt und gesagt hat, dass es Harald doch in seinem ganzen Leben noch nie so gut gegangen wäre.

»Du hast von ihm die Schlüssel *zu seiner Wohnung* verlangt.«

»Aber er hat sie mir nicht gegeben. Hat er sie dir gegeben, als er ankam?«

»Und was du alles zu Harald gesagt hast. Ich weiß ja gar nicht, wo ich anfangen soll.«

Dann solltest du vielleicht einfach nicht anfangen, du alte Vettel.

»Ich bin sehr, sehr traurig über die Dinge, die ich zu Harald gesagt habe.«

»Gut.«

»Bist du sicher, dass dich das überhaupt etwas angeht? Also nur mal so ins Blaue … nehmen wir einfach an, dass es dich gar nichts angeht.«

»Er ist mein Sohn. Sein Wohlbefinden ist das Allerallerwichtigste für mich.«

Das klang nicht gesund. »Und du hast konsequent dich selbst und deine Probleme an erste Stelle gestellt. Du hast geschrien und gedroht und was weiß ich alles. Du warst ungeheuer kontrollierend. Die ganze Zeit wolltest du *auf die Minute genau* wissen, wann er nach Hause kommt, und du hast nicht aufgehört zu fragen. Ein Nein hast du nicht akzeptiert. Nach drei Tagen hast du angefangen zu meckern, und dann hat es kein Ende mehr genommen. Völlig hysterisch warst du. Am Ende musste ich ihm das Handy wegnehmen. Und ich habe zu ihm gesagt, und dazu stehe ich, dass er dich verlassen soll.«

»Daran erinnere ich mich«, sagte ich. »Das vergisst man nicht.«

»Im Nachhinein hab ich ja gehört, dass es dir auch nicht so gut ging. Aber das entschuldigt nicht dein Verhalten. Man hat ja schon gedacht, man müsste die Psychiatrie anrufen.«

»Ich glaube, es ist ziemlich schwierig, durchgeknallte Frauen einfach so in die Geschlossene zu bringen. Zwangsjacken sind auch nicht mehr so gebräuchlich.«

»Ich weiß ziemlich viel darüber, wie das Gesundheitssystem funktioniert, das kann ich dir sagen. Mein Vater war

Psychiater. Und er hat immer noch einige Kontakte in Lund.«

»War er nicht Dekan an der Fakultät für Parapsychologie?« Ein kleines Leckerli, das ich tatsächlich eigenständig geangelt hatte. »Haben die immer noch diese nette Unterkunft, wo sie mit Genehmigung der Ethikprüfungsbehörde klinische Versuche durchführen?«

»Ach, Quatsch. Wie auch immer, es war dann ja ziemlich deutlich, dass du deine eigene psychische … Problematik hast.«

»Hat Harald dir erzählt, wie ich den Krankenwagen gerufen habe?« Ich hatte das jedenfalls niemandem erzählt. Das Geräusch von Sirenen ließ mich immer noch erstarren, und dann fing mein Herz an zu rasen. Manchmal musste ich mich an einer Hauswand oder einer Straßenlaterne festhalten und einfach nur atmen. Es war dumm von mir gewesen, die 112 zu wählen. Malmö ist voller Einsatzwagen, und das Ganze hatte im Nachhinein meinen Alltag ziemlich anstrengend gemacht.

»Weißt du eigentlich, wie high Harald war? Oder low? Ich konnte ihn nicht mehr wecken.« Plötzlich packte ich das Lenkrad und rüttelte daran, nicht seitwärts, mein Gott, nur vor und zurück und schrie: »Weißt du, wie das ist, Angst, um den Menschen zu haben, mit dem man zusammenlebt?«

»Ja!«, kreischte sie in derselben Lautstärke. »Du warst ja nicht die Einzige, die Angst hatte, nur falls du das denkst.«

»Ich hatte die ganze Zeit Angst. Ich hatte Angst, dass er etwas Durchgeknalltes machen würde, wenn er manisch war, und ich hatte schreckliche Angst, wenn er im Prinzip bewusstlos vor Beruhigungstabletten war. Am Ende hatte ich einfach nur noch Angst.«

Haralds Hure schnaubte.

»Ich weiß sehr gut, wie es ist, Angst um den Menschen zu haben, mit dem man zusammenlebt. Angst davor, was diese Person sich selbst und anderen antun kann. Im Unterschied zu dir hatte ich zwei Kinder, die für mich immer an erster Stelle standen. Ich war nicht nur auf meine eigenen Bedürfnisse fixiert.«

Weißt du, wie es ist, eines von diesen Kindern zu sein?, fragte ich mich.

»Ich war das ganze Frühjahr da. Ich habe ihn jeden Tag gesehen. Ich habe Essen auf den Tisch gestellt, ich habe seine Kleider gewaschen, ich habe sein Geschirr gespült und habe ihn angetrieben, morgens zur Arbeit zu gehen. Weißt du, warum meine Doktorarbeit ein halbes Jahr lang nicht vorwärtsgekommen ist? Warum ich kaum arbeiten konnte? Harald war meine Arbeit. Ich war die verfluchte, verdammte Fotze im Haus, die irgendwie dafür gesorgt hat, dass er zur Arbeit ging. Seiner bezahlten Arbeit. Die einen Titel hat, eine prestigevolle Arbeit ist. Du kannst so viel über deine alte Gang im VPK reden, wie du willst, es scheint dir völlig unbekannt zu sein, wie der Kapitalismus funktioniert.« Offensichtlich war ich total besoffen. Als das Wort »Kapitalismus« aus meinem Mund kam, war ich erledigt, das wusste ich aus Erfahrung. »Ich habe seine Juristenfreunde angerufen, ich habe mit dieser geistig behinderten Sozialwirtin geredet. Weißt du, dass sie Harald Drogen verkauft hat?«

Eine weiße Lüge, oder eher grau. Zumindest eine qualifizierte Vermutung. »Ich habe seine Chefin angerufen, seine Gewerkschaft, die Psychiatrie, ich habe zugehört, wenn er geweint hat, und vor allen Dingen habe ich den unglaublichen Fehler gemacht, Kontakt zu dir aufzunehmen. Ich glaube, das ist der größte Fehler, den ich je in meinem Leben begangen habe.«

Ich dachte darüber nach. Vielleicht eine Übertreibung, aber es gehörte auf jeden Fall zu den ersten fünf auf der Liste.

»Über Amanda kannst du sagen, was du willst, ich habe sie mehrmals getroffen, und sie scheint ein sehr, sehr nettes Mädchen zu sein. Aber ich weiß, dass *du* ihm Drogen gegeben hast.«

Ein sehr, sehr nettes Mädchen. Wie nichtssagend kann die Beschreibung eines anderen Menschen sein?

»Ja, ich habe Harald welche von meinen eigenen angstdämpfenden Tabletten gegeben, als er im Begriff war, völlig durchzudrehen, und zwar lange bevor sein ›bipolarer Schub‹, oder wie immer du das nennst, sich zu einer umfassenden Drogenabhängigkeit entwickelt hat.«

»Wie konntest du Harald Oxycodon geben?«

Was hatte Morphium mit Angst zu tun?

»Wahrscheinlich hatte er irgendwelche Schmerzen.«

»Es ist vollkommen unbegreiflich, wie man einem Menschen, der früher morphiumabhängig war …«

»Ich weiß nicht einmal, wann das gewesen sein soll. Wann war das?«

»Leider habe ich es nicht in meinem Filofax notiert«, zischte sie.

»Soll das heißen, dass du dich um Haralds Vater gekümmert hast, und dass ich mich nicht um Harald kümmere?«

»Harald hat erzählt, dass du eine Psychoanalyse gemacht hast.«

»Er hat mir erzählt, dass du nie eine Therapie gemacht hast.«

»Nein, das habe ich wirklich nicht.«

»Ist das hier ein Wettstreit? Wer es am schlimmsten hat? Oder wer sich am meisten danebenbenommen hat?«

»Hier geht es um Harald«, sagte Haralds Mama. Mit jeder neuen Absurdität, die aus ihr herauskullerte, wuchs mein Verdacht, dass es in Wirklichkeit um uns ging.

»Du hast in diesem Restaurant dabeigesessen, als er eingeschlafen ist. Er ist *am Esstisch* eingeschlafen – und du hast getan, als wäre nichts.«

Die Erinnerung an das kaltgepresste Rapsöl am Gaumen. Vor den Autofenstern wanderten die Tannen weiter. Schnee. Nichts.

»Das hab ich so oft gemacht.«

»So getan, als wäre nichts?«

»Ich bin schon so oft in Restaurants eingeschlafen. An allen möglichen Orten.«

Es kam natürlich aus dem Nichts, vielleicht aber auch von links. Der Gegenstand, der gegen die Autoscheibe knallte, kam wie mit einem Katapult auf uns zugeschossen und rutschte zu schnell vorbei, als dass ich ihn hätte erkennen können, aber ich spürte den Schlag im ganzen Leib, ich spürte, dass der Gegenstand kein Gegenstand war, sondern ein Körper – groß – war es ein Tier? Haralds Mama bremste, und wir rutschten und rutschten, bis das Auto schließlich stillstand. Wenn ich mich nicht bereits in einem Zustand von Schock und Herzrasen befunden hätte, wäre es spätestens jetzt so weit gewesen, der Zusammenprall zwischen Metall und etwas anderem – ein Nachbeben wie Wellen. Keine von uns beiden drehte sich um oder machte Anstalten, aus dem Auto zu steigen. Vielleicht machte man das nicht, was machte man denn, ich wusste nichts über Wildunfälle, war das hier ein Wildunfall …

»War das ein Mensch?«, fragte ich. Im Nachhinein glaube ich, dass es Einbildung war, aber auf der Windschutzscheibe schien eine Blutspur zu sein. Warum gehörte ich nicht zu denen, die beim bloßen Anblick vom Blut ohnmächtig werden? Wäre ich doch nur so jemand gewesen.

»Natürlich war das kein Mensch«, zischte Haralds Mama. »Hör auf zu hyperventilieren, du tust doch nur so.«

»Ist das ein Verbrechen?«, fragte ich nervös. »Haben wir ein Verbrechen begangen?« Harald, mein juristischer Berater … Juristen, waren genau wie Ärzte, völlig unwillig, sich zu etwas zu äußern, das nicht ihr Spezialgebiet war. *Nein, ich weiß so gar nichts über Urologie.* Es ist ja nur ein Pimmel, verdammt noch mal … meine Gedanken rasten … Haralds Mama hatte angefangen, etwas vor sich hin zu murmeln. Ein Kaddisch? Ein Totengebet, nicht schlecht. Nein. Es klang eher wie ein PDF von der Verkehrsbehörde.

»Wenn man auf ein Reh zufährt und eine Kollision unvermeidlich ist, sollte man nicht bremsen. Wenn das Tier auf die Windschutzscheibe prallt oder unter das Auto gerät? In dem

Moment, in dem Sie auf das Reh treffen, scharf bremsen, und eine Sekunde vorher die Bremse loslassen.«

»Bist du sicher, dass es ein Reh war?«, fragte ich. »Sah aus wie … die sind doch nicht weiß, oder? War es ein Rentier? Ein *Rentier*? Oder ein Hund, ein weißer Hund.« Haralds Mama hatte einen Husky getötet. Oder einen Spitz. Oder war es zu groß für einen Spitz?

»Natürlich war es kein Hund.«

»Sollten wir nicht nachsehen?« Das Letzte, was ich wollte, war, ein totes Tier zu sehen.

»Rehe sind verrückte Tiere. Die können sogar in einen Verkehrsstau reinrennen. So hoch im Norden sind Rehunfälle ungewöhnlich. Aber zum Glück war es kein Rentier.«

»Woher weißt du, dass es kein Rentier war?«

Haralds Mama seufzte ungeduldig.

»Was machen wir jetzt? Gibt es keine Regeln für so was?«

»Was man tun müsste, wäre, an den Straßenrand zu fahren und den Warnblinker einzuschalten. Und dann die Polizei zu rufen.«

Eine Weile saßen wir schweigend da. Es schien, als würde sie nachdenken.

»Aber ich glaube, in diesem Fall ist das nicht notwendig. Für genau diese Art von Situationen habe ich nämlich ein kleines Accessoire dabei.«

Ich erinnerte mich an die imaginäre Axt.

»Im Handschuhfach liegt ein kleines Ledernecessaire, ja, genau das.«

In diesem Moment war mir alles unbegreiflich.

»Du kannst hier sitzenbleiben«, sagte sie und stieg aus. Sie ging in Richtung auf das zu, wovon ich annahm, dass es ein toter Hund war, aber ich wollte nicht hinschauen.

Nach einer Weile kam sie zurück und zog ein Paar blaue Latexhandschuhe aus, wie Ärzte sie in allen möglichen und unmöglichen Zusammenhängen tragen. Sie warf sie in den Fußraum, reichte mir das Necessaire und startete den Motor.

»War es tot?«, fragte ich.

»Jetzt ja.«

Hatte sie dem Tier das Genick gebrochen? Wie machte man das? Trat man es tot? Schlug und schlug man besinnungslos auf es ein?

»War es ein Hund?«

»Blödsinn. Und es ging schnell und einfach. Wie gesagt, ich finde, Tiere sollten gut behandelt werden. Einfach eine kleine Spritze Fentanyl. Meine Schwester arbeitet in der Psychiatrie.« Sie ließ es klingen, als wäre es eine Erklärung.

»Tötet sie viele Tiere? Privat? Im Dienst?«

»Wie gesagt, es ist ein kleines Accessoire, das ich für diese Art von Situationen dabeihabe.«

»Wendest du dieses Accessoire gelegentlich auch bei Menschen an?«

»Jetzt reiß dich aber mal zusammen.«

17

Harald sollte seine Mutter vom Bahnhof abholen, anschließend wollten sie Malmö »unsicher machen«.

»Und wir sehen uns dann heute Abend im Restaurant«, erklärte Harald. »Im *veganen* Restaurant.«

In mir brannte es vor Unbehagen. Alles roch extrem aufdringlich: der Staub, der sich im Wohnzimmerteppich angesammelt hatte, der Essensdunst, der vom Treppenhaus hereindrang, die idiotischen Müllsortierungsbehälter, auf denen Harald bestand, ohne je auch nur einen davon runter zum Container zu tragen. Ich hatte es weder geschafft, Staub zu saugen, noch die Toilette zu wienern oder Haralds klebrige Fingerabdrücke von der Kühlschranktür abzuwischen. Er meinte natürlich, seiner Mutter sei so etwas egal. Was für eine großartig unschuldige Behauptung. Selbstverständlich war es ihr egal, wie *er* putzte, wie anti-pedantisch sie in *ihrer* Familie waren.

»Du bist Teil meiner Familie«, sagte Harald und zog mich an sich. Über seine Schulter sah ich die Stapel von Reklamezetteln und alten Zeitungen auf dem Küchentisch. Einen verwelkten Blumenstrauß in beunruhigend braunem Wasser. Warum genügte es nicht, dass seine Mutter emotionale Arbeit generierte? Sollte ich auch in Sachen Haushalt die Sklavin des weißen Mannes sein? *Oh, ich bin so ein Bohemien, der rostiges Werkzeug und feuchte Handtücher in der ganzen Wohnung verstreut!* Panik stieg in mir auf, als ich mich an die Ansammlung von Haaren und anderem Zeug im Abflusssieb der Dusche erinnerte.

»Mama erwartet nicht, dass geputzt wird, wenn sie kommt. Sie will uns nur besuchen und sehen, ob wir es gut haben. Morgen möchte sie gerne einen Ausflug zu den Steinen von Ale machen. Sie hat ein Auto gemietet.«

Ich erstarrte.

»Ich habe ziemlich viel zu tun. Also, wirklich viel.«

»Es ist doch nur eine Stunde entfernt und superschön. Warst du schon mal dort?«

»Nein, war ich nicht. Auf die Idee bin ich noch nie gekommen.«

»Wir können ja später noch mal darüber reden.«

Oder einfach aufhören, darüber zu reden.

*

Meiner Gewohnheit treu, war ich vor der Zeit da: Ich brauchte eine Ecke, ich brauchte Überblick über das Lokal. Haralds Mama hatte von irgendwoher den Tipp mit diesem Restaurant bekommen – ich kann wirklich keinen Namen und auch keinen Stadtteil in Malmö bieten –, wo man sich auf »vegane Häppchen« und Bioweine spezialisiert hatte.

Es sah exakt so aus, wie ich es mir vorgestellt hatte: Erdfarben, klobige Keramik, die Beleuchtung so gedämpft, dass wir einander zumindest nicht in die Augen würden sehen müssen. Ich saß da und knabberte an einem widerlichen Zwieback, als Harald hereinstolperte. Entweder war es zu dunkel im Lokal, sodass er mich nicht sah, oder er war so zugedröhnt, dass er den Blick nicht fokussieren konnte. Ich strich etwas »kaltgepresstes Rapsöl« auf den Zwieback (»das hat unser Freund Pelle gepresst!«) und beobachtete ihn.

Manchmal träumte ich, ich hielte ein Kind. Ich trug es auf dem Arm, und das Mädchen war blond und drückte sein Gesicht in meine Halsgrube. Ich summte ihm was vor, und flüsterte in sein Haar – *Mamas müdes Mädchen. Bist du Mamas schläfriges, feines Mädchen?* Warum musste ich ausgerechnet jetzt daran denken? Harald sah halb bewusstlos aus. Seine Haare waren zerzaust, und der Hemdenkragen rollte sich um seinen Nacken. Er sah schrecklich aus, und mir wurde klar, dass ich selbst das Mädchen im Traum war. Wieso hatte ich das nie begriffen? *Mein feines, müdes Mädchen.* Harald unternahm ein paar torkelnde Schritte, und ich gab auf und winkte ihm, ohne dass er mich bemerkte. Dann kam Haralds Mama, und es war mir vollkommen unbegreiflich, warum ich in diesem müden Familientheaterstück mitspielte, das immer vorhersehbarer und mit jedem Moment weniger lebendig und unterhaltsam wurde. Sie entdeckte mich sofort. Unser jeweiliges Lächeln war wie in Stein gehauen.

Ich hasse dich genauso, wie du mich hasst, lächelte ich.

Ich glaube kaum, dass das möglich ist, lächelte sie zurück. Sie hatte keine Angst. Nicht vor *mir*. Diese Einsicht war ebenso glasklar wie der Traum mit dem Mädchen: In ihren Augen war ich ein Niemand. Eine, die zufällig die Schlüssel zur Wohnung ihres Sohnes hatte. Ich hätte das Mädchen an der Supermarktkasse sein können, eine hochgewachsene Frau auf der Straße oder eine, die im Büro die Papierkörbe leerte. Sie hatte mir nie auch nur eine einzige Frage gestellt. Wieso auch?

Sie bugsierte Harald auf einen Stuhl. Niemand sagte etwas. Harald, weil er wahrscheinlich nicht konnte, wir anderen … Haralds Mutter verschränkte die Finger ineinander und legte ihr Kinn darauf ab. Seinen Kragen rückte sie nicht zurecht, und auch ich hatte nicht vor, es zu tun.

Ich hatte aufgehört zu kauen. Das kaltgepresste Öl schmiegte sich wie eine fette Haut über meinen Gaumen. Harald legte ebenfalls den Kopf in die Hand – nein, er legte den ganzen Oberkörper in die Hand und erwachte erst wieder zum Leben, als die kecke Bedienung auftauchte, eine dieser Frauen, die mit ihren kurvigen Hüften und ausladenden Brüsten vollauf zufrieden sind. Wenn ich sie noch eine Sekunde länger ansehen musste, würde ich Anorexie bekommen. Ich saß da und starrte auf das Schälchen Öl, während sie ihre überzeugte fröhliche Suada über lokal produziertes Öl ablieferte. Harald sah aus, als würde er gleich auf den Boden knallen.

Die Szene kam mir bekannt vor. Ich hatte sie schon einmal gesehen und empfand dasselbe erdrückende Gefühl. Wie unschwer zu erraten, war die Person damals mein Vater gewesen. Es gab noch keine Handys. Und so wartete ich eine oder vielleicht auch zwei Stunden vorm Kino, bevor ich zu seiner Wohnung ging – in den Siebzigerjahren renoviert, zu viel Braun und Orange auf zu engem Raum, ungeheuer deprimierend –, wo er völlig weggetreten auf dem Sofa lag, in einem Koma, das offensichtlich auf einer Kombination aus Wodka, Baileys, Bonbons, süßen Teilchen und Zimtschnecken beruhte. Ich schaute ihn an, auch damals außerstande, etwas zu tun, erstarrt im Geruch eines Kindergeburtstags. Ich wollte ihm ins Gesicht schlagen, vielleicht auf die Nase, schaffte aber nur, rückwärts wieder rauszugehen. Die Wohnungstür ließ ich offen. Auch damals war ich allein. Ich vermochte die Toten oder die Halbtoten nicht zu wecken. Die sich an der Grenze zur Bewusstlosigkeit befanden.

Wäre Harald ein Hund gewesen, hätte ihm die Zunge seitlich aus dem Maul gehangen, in der Erwartung, auf den Rücksitz eines Autos gehievt und zur letzten Spritze zum Tierarzt gefahren zu werden. Ein Hund, dessen letzte Mahlzeit aus veganen Häppchen bestanden hatte. Und dennoch saß ich hier, damit die Dominosteine nicht einer nach dem anderen fielen und unser ganzes Dreiecksdrama zum Einsturz brachten. Ich saß hier, weil Harald uns beide brauchte: Er liebte uns beide, fürchtete uns beide. Ich saß hier, weil ich seine Mutter nicht Hure, Fotze, Hexe, Psychopathin oder Sadistin nennen würde. Das hier war kein Abendessen. Es war eine Vorstellung, eine Einmannshow für Haralds Mama, in der ich mich der Rolle als Haralds Freundin würdig zu erweisen hatte.

»Und wie lange bleibst du so in Malmö?«, fragte ich sie. Es wirkte befreiend, die Gesichtsmuskeln zu Eis frieren zu lassen.

»Diesmal nur für eine Stippvisite. Aus verschiedenen Gründen.«

Ich erwiderte nichts, und es fühlte sich wie ein Geschenk an, sodass ich mir selbst im Geiste einen Fünfhunderter in den Ausschnitt steckte und großzügig sagte: *Gönn dir*.

»Aber zum Glück durfte ich ja wenigstens *zwei* Nächte bei euch übernachten.«

»Ja, zwei Nächte auf einem Sofa haben noch niemanden getötet«, erwiderte ich und dachte an die 56-jährige Frau in London, bei der genau das passiert war.

»Und morgen besichtigen wir die Steine von Ale.«

»An einem kleinen Ausflug ist auch noch keiner gestorben«, ergänzte ich. War es ein Opfer an die Götter? Ich gebe euch die Steine von Ale, wenn ihr diese Frau aus meinem Leben entfernt?

»Es sah ja aus, als hättet ihr diesmal die Wohnung zumindest ein bisschen aufgeräumt. Also, ich war nur da, um meinen Koffer abzustellen. Wie gut, dass ihr das schafft. Supergut.«

Harald schien sich in einer hypnotisch langsamen Bewegung Richtung Fußboden zu befinden, gleichzeitig wirkte er wie eine Blume, die im Zeitraffer verwelkte.

»Und dir geht es so weit gut«, sagte ich.

Ihr Mund bewegte sich. Haralds Augenlider zitterten. Ich konnte nichts tun, als das Glas zum Mund erheben und zu versuchen, den Blick auf irgendetwas zu konzentrieren. Ich schnappte Bruchstücke ihrer Suada auf: neue Stromkabel *im ganzen* Haus, Rücklaufvereinbarung, Johanns Frau mit Symphysenlockerung, und am Ende war sie ja von Ystad nach Haparanda gesaust – Harald schluckte eine Handvoll Irgendwas mit drei Schluck Bier runter, das fünf Straßen von hier gebraut worden war. Das Getränk ließ ihn wieder ein bisschen menschlicher wirken, aber doch nicht so, als könnte er zeitnah etwas zu unserem Gespräch beitragen.

»Harald hat erzählt, du hast angefangen zu arbeiten«, sagte Haralds Mutter. Ihre körperliche Ähnlichkeit ekelte mich auf erschreckende Weise. Ich versuchte mich zu erinnern, wie ich hieß. Haralds Mama begann mit den Zetteln auf dem Tisch zu spielen, bei denen es sich offensichtlich um Speisekarten handelte. Das hier konnte nicht mein Leben sein. Harald signalisierte, dass er noch ein Bier wollte.

»Also, ich habe ja immer noch eine Zehn-Prozent-Stelle an der Schule«, erklärte Haralds Mutter. »Irgendwas Gescheites muss man ja mit den Tagen anfangen.«

Harald trank, und sie erläuterte die Probleme mit der neuen Software. Harald schluckte irgendwas, und wir saßen um einen Tisch – nein, *wir* saßen an einem Tisch, und Harald schlief halb gegen die Wand gelehnt.

»Und Bengt ist natürlich gerade auf der *Insel*, wenn der einmal in Schwung ist, findet er immer ein neues Projekt. Diesmal – ja, aha, das ist hier ja alles vegan …«

Als Harald nach einem weiteren Bier winkte, teilte seine Mutter mit, dass sie mal pinkeln müsse, und sobald sie uns den Rücken zugedreht hatte, boxte ich Harald fest gegen die Schulter. Ich wollte ihn von seinem Barhocker schmeißen, ich wollte, dass er sich einen Schädelbasisbruch holte, wie konnte er mich zwingen, an dieser Mahlzeit teilzunehmen, wenn er nicht das Gefühl hatte, selbst zugegen sein zu müssen? Er sollte schwer, hilflos, bewusstlos zu Boden fallen.

»Ich gehe jetzt«, sagte ich.

Harald blickte erstaunt auf. Oder so erstaunt, wie er den Umständen entsprechend sein konnte.

»Wir haben doch noch gar nicht gegessen?«

»Glaubst du ernsthaft, dass ich essen will?« Ich zitterte. Ich hasste meinen Körper dafür, dass er jedem Gefühl einen extrem physischen Ausdruck verlieh. Illustrationen aus der Nervenheilanstalt de la Salpêtrière. »Sehe ich hungrig aus?«

»Aber was soll ich denn Mama sagen?« Er wirkte entsetzt, oder einfach nur so daneben, dass er die Situation nicht richtig kapierte.

»Was du deiner Mama sagen sollst? Sag ihr, dass ich mal eben von Ystad nach Haparanda sausen musste. Mein Vater ist an einem Schlaganfall gestorben, und ich muss schnell ins Krankenhaus. Ich habe ein Ei auf dem Herd vergessen. Sag irgendeinen Scheiß, was du willst. Lass dir was einfallen!«

Die Abendluft war angenehm lau. Ich hatte keine Ahnung, was ich jetzt tun sollte. Nach Hause konnte ich nicht. Ich konnte aber auch nicht durch die Stadt schlendern, weil es keine Stadt gab, durch die man schlendern konnte. Sollte ich mich Richtung Bahnhof begeben und sehnsüchtig den Zügen nach Hamburg hinterherblicken? Im Hotel einchecken? Ich verspürte zwei starke Impulse: mich zu verletzen – nicht lebensbedrohlich, nur so, wie manche Frauen es aus irgendeinem Grund auch jenseits der Fünfundzwanzig noch tun – sowie das dringende Bedürfnis, das Land zu verlassen. Es war erst halb acht. Ich schlug irgendeine

Richtung ein – Davidshall, Lilla torg, irgendwas in der Art. Ich weigerte mich zu lernen, wie man sich hier zurechtfand, die Stadtplanung von Malmö war einfach zu dämlich. Ich war in der Lage, von unserer Wohnung bis zum Einkaufszentrum/der Bahnstation Triangeln zu kommen, und mit etwas Hilfe von Google Maps schaffte ich es auch zum Hauptbahnhof. Am besten rief ich einfach ein Taxi und keuchte atemlos: *Wir müssen raus aus dieser Stadt, jetzt, so schnell wie möglich.*

Mein Blick fiel auf eine Bar, eine dieser Kneipen, von denen es in Malmö nur so wimmelt. Der Tresen war diesig beleuchtet, wie ein Billardtisch. Ich war nicht mehr wütend und auch nicht mehr panisch. Ich spürte gar nichts. Der Typ hinterm Tresen sagte irgendwas auf Schonisch, und ich sagte was anderes. Es gab nichts. *die tauben gibt es; die träumer, die puppen die töter gibt es; die tauben, die tauben;* es gab sie nicht. *dunst, dioxin und die tage; die tage gibt es; die tage den tod; und die gedichte gibt es; die gedichte, die tage, den tod.* Nichts. Ich versuchte, die Konturen von Gegenständen um mich herum zu erkennen: braune, klebrige Tische, ein paar Exemplare von irgendwas saßen daran, wahrscheinlich waren es Menschen. Ich bestellte noch ein Bier und kriegte eine Schale Nüsse, um die ich nicht gebeten hatte. Die Tauben gab es nicht, nicht die Tage. Ich versuchte eine Nuss zu essen, aber es war unmöglich, sie war zu konkret, hart, sie schmeckte nach etwas, verlangte, dass ich kaute – ich spuckte sie in die Hand. Die Nuss wollte irgendetwas von mir, und ich hatte ihr nichts zu geben. Harald, der auf den Boden sackte – ich schloss die Augen und machte

Dunkelheit. Die Gedichte gab es überhaupt nicht, auch nicht die verdammten Träume. Nachdem ich ein drittes Bier getrunken hatte, begann der Alkohol endlich Wirkung zu zeigen, und ich bemerkte, dass ich auf einem hohen Stuhl saß und dass ich fror. Offensichtlich hatte ich einen Körper. Ich spürte etwas.

»Hab ich doch gesagt, dass die noch eins nimmt«, posaunte eine Alte, als ich um ein weiteres Bier bat. Ich erhob das Glas in ihre Richtung.

»Prost«, sagte ich, und das Blöde an der Wirkung des Alkohols war, dass mir langsam der vernichtende Schmerz in meiner Kehle bewusst wurde, und wie ich die Bauchmuskulatur anspannte, als bereitete ich mich auf einen Schlag auf den Solarplexus vor.

Mit wie zum Gebet zusammengepressten Fingern hockte ich da und löste sie nun voneinander. Mein Zeigefinger war blau, ich hatte also wohl schon eine Weile so gesessen. Die Totschläger gab es, und die Tage.

Es war immer noch nicht zu spät, meinen eigenen Tod vorzutäuschen und eine neue Identität anzunehmen. Ich bräuchte nur einen Koffer mit Bargeld in verschiedenen Valuten, zehntausend Euro, fünfzigtausend Dollar, sicherheitshalber ein paar Rubel, einen kanadischen Pass, einen dänischen sowie einen australischen, Perücken und gefärbte Kontaktlinsen. Einen Fatsuit und einen Schwangerenbauch aus Gummi – wer würde eine hochschwangere kanadische Frau an einer Grenzkontrolle aufhalten? Andauernd inszenieren Menschen ihren eigenen Tod. Viele von ihnen fliegen natürlich auf und werden bestraft, weil sie Versicherungsbetrug begangen oder ihre Frau ermordet haben. Sie posten versehentlich ein Selfie, auf dem sie an einem Strand auf den Bahamas Piña Colada süffeln oder sind nicht vorsichtig genug mit ihrem Schweizer Bankkonto. Von denen, die nicht auffliegen, wissen wir nichts. Vielleicht sind sie Geschäftsführer eines Matratzenladens in einer anonymen Kleinstadt in Iowa oder unbemerkt in der Menschenmenge von Rom oder Frankfurt untergetaucht.

Ich dachte noch eine Weile darüber nach und bestellte ein weiteres Bier. Plötzlich fiel mir ein, dass ich ein Handy hatte und eine Lieblingsseite auf Wikipedia: *List of People who disappeared mysteriously.*

Sneha Anne Philip, born October 7, 1969, legally dead September 11, 2001 (aged 31).

Sie war so schön und rätselhaft mit ihrem schulterlangen Pagenschnitt und dem seelenvollen, aber leicht selbstironischen Blick. Sie war Ärztin gewesen, verheiratet mit einem anderen Arzt, im September 2001 aber wurde sie vorübergehend vom Dienst suspendiert. Auf Wikipedia bezeichnete man sie als eine Frau mit *persönlichen Problemen.* Sie war betrunken zur Arbeit erschienen, hatte Termine mit ihrer Drogentherapeutin verpasst und hatte Falschanschuldigungen über sexuelle Nötigung am Arbeitsplatz getätigt. Solche Sachen. Seit dem 10. September hatte niemand sie mehr gesehen.

Ihr Mann hatte einen kleinen Ziegenbart und wirkte selbstgefällig. Auf den Fotos aus den frühen Zweitausender-Jahren sah er wirklich aus wie jemand, von dem man abhauen sollte. Sneha wohnte in East Village und arbeitete in der Bronx. Manchmal verbrachte sie die Nächte in Lesbenbars und kehrte erst in der Morgendämmerung zum Ziegenbartmann zurück. Diesem zufolge hörte sie dort einfach nur Musik oder ging mit einer Frau nach Hause, trank Tee und malte, weshalb sie morgens mit Farbflecken nach Hause kam. Irgendwo hatte ich auch gelesen, dass ihr Bruder sie in flagranti mit seiner Freundin erwischt hatte.

Am 10. September kaufte sie sich drei Paar Schuhe (dazu Unterwäsche, ein Kleid und Bettwäsche): Ich habe die verschwommenen Standbilder von der Überwachungskamera des Ladens gründlich studiert. Ihr hässlicher Mann kam gegen Mitternacht nach Hause und nahm an, dass sie mal wieder in Ginger's bar oder im Cubbyhole in West Village sei. Das zumindest behauptete er der Polizei gegenüber. Am nächsten Morgen fuhr er wie gewöhnlich zur Arbeit, und als er am Abend des 11. September nach Hause kam, war die Wohnung mit dem Staub der Zwillingstürme bedeckt. Sneha war nicht da. Auf dem Fußboden waren lediglich die Pfotenabdrücke ihrer beiden kleinen Katzen zu sehen.

Am Tag darauf teilten Ziegenbart und Snehas Bruder verzweifelte Flugblätter aus: *Hat jemand diese Frau gesehen?* Der Bruder ging noch einen Schritt weiter und erklärte in einer Live-Sendung, dass er mit ihr telefoniert habe, als die Türme einstürzten, und dass sie gesagt hätte, sie könne da nicht weg. »Ich muss dieser Person hier helfen ...« *Das war das Letzte, was ich von ihr gehört habe.* Das war aber gelogen. In Wirklichkeit hatte er seit zwei Wochen nicht mehr mit Sneha gesprochen.

Es wurden niemals Beweise dafür gefunden, dass Sneha im Zusammenhang mit dem Angriff gestorben war. Ein Privatdetektiv untersuchte, ob sie die Gelegenheit genutzt haben könnte, vor ihren *persönlichen Problemen* zu fliehen und sich eine neue Identität, ein neues Leben an einem besseren Ort zuzulegen. Das war natürlich die Theorie, der das Internet am liebsten glaubte und die sich dank einer Postkarte auf PostSecret, einer Seite, wo Menschen anonyme Postkarten hinschicken und ihre Geheimnisse ausplaudern konnten, rasch verbreitete. Die Postkarte war in schwarz-weiß gezeichnet und stellte die Zwillingstürme nach dem Angriff dar, mit herausquellendem Rauch wie zwei riesige Schornsteine. Der Text dazu lautete: *Everyone who knew me before 9/11 believes I'm dead.*

Ich wusste nicht, warum ich sie liebte. Dass sich morgen einer der größten Terrorangriffe in der Geschichte ereignen würde – das Bier hatte mein Gehirn wieder plastisch und kreativ gemacht –, war relativ unwahrscheinlich, aber was würde Harald tun, wenn ich nicht wieder auftauchte? Malmö würde morgen nicht von Chaos und allgemeiner Verwirrung geprägt sein, die Leute würden nicht auf den Straßen herumirren und verzweifelt Zettel mit Namen und

Bildern ihrer vermissten Angehörigen verteilen. Würde Harald dennoch in lokalen Nachrichtensendungen um Hilfe flehen? Vielleicht sogar in überregionalen? *Ich möchte nur, dass sie unverletzt zurückkommt …*

Als ich um die Rechnung bat, war es eindeutig zu spät, um meinen eigenen Tod vortäuschen zu können. Ich bestellte ein Taxi und fuhr 350 Meter. Ich hasste diese Stadt. Harald hatte sich bereits schlafen gelegt. Seine Mutter saß in der Küche, das verfickte Lämpchen des Fleißes glühte noch über ihrem weißen Schädel, und ihr Blick war nicht sonderlich freundlich. Plötzlich erinnerte ich mich, wie sehr sie sich auf die Steine von Ale freute. Leicht schwankend blieb ich in der Tür stehen.

»Jaha, wir sehen uns ja morgen in Ale Steine … bei den Steinen von Ale, oder auf den Steinen von Ale?« Unter den Steinen von Ale. Wir sehen uns unter den Steinen von Ale.

»Mit der Rechnung, das war ja schon ein bisschen komisch«, sagte Haralds Mutter, »dass du einfach die Zeche geprellt hast.«

Ich konnte keine Sekunde länger hier stehen bleiben. *Comfort Hotel, heute Abend heißt es du und ich.*

»Wir sehen uns morgen«, erwiderte ich.

Als ich auf den Fußboden kotzte, war das Erbrochene perfekt temperiert. Wie die Flüssigkeit, in der man Hefe auflöst, oder das Wasser, mit dem der Priester das Babyköpfchen benetzt.

*

Ich sah sie schon von Weitem. Harald, der auf einer Klippe stand und bewundernd übers Meer schaute, und daneben die krumme Gestalt seiner Mutter, die irgendwas auf dem Boden kratzte. Ich hatte noch nie einen Steinbruch besucht. Es war hübsch, auch wenn es die lange Busfahrt nicht wert gewesen wäre. Das Wasser lag wie in einer Schale, einer Schale aus Steinen und Bäumen.

Das Nächste, was ich sah, waren meine Wimpern und der Himmel und eine ältere Frau, die sich über mich beugte. Ihr Gesicht war viel zu nah und wirkte im Gegenlicht dunkel. Es schauderte mich in pulsierenden Wellen, mein Sichtfeld glitt auf und ab, auf und ab, und ich war außer mir vor Angst – ich hatte keine Ahnung, wo ich mich befand. Kannte ich diese Person? Ich lag auf dem Boden, auf dem Rücken, und sie hielt mich im Arm. Mein Herz schlug wie verrückt, und das Adrenalin pulsierte in meinen Armen, in den Beinen, es war wie Milchsäure in den Muskeln – ich sah Baumspitzen, vielleicht ein Stück entfernt, aber die Umgebung verschwamm in seltsamen Farben –, die Frau redete drauflos, und meine Angst ließ sich nicht steuern. Ich hyperventilierte, hilflos, die Körperfunktionen – als Harald neben mich sank, versuchte ich, darauf zu kommen, wer sie war, vielleicht eine Passantin oder eine Bekannte. Jetzt galt es nur mitzuspielen, mein Instinkt war, sie wegzuschubsen, aber meine Arme gehorchten nicht – falls wir einander kannten, wollte ich mich nicht verraten. Haralds Gesicht kam näher, es war rund und nah, und er hielt mich mit warmen Armen, und ich weinte haltlos. Ich merkte, dass ich schrie, *nein, nein, nein*, und dass ich nicht damit aufhören konnte. Harald hielt mich, und ich begriff, dass ich einen Krampfanfall gehabt hatte. Er murmelte beruhigend auf mich ein, und die Frau hatte sich endlich wegbewegt, wer war sie, ach ja, seine Mutter – ich kontrollierte reflexhaft meine Zähne, die Zunge glitt über sie hinweg, waren sie noch da? Konnte ich reden? Hatte ich mir wehgetan? Irgendwo tat es sehr weh, und ich tastete – mein Hinterkopf –, sah das Blut an meiner Hand, meinen Fingern, so dunkel, so dunkelrot, welche Farbe, was für eine Konsistenz. Rot. Unglaublich.

»Du hast dir den Kopf angeschlagen«, erklärte Harald, und seine Hand hielt mich. Ich konnte nicht reden, aber er streichelte meine Wange – er war der Einzige, den ich dahaben wollte, der Allereinzigste, er war da – »Sonst hast du dir nirgends wehgetan.« Ich führte die blutige Hand an meinen Mund, und Harald klappte vorsichtig meine Oberlippe hoch, und er war ruhig, und ich begriff, dass meine Zahnreihe intakt war, ich konnte nicht aufhören, das Blut zu berühren, ich konnte meine Atmung nicht verlangsamen, nicht das Herz, ich verteilte noch mehr Blut auf mir.

»Mama ruft jetzt die 112 an«, sagte Harald, und ich erwiderte: »Nein.« Er hielt mich in seinem Arm, und ich sagte immer wieder, *nein, nein, nein*, und am Ende: »Keinen Krankenwagen.« Ich hatte diese Angst schon einmal verspürt, körperlich, tierisch, so chemisch und unmöglich wegzuatmen, *atmen* … Ich weinte warm auf Haralds Hemd. Würde es blutverschmiert werden? Nach einer Weile kamen die Worte, und Harald erzählte, was passiert war, auch wenn ich es bereits begriffen hatte: Ich hatte das

Bewusstsein verloren und ungefähr vier Minuten gekrampft, *ja, ja.* Seine Mutter ging neben mir in die Hocke und sagte … bekümmert, oh Gott, warum hatte sie eine so besorgte Miene, *hör auf* … dass die von 112 gesagt hätte, wir sollten ins Krankenhaus fahren. Mein Blick begann sich zu stabilisieren, nein, er flimmerte immer noch, *nein*, wenn das hier der Tod war – ich konnte fühlen, wie die Signalsubstanzen sprühten, den Kurzschluss im Gehirn –, und nach einer Weile begriff ich, dass Haralds Mama mich, uns, ins Krankenhaus fahren würde, und sie war der letzte Mensch, den ich jetzt sehen wollte. Meine Augen schlossen sich unfreiwillig und wurden wieder geöffnet, öffneten sich und schlossen sich wieder, und die Lider flatterten unkontrolliert.

»Kannst du gehen?«, fragte Haralds Mama, und das Letzte, was ich wollte, war, irgendwo hinzugehen, du dumme Vettel, *nein*, ich hörte mich selbst um Entschuldigung bitten, frenetisch, wiederholt, ich konnte einfach nicht damit aufhören. Die Last des Körpers, nein, ich konnte verdammt noch mal nirgends hingehen – nach einer Weile merkte ich, dass ich in einem Auto saß, Haralds Arm um mich und mit dem Kopf an seinem Brustkorb. Ein Ausflug. Wir waren, nein, warum war ich auf einen Ausflug gefahren?

»Wo sind wir?«, brachte ich heraus. Mein Mund. Fühlte sich schlecht an. Ich keuchte immer noch, kurze, harte Stöße.

»Atme mit mir zusammen«, sagte Harald, und er drückte etwas gegen meinen Kopf. Vielleicht ein Handtuch, einen Pullover, ich schaffte es nicht, darüber nachzudenken. Warum konnte ich mich nicht aufsetzen, warum war seine Mutter da, warum war ich gezwungen, mich vor ihr zu demütigen, mich zu demütigen, ich musste irgendwas gesagt haben, denn Harald wiederholte:

»Du bist zum Strand gekommen, um uns zu treffen, und du warst ein Stück entfernt, als du einen Krampfanfall hattest. Wir sind sofort zu dir gerannt, waren aber nicht schnell genug, und du hast dir den Kopf angeschlagen.« Ich gab einen Laut von mir. »Jetzt sind wir auf dem Weg ins Krankenhaus.«

»MAS«, sagte ich. »Warum sagt niemand mehr MAS.«

Das einzige Gefühl, das durch den klinischen Schreck brach, war Scham. So rein und stark, dass ich sie vor mir sehen konnte, sie war ein schräges Licht, das sich bewegte und glänzte. Nimm mich hier weg, nimm mich hier weg, nimm *sie* hier weg. Ich hörte, wie sie miteinander zu reden begannen. Wie konnten sie nur? Was für Trivialitäten gab es ausgerechnet jetzt zu besprechen?

Ich hatte Angst, und ich war wütend, und ich schämte mich – sie hatte mich gesehen, als ich woanders war, hilflos, sie hatte das Blut gesehen, das meines war, privat, es hätte *innerhalb* meines Körpers bleiben müssen, und jetzt war es rausgekommen, und sie hatte es gesehen. Warum hatte sie nicht den Blick abgewendet? Warum war sie nicht weggegangen? War sie eine von denen, die das Handy aus der Tasche rissen und filmten, sobald sie sahen, dass jemand einen Unfall hatte?

Ich versuchte mir selbst zu sagen, dass dies hier schon einmal passiert war, ich hatte schon früher Krampfanfälle gehabt, mein Körper würde sich beruhigen, alles würde sich wieder wirklich anfühlen, wie lange würde es dauern, wie sollte ich das wissen, warum war *sie* da …

»Kannst du nicht lieber fahren?«, murmelte ich in Haralds Pullover. Meine Stimme war schlapp und gellend zugleich, ich konnte sie nicht auf einen normalen Ton justieren. Ich brauchte ein dunkles Zimmer ohne Geräusche, ich musste mich hinlegen, warum konnte man mich nicht liegen lassen, ich spürte die Bewegungen des Autos, und warum konnte ich nicht einfach meine Ruhe haben, Stille …

»Gleich sind wir da«, sagte Harald, und seine Hand war warm, ein konstanter Druck, das Einzige, was sich nicht bewegte.

»Halt sie weiter ganz still«, sagte ich, und es war egal, ob er mich verstand. »Halt sie still.« Ich war so müde. Nichts war unter Kontrolle, gar nichts.

Es gibt einen Wolf in der Gegend, und wir müssen mit dem Stock nach ihm schlagen, schlagen und schlagen. Ich bin der Wolf, und das Land gehört mir, der Stock in meinen Händen, und der Stock bin ich. Vielleicht Nadelwald, der an Felder angrenzt. Es gibt keinen Baum, den ich mehr hasse als die Kiefer. Wird es Tannen geben? Blaubeerreisig? Einen Stein mit einer Vertiefung, aus der man Wasser lecken kann? Mineraltropfen, saurer Regen.

»Atme mit mir zusammen«, wiederholte Harald, und das Einzige, was ich antworten konnte, war *halt sie still*.

Den Wölfen überlassen werden?

Ich erinnere mich an nicht viel mehr von dem Tag, die Erinnerungslücken sind zahlreich und dunkel. Barmherzigerweise – ich habe keine Ahnung, wieso – kam Haralds Mutter nicht mit in die Notaufnahme, sie war nicht da, als das Personal Diazepam aufzog, um mich zu beruhigen und weitere Anfälle zu verhindern, sie war nicht in der Nähe, als die Wunde an meinem Kopf genäht wurde. Ich glaube, den Rest des Abends lag ich halb auf Haralds Brust, zu Hause in unserem abgedunkelten Schlafzimmer und fing an, mich angenehm benebelt zu fühlen, fast belustigt, wie das bei einer sehr hohen Dosis Diazepam passieren kann. Ich glaube, Harald gab mir Süßigkeiten und sorgte dafür, dass ich Wasser trank und dass er die ganze Zeit Körperkontakt mit mir hatte.

Meine einzige klare Erinnerung ist der Moment, als seine Mutter in der Schlafzimmertür erschien. Erstaunlicherweise war ich nicht zu benebelt, um *RAUS!* zu brüllen, was ich im Nachhinein einigermaßen imponierend finde. Sie hatte mich bereits in einem hilflosen Zustand gesehen, sie hatte mich unkontrolliert und mit Schaum im Mundwinkel krampfen sehen, während mir das Blut aus dem Hinterkopf sickerte. Sie hatte mich mehrere Minuten lang betrachtet, als ich weder sie noch mich selbst sehen konnte, Minuten, die ich nie wieder zurückbekommen würde. Haralds Mutter war ein Voyeur, eine Person, die filmte, wenn ein Autounfall geschah. Du hast mich angeschaut, als ich vollkommen hilflos war, und du kannst immer noch nicht aufhören, mich anzusehen. Sie hatte gesehen, was sich im Inneren meines Körpers hätte befinden sollen – Speichel, Blut – und den Blick nicht abgewendet. Es genügte ihr nicht, in meine Wohnung einzudringen, es gab nichts, was sie meinte, nicht zu dürfen. Weil ich in ihrem Leben nur eine vage Hintergrundgestalt war, nicht einmal eine Schaufensterpuppe, spielte es keine Rolle. Unbeseelte Dinge haben keine Grenzen, die überschritten werden könnten. Es steht uns frei, sie zu behandeln, wie wir wollen.

Haralds Mama hat seit diesem Tag nie wieder einen Fuß in unsere Wohnung gesetzt.

18

Als das Motel in Sicht kam, ging Haralds Mama vom Gas und bog auf den Parkplatz ein. Sofort war alles wieder normal, und die Autofahrt eine Anomalie, ein Traum. Sie war jemand anderem passiert.

»Sagen wir, zweihundert fürs Benzin?«

Ich gab ihr zehn Kronen Trinkgeld. »Kauf dir noch was Nettes an der Rezeption.«

Das Motel war kein romantisches Überbleibsel an einem amerikanischen Highway. Es gab kein windschiefes Neonschild, nur ein langgezogenes Gebäude aus den Siebzigerjahren. Es hätte genauso gut eine von der Ausländerbehörde verwaltete Immobilie sein können. Neben jedem zweiten der quadratischen Fenster gab es einen Balkon, warum auch immer jemand dreißig Zentimeter über dem Boden auf so etwas hätte hinaustreten und über einen Parkplatz und ein Stückchen Nadelwald blicken wollen. Mir wären großzügige staubige Weiten und in der Ferne verblassende ockerfarbene Berge lieber gewesen. Vielleicht einen Pool? Einen schmutzigen Pool, der seit Jahrzehnten nicht mehr befüllt worden war. Es wäre ein dunkler und warmer Abend mit einer Lichterkette über der Veranda. Zikaden. Geheimnisvoll raschelnde Büsche, und das ältere Paar, das das Motel betrieb, hätte »wahrscheinlich Kojoten« gesagt und mit den Schultern gezuckt, um dann in den hinteren Räumen zu verschwinden.

Weit gefehlt. Das Mädchen an der Rezeption ging wahrscheinlich noch aufs Gymnasium. Ihre Haare waren lang und blond und sehr, sehr glatt.

»Hallo?«, sagte sie. »Oder, ich meine willkommen? Willkommen!«

Sie präsentierte ein strahlendes, zahnreiches Lächeln.

»Meine Fluggesellschaft hat ein Zimmer für mich gebucht«, sagte ich hilfsbereit. Sie wirkte schon jetzt überfordert. »Für heute Abend. Wegen der eingestellten Flüge.«

Das Mädchen zuckte zusammen und lachte verlegen. »Aha.« Es sah aus, als versuchte sie sich daran zu erinnern, welche Funktion sie hier ausübte. Obwohl ich im Grunde Menschen mag, die an ihrem Arbeitsplatz vollkommen inkompetent sind, hoffte ich doch, dass dies ihr erster Tag war, und nicht ihr erstes Jahr.

»Dann muss ich Sie um Ihren Personalausweis bitten«, sagte sie, zufrieden mit sich selbst. »Pass, nationale ID-Karte, Ihr Führerschein würde auch genügen!«

Ich legte meinen Pass auf den Tresen und fragte mich, ob sie vielleicht erschrecken würde, wenn sie mein Geburtsdatum sah, doch sie hängte sich stattdessen an meinem Namen auf. »Ist der erste oder der zweite Ihr Rufname?«

»Nehmen Sie, welchen Sie wollen.«

Sie sah gekränkt aus. »Ich muss das für unser System wissen!«

»Der erste ist gut.« In Wirklichkeit benutzte ich immer den zweiten, aber was konnte sie schon tun? Mich anzeigen?

Sie klickte verloren in ihrem System herum.

»Kann man hier was zu essen kaufen? Gibt es ein Restaurant?« Ich warf einen Blick auf den abgeschabten Holztresen und das erwartbare Bild dahinter – die Reproduktion eines Matisse, eines seiner hässlicheren Stillleben mit schielender Perspektive.

»Warten Sie«, sagte sie, ohne den Blick vom Bildschirm zu heben. Als sie fertig war, wandte sie sich mir wieder zu und gab mir mit einem breiten Lächeln den Pass zurück. »Dann ist alles klar! Ihr Zimmer hat die Nummer einhundertzwölf und befindet sich dort im Flur!«

Ich hatte auf einen netten kleinen Anbau gehofft oder ein frei stehendes Häuschen, wo niemand mich würde schreien hören.

»Gibt es ein Restaurant?« Oder einen Strippclub mit Küche?

»Frühstück gibt es erst morgen wieder … um halb sieben! Aber wir können Ihnen ein breites Sortiment an Süßigkeiten und Snacks anbieten, und Sie haben einen Gutschein von Ihrer Fluggesellschaft bekommen!«

Sie reichte mir den Gutschein. 25 Kronen. In einem Korb auf dem Tresen lagen ein paar Schokoriegel sowie eine Tüte Käsechips.

»Eine Bar? Eine Minibar?« In schwedischen Hotels gab es keine Minibars mehr. Normalerweise stand da nur noch ein Wasserkocher mit zwei Tütchen Pulverkaffee daneben. Im Comfort Hotel in Malmö hatte jemand an die Stelle, wo zuvor ein Weinfläschchen gestanden hatte, ein Exemplar des Neuen Testaments platziert.

»Neeeee, nein …« Sie dachte nach, dass es krachte. Ob

Alia ihren Job wohl in derselben rührenden Kombination aus intensiver Denktätigkeit und vollkommener Gleichgültigkeit erledigte? »Aber wir vom Personal haben ein paar, also … Leichtbier?«

Indem ich für zwei Norrlands Guld bezahlte, verstießen wahrscheinlich sowohl sie als auch ich gegen eine ganze Reihe schwedischer Gesetze. Was für ein Glück für sie, dass ich keine Polizistin undercover war, im Dienst der Gesellschaft für die Alkoholgesetzgebung.

»Haben Sie vielen Dank«, sagte ich. »Dann rolle ich mal in meine Gemächer.«

Sie atmete geräuschvoll durch den Mund und dachte nach.

»Dann wünsche ich euch einen schönen Abend!« Bekam sie jedes Mal Geld dafür, wenn sie den Pluralis Majestatis anwendete?

»Euch ebenso!«

Als ich um die Ecke bog, hörte ich die unverdrossene Stimme der Rezeptionistin: »Willkommen, womit kann ich Ihnen dienen?«, und dann eine Stimme, so gnädig, dass sie an Anna Maria Corazza Bildt erinnerte.

Der Schlüssel wog zu schwer in meiner Hand. Ich bevorzugte nette elektronische Karten, denn das gab mir immer das Gefühl, Teil der Gegenwart zu sein. Und es machte es so viel leichter, sich nicht versehentlich auszuschließen. Oder einzuschließen. Alte Schlüssel, abgenutzte Schlösser: Da wartete die Katastrophe. Ich wollte mich selbst einschließen, nicht eingeschlossen werden.

»Das Zimmer ist *noch nicht* geputzt? Sie werden das Zimmer *jetzt* putzen?« Anna Maria hätte nicht unbedingt so klingen müssen, als würde ihr der Laden gehören. Die Rezeptionistin antwortete vage, etwas schlecht Eingeübtes über Routinen.

»Na gut, dann würde ich aber mal sagen, Sie zeigen mir sofort das Zimmer, und dann schauen wir zusammen, wie übel es aussieht.«

Jemand hätte ihr mal einbimsen müssen, wie man ein Nein entgegennahm. Ich sah es vor mir: bims, bims, bims.

Die Rezeptionistin klang ungerührt.

Ihre sich nähernden Schritte trieben mir den kalten Schweiß auf die Stirn. Ich öffnete die Tür zu einem Putzschrank. Die Stimme von Haralds Mama scheuerte mir im Nacken.

»Und wie steht es hier mit dem Brandschutz?«, erkundigte sie sich.

Das Motel war ein Bungalow, wenn es anfangen würde zu brennen, konnte sie aus dem Fenster steigen und sich im Schnee wälzen.

Die Rezeptionistin zögerte und sagte etwas in der Art wie, dass sie ihren Chef anrufen und fragen müsste, dass der aber seinen freien Abend hätte, und da wäre es vielleicht nicht so gut …? Haralds Mama hatte natürlich die einhundertelf bekommen, und ich kämpfte immer noch mit meiner Tür, als die Rezeptionistin ihr das Zimmer aufschloss. Haralds Mama blieb im Flur stehen.

»Das sieht furchtbar aus«, stellte sie fest.

»Ich könnte das Bett beziehen und so …«

Sie beachtete die Rezeptionistin nicht – offensichtlich ein konsequentes Manöver – und steckte die Nase in mein Zimmer. »Hier ist es aber sauber und schön.«

Um ehrlich zu sein, sah es auch hier furchtbar aus, aber anscheinend hatte wenigstens jemand vor relativ kurzer Zeit einen Staubsauger über den Boden geschoben. Das Zimmer war ein Relikt aus den frühen Zweitausenderjahren: nicht alt genug, um exotisch zu sein, und nicht renoviert genug, um nett auszusehen.

»Möchtest du es haben?«, fragte ich.

»Ob ich es *haben* will?« War sie davon ausgegangen, dass wir wortlos tauschen würden, wie Affen?

»Es gehört dir. Bitte schön.«

Versuchte ich, sie zu demütigen? Aber wie? Haralds Mama trug ihren Koffer in Zimmer einhundertzwölf, während die Rezeptionistin in Einhundertelf herumwuselte. Sie stieß etwas um.

»Oje«, sagte sie gelassen.

Sie war dermaßen uninteressiert an ihrem Job, dass ich ihr gern eine Lohnerhöhung verpasst hätte.

»Nacht, dann«, sagte Haralds Mutter liebenswürdig und plötzlich wieder jovial. Dann knallte sie die Tür zu.

Nach einigem Zögern schloss die Rezeptionistin Zelle einhundertzehn auf und sagte, das sei zwar gegen die Regeln, aber vielleicht würde es ja gutgehen.

»Gutgehen? Für mich?«, hakte ich nach. »Ob es für mich gutgeht, gegen die Regeln zu verstoßen?«

»Okay, für … irgendwen?« Sie war wirklich verunsichert. Ihre Interpretation des Begriffs »Regeln« gab mir ein warmes Gefühl.

*

Das Einzige, was ich jetzt noch wollte, war eine Schlaftablette unter der Zunge und auf den Tod warten. Manchmal fantasierte ich, totgeschlagen und in einen Schrank gestopft zu werden. Im Zimmer gab es keinen Schrank, sondern nur ein Bett, einen an der Wand festgeschraubten Tisch und in der Ecke einen Papierkorb. Ich spähte ins Badezimmer und schnupperte – eine schlechte Angewohnheit von mir. Es roch schwach nach Abfluss. Ich hatte auf den Geruch nach scharfem, billigem Putzmittel gehofft, wie er oft aus Supermärkten in Mittelmeerländern herausweht. Ich hörte, wie Haralds Mama sich im Nachbarzimmer räusperte. Es war wie ein schlechtes Hörspiel: Sie zog den Reißverschluss ihrer Jacke herunter und warf die Schuhe von sich. Dann kam ein genüsslicher Seufzer. Wahrscheinlich rieb sie sich zwischen den Zehen. Als sie den Klodeckel hochklappte und die Hose herunterließ, war ich hin- und hergerissen – zuhören oder nicht? Es klang, als wäre es in ihrem Bauch etwas blubberig, ich hielt mir die Ohren zu und legte mich auf den Badezimmerfußboden. Nach diesem höllischen Tag fühlte sich das fast meditativ an. Als ich annahm, dass die Gefahr vorüber sei, kramte ich in meinem portablen Arzneischrank und mischte mir einen kleinen Cocktail. Die Wände waren so dünn, dass ich hörte, wie Haralds Mama sich aufs Bett warf und den Kopf aufs Kissen sinken ließ. Zwei Minuten später schnarchte sie.

*

Exakt vierundzwanzig Stunden zuvor waren mein wippender Pagenkopf und ich auf dem Weg nach Hause gewesen.

Mein Haar roch teuer. Kopfnote, Herznote, Basisnote. Die Sonne ging gerade unter. Der Himmel war gelb und rosa und herzzerreißend. Es war die Tageszeit, die ich schon immer am schmerzhaftesten fand: Freitagabend, und in der Dämmerung gehen die Lichter in den Wohnungen an, jemand zieht sein Kind hinter sich her und verspricht ihm einen gemütlichen Fernsehabend, an der Fischtheke schreit ein Mann ins Handy, Anglerfisch, Hecht. Es riss mir das Herz aus der Brust, es zog und zog, und das Einzige, was ich tat, war, den Schmerz zu registrieren.

Ich versuchte mich zu erinnern, wie Männer nackt aussehen. Am Ende des Rückens hatten sie immer so kleine Brote, »Pobacken«. Manchmal waren die behaart. Harald war in der Parade vorbeiziehender Körper nicht auszumachen, sie wirkten verschwommen, teigig oder knochig. Morgen um diese Zeit würde ich wieder mit jemandem zusammen sein, ein anderer Mensch würde mich berühren, ohne dass zuvor eine wirtschaftliche Transaktion stattgefunden hatte. Mit einem Mal fühlte sich der Gedanke viel zu intim an. Wir würden im selben Bett liegen. Wollte ich wirklich, dass jemand beim Einschlafen so nah bei mir war? Würde er Sex haben wollen? Würde ich Sex haben wollen? Sollte ich vielleicht heute Abend schon mit jemandem Sex haben, um herauszufinden, ob das überhaupt mein Ding war?

Mehrere Monate lang hatten wir keinen »Intimverkehr« gehabt. Irgendwann meinte Harald, das hätte etwas mit den Medikamenten zu tun. Manchmal sah ich seine fröhliche Morgenlatte – aus sicherem Abstand, wie ein Tier im Zoo. Vielleicht war das ja etwas, woran sie im Entzug arbeiteten. Seminar I: *Sex ohne Drogen: Kann auch das spannend sein?* Ich könnte irgendwas tun. Mich verkleiden oder so. Als Nonne oder Kellnerin. Sexy Sozialarbeiterin. *Ja, hallöchen, ich arbeite für den Zoll, und wir müssten mal eben eine Ganzkörperuntersuchung durchführen …*

Den Blick fest auf den Boden gerichtet, wanderte ich langsam die Södra förstadsgatan oder die Admiralsgatan, eine dieser verdammten Straßen hinunter. Meine Füße sagten *Geh nicht zu schnell, du befindest dich bedauerlicherweise in Malmö.* War ich auf einem Laufband unterwegs, wie die Leute im Fitness-Studio? Als würde ich in einem Becken schwimmen? Offenkundig kam ich nirgendwohin. Ich merkte, dass ich angefangen hatte zu weinen. Es gab nichts Scharfmachendes in meinen Fantasien über Haralds Fantasien. Es waren alles nur Vermutungen, es waren nicht einmal meine eigenen Fantasien. Lächerliche Anspielungen an *Playboy*-Hefte aus den Siebzigern, plumpe Witze in schlechten Fernsehserien, und ich konnte mich nicht mehr erinnern, worauf ich eigentlich selbst Lust hatte. Ich schloss die Augen und stand in dem Wind, der Malmö ständig durchlöchert.

An einem Zebrastreifen machte ich den Fehler, vom Bürgersteig aufzublicken. Ein steter Strom von Fahrradfahrern. Eine blonde Frau bremste und lächelte, als sie mich sah. Eine einsame Verrückte? Ehemalige Kommilitonin? Scharf auf Sex? Ich hatte keine Ahnung und versuchte, einigermaßen freundlich zu wirken, ohne deswegen zum Small Talk einzuladen.

»Hallo«, sagte sie. Aber bei mir klingelte es leider überhaupt nicht. Die Frau war so anonym, dass ich sie in einer Zeugenaufstellung nicht wiedererkannt hätte, zumindest nicht, wenn auch die anderen potenziellen Verbrecher viel zu langes glattes Haar gehabt hätten. Ich wusste nicht, was sie anhatte. Irgendeine Art Textilien.

»Hallo«, erwiderte ich, so neutral, dass es für jede Person gepasst hätte. Okay, zum König vielleicht nicht. Sie hatte gerötete Wangen und atmete so frisch, wie Menschen es tun, wenn sie durch einen glasklaren Winterabend radeln.

»Lange nicht gesehen! Wie geht es denn Harald? Er kommt doch bestimmt bald nach Hause, oder?«

Oh nein. Amanda. Ich hatte ganz vergessen, dass sie einen Dialekt sprach, mit unangenehmen Vokalen.

»Keine Ahnung«, erwiderte ich. Nein. Nein. Harald hatte schon einmal mit mir geschimpft, weil ich sie auf einem Fest nicht gegrüßt hatte – wenn man dermaßen allerweltsmäßig aussah, musste man das doch eigentlich gewohnt sein – also beschloss ich, mich wenigstens diesmal wie ein normaler Mensch zu verhalten.

»Wir sehen uns morgen. Ich fahre zum Flughafen am Nordpol, und dann geht es weiter nach Stockholm.«

»Ah, wie *schön* zu hören.« An ihrer Stelle wäre ich losgezogen und hätte mich ins Koma gesoffen. Vielleicht hätte sie dann ja eine Persönlichkeit entwickelt.

»Du weinst ja«, sagte sie plötzlich und klang überhaupt nicht mehr wie eine Sozialwirtin.

Ich konnte nicht antworten. Meine Stimme trug nicht.

Amanda stieg vom Fahrrad, und ich weinte noch heftiger. Sie legte die Arme um mich. Amanda konnte nicht viel größer sein als eins fünfzig, aber jetzt war sie die Große – ich war über dreißig Jahre alt und fast dreißig Zentimeter größer als sie, und ich weinte wie ein Kind. Sie führte mich zu einer Parkbank, ohne sich die Mühe zu machen, das Fahrrad abzuschließen. Malmö, halt.

»Ich bin okay«, sagte ich, aber wahrscheinlich verstand sie mich gar nicht, denn ich weinte immer noch so sehr. Sie legte mir die Hand zwischen die Schulterblätter. Ganz sacht. Nach einer Weile schnäuzte ich mich.

»Hast du Angst?«, fragte sie. »Dass es wieder schiefgehen wird?«

Ich vermochte immer noch nicht zu sprechen.

»Oder bist du wütend?« Sie reichte mir ein Taschentuch. Trotz allem war sie Sozialwirtin. »Willst du, dass ich ihm so richtig eins in die Fresse haue, damit er nie wieder irgendwelche Pillen schlucken kann?«

Zurück in der Wohnung ließ ich die Lampen ausgeschaltet. Die Fenster der Nachbarn bildeten leuchtende Vierecke: warmes Gelb, flimmerndes Blau von Fernsehbildschirmen, auf dem Fensterbrett von irgendjemand stand ein rotes Nachtlicht. Sein orangegelber Schein fiel schräg durch die Jalousien. Die Straßenlaternen trugen verschwommene Gloriolen. Alia stand in ihrem Dunkel auf der anderen Straßenseite. Ich wollte ihr sagen, dass ich zurückkehren würde. Und auch wenn nicht, werde ich dich im Herzen tragen.

*

Natürlich gelang es mir nicht einzuschlafen, das Hotelzimmer war viel zu stickig. Vielleicht hatte Haralds Mama recht gehabt, als sie sich nach dem Brandschutz erkundigte. Ich riss die Balkontür auf und schnaubte los: Mein Atem bildete eine hässliche Wolke, die im Licht der Straßenlaternen radioaktiv glomm. Aus dem Augenwinkel nahm ich eine Bewegung wahr und fuhr zusammen. Die körperliche Reaktion, unmittelbar: *Jetzt sterbe ich.* Haralds Mama stand ans Geländer gelehnt, steif, aber lässig, und glotzte mich aus halb geschlossenen Augen an. Offensichtlich teilten unsere Zimmer einen Balkon. Ihr gelb-grauer Pagenkopf war auf der einen Seite zerzaust und auf der anderen platt. Seltsam, ich hatte sie für jemanden gehalten, der auf dem Rücken schlief. Ja, definitiv, eine Rückenschläferin. Ich konnte ihren Gesichtsausdruck nicht erkennen, sie stand im Gegenlicht, den Schimmer der Laterne wie einen Unheil verkündenden Lichtkranz um den Schädel. Der Geruch dagegen war unverkennbar, wenn auch durch die Minusgrade ein wenig verzerrt.

»Rauchst du etwa Gras?«, fragte ich. Ich holte tief Luft, und die Innenseiten meiner Nasenlöcher zogen sich instinktiv zusammen. Wie ein frierender Hodensack, dachte ich und fühlte mich ungeheuer klarsichtig. »Haschisch?«

»Also, ich finde, es wird Zeit, dass wir mit diesem Blödsinn aufhören und endlich mal versuchen, weiterzukommen.« Sie öffnete ihre Balkontür. Fehlte nur noch, dass sie mich am Arm packte und mich in ihr Zimmer zog, aber sie begnügte sich mit einer Geste. »Komm rein.«

*

Ich saß auf dem Fußboden im Hotelzimmer von Haralds Mama und betrachtete sie, wie sie quer übers Bett drapiert dalag. Es war zu schmal, als dass es majestätisch ausgesehen hätte. Von Zeit zu Zeit streckte sie den Arm, um die Asche von der Haschkippe zu klopfen, in etwas, das wie ein echter Aschenbecher aussah. Welches verdammte Hotel hatte zwanzig Jahre nach dem Rauchverbot in geschlossenen Räumen bitte schön noch einen Aschenbecher auf dem Zimmer?

Bevor sie es sich gemütlich gemacht hatte, hatte sie zwei Rotweinflaschen aus ihrem Rucksack gefischt, den sie den ganzen Tag mit sich herumgeschleppt hatte, dazu eine Schachtel, die ihr wahrscheinlich als Haschkistchen diente.

»Hier«, sagte sie, »zieh auch mal an der Tüte.«

Ich mochte eigentlich nur Drogen, die in ordentlichen Packungen und mit Beipackzetteln kamen (und am liebsten mit meiner eigenen Personennummer versehen), aber Haralds Mutter insistierte.

»Es wird Zeit, endlich das Kriegsbeil zu begraben. Oder sollte ich sagen: die Friedenspfeife rauszuholen?« Sie lachte herzlich. »Jetzt geben wir uns beide mal richtig Mühe. Es war schon irgendwie hart von mir, dir heute zu sagen, du solltest nach Hause fahren.«

»Das war eine sehr drastische Formulierung«, stimmte ich zu. Geisteskrank, histrionisch, megaloman.

»Ich glaube, wir sind beide sehr erschüttert von allem, was passiert ist. Da kann es schon mal vorkommen, dass man Dinge sagt, die man nicht so meint. Und dann auf einem Flugplatz rumsitzen und warten. Verdammt noch mal, natürlich ist es da schwer, ein normales Gespräch zu führen!«

Ihre falsche Herzlichkeit war mir unerträglich. Gab es irgendwas im Zimmer, mit dem ich zuschlagen könnte? Die Nachttischlampe? Der Aschenbecher sah schwer aus, ein klobiges Siebzigerjahre-Ding aus Pressglas.

»Nicht, dass dieses sogenannte Hotel besonders viel hermachen würde, aber es ist doch eine angenehmere Umgebung, um sich näherzukommen.«

Wir hatten wirklich unterschiedliche Auffassungen davon, was entspannend war. Dieses Zimmer war winzig, ungefähr so klein wie die Pantry auf der *Insel*. Konnte das ein Vorteil für mich sein? Konnte ich sie irgendwie zu Fall bringen, mit, sagen wir mal, einer kräftigen Gehirnerschütterung als Folge?

»Wir trinken ein Glas Wein, wir rauchen ein bisschen, und dann schaffen wir das alles einfach aus der Welt, oder was meinst du?«

War es das, was ich die ganze Zeit gewollt hatte? Eine Frau, die sagte *Na klar gönnen wir uns eine Fluppe, wenn hier 'ne knorke Fête angesagt ist!*, und die darüber reden konnte, wie es ist, mit einem psychotischen Menschen zu leben? Eine, die *Die Angst vorm Fliegen* gelesen hatte, als es 1973 rauskam, und die Harald liebte, obwohl er Tabletten wie Bonbons in sich hineinstopfte?

Sie reichte mir »die Tüte«, und es fühlte sich fantastisch an. Noch nie zuvor hatte ich Hasch geraucht, jedenfalls nicht richtig, und für einen Moment lösten sich alle meine Sorgen in Wohlgefallen auf. Mein Plan B – möglicherweise auch C – war gewesen, die Bachmann zu geben und durch Rauchen im Bett in Rom zu sterben. Jetzt saß ich auf dem Fußboden. Und ich befand mich nicht in Rom.

»Hast du schon mal darüber nachgedacht, wie viele Menschen im Bett sterben?«, fragte ich.

Sie drehte sich auf den Rücken. »Nein.«

Ich lehnte mich an die Wand.

»Wie lange seid ihr jetzt zusammen, Harald und du? Zwei Jahre? Ihr lebt doch zusammen.«

»Hm«, brummte ich. Anderthalb.

»Ich weiß gar nicht richtig, wer du bist.«

»Niemand Besonderes«, erwiderte ich und meinte es so.

»Wir beide haben uns ja unter so extremen Bedingungen kennengelernt«, fuhr Haralds Mama fort. »Wir haben irgendwie nie richtig die Chance gehabt, uns kennenzulernen.«

Das Abendessen auf der *Insel*, im vergangenen Sommer. Zählte das als extreme Bedingung? Der fette gelbe Mond? Ich hatte gedacht, dass es so einfach werden würde. Konversation, ein paar familieninterne Witze. Stattdessen hatten wir Kniffel gespielt, nach Geburtstagsregeln, was bedeutete, dass Haralds Mama ihren Sohn jedes Mal gewinnen ließ, wenn er zufällig gewürfelt hatte.

»Wenn Harald nicht krank geworden wäre und es dir nicht so ginge … wie es dir geht … wer weiß?«

Ja, wenn wir alle ganz andere Menschen gewesen wären, dann hätten wir uns vielleicht gemocht.

»Dann hätte es vielleicht sofort Klick gemacht. Aber so ist es nun mal nicht gekommen, und da ist es doch Zeit, einen neuen Versuch zu wagen. Aber um zusammenzukommen, braucht es immer zwei.«

Sie klang wie eine Familienberaterin. Ich versuchte mir vorzustellen, was eine richtige Therapeutin sagen würde. Ich sah sie vor mir: grau, breite Hüften. Viel Kajal und breite BH-Träger. Vernünftige und deprimierende Ohrringe, irgendwie langweilig. Hallo, ich heiße Mona, und ich bin heute mal deine Mutter.

Versuch mal, die Situation mit ihren Augen zu sehen, sagte sie. Sie trug eine Brille mit Metallkette, die sie vom Nasenrücken nahm und auf ihren üppigen Busen fallen ließ. Um den Hals einen Silbertropfen.

Die Bewegung lenkte mich ab.

Was glaubst du, wie sich das für Haralds Mama anfühlt?

Schlecht, riet ich.

Stell dir vor, du dürftest deinen einzigen Sohn nicht besuchen.

Sie hat zwei, wandte ich ein.

Die Therapeutin zuckte die Achseln.

Stell dir vor, du dürftest deinen Lieblingssohn nicht besuchen. Sie schloss die Augen und visualisierte es selbst. Sie sah gequält aus.

Warum darf Haralds Mama das nicht?

Weil sie dadurch etwas von mir verlangt, wie es der Bankräuber von der Frau tut, die hinter dem Panzerglas am Schalter sitzt.

Sie empfinden also, dass sie etwas von Ihnen will. Die Therapeutin signalisierte Verständnis. *Was genau könnte das denn sein?*

Ich glaube, sie will in meinem Kühlschrank kramen, dreckige Wäsche sortieren und den Besuch bei uns damit abrunden, dass sie in mein Bett kriecht und in Löffelchenposition mit Harald kuschelt.

Dann arbeiten wir doch mal mit diesem Gedanken. Stellen Sie sich vor, Sie wären die Therapeutin von Haralds Mama. Was würden Sie dann sagen?

Dass zwischen einer Mutter und ihrem Sohn eine ungesunde Bindung entstehen kann, an der man arbeiten sollte, zum Beispiel mittels einer Gesprächstherapie?

Der Silbertropfen auf ihrer Brust – ich hätte gern daran gerissen wie ein Kleinkind, gezerrt und gezogen.

Wenn wir mal zu dem Gedanken zurückkehren, dass sich das für Haralds Mutter schlecht anfühlt.

Wer eine Nabelschnur durchschneidet, verliert immer ein Körperteil. Eine Verlängerung des eigenen Körpers …

Sie wirkte verärgert. *Wir arbeiten hier evidenz-basiert, nicht mit freien Assoziationen. Wollen Sie, dass sie Sie mag?*

Natürlich will ich, dass sie mich mag.

In Ihrer Eigenschaft als Haralds Partnerin?, fragte die Therapeutin von Haralds Mama in einer grässlichen Ecke meines Gehirns.

In meiner Eigenschaft als Mensch, sagte ich und wusste, dass ich das von Anfang an hätte zugeben müssen.

Sagen Sie es, sagte die Therapeutin von Haralds Mama. *Sagen Sie es laut.*

Ich hätte es von Anfang an zugeben sollen.

Hier ist die Chance.

Ich schloss die Augen. Vielleicht musste man gar nicht kapitulieren, die Flagge verbrennen und eine neue hissen. Vielleicht musste man einfach nur sagen: Ich habe einen Fehler gemacht, und den möchte ich gerne berichtigen.

Es braucht zwei Menschen, um eine Brücke zu bauen.

Die Sonne machte die Staubpartikel in der Luft sichtbar. Mein Unterbewusstsein produzierte eine Therapiesitzung, die sich an einem verqualmten Nachmittag abspielte.

»Ich fand immer, dass du irgendwie interessant wirkst«, sagte Haralds Mama.

Es braucht überhaupt keine zwei Menschen, um eine Brücke zu bauen.

»Ehrlich gesagt«, begann ich, »hat sich das nie so angefühlt.« Sofort bereute ich es abgrundtief. Genau da wollte sie mich haben. Deshalb hatte sie mir ihre Sammlung emotionaler Pornozeitschriften gezeigt, von freier Liebe erzählt und dass Bengt in seiner Jugend Pot geraucht hatte, und *keiner fährt einfach nur so gegen eine Felswand* und *wie er rumlief und sich an seinem kleinen Pimmel zog, er war ja so neugierig.* Sie wollte, dass wir einander näherkämen. Nicht nur näher: nah. Und genau das hatte ich ihr jetzt gegeben. Nähe. Ich hatte etwas gesagt, was wahr war.

»Von Anfang an, seit dem Abend auf der *Insel*, habe ich das Gefühl, dass du nicht viel für mich übrig hast.«

»Ich habe ja schon gesagt, dass ich verstehe, warum du beim nächsten Mal nicht kommen wolltest, und das meine ich auch so; unsere ganze Familie kennenlernen und die Kinder, und dann alleine kommen …«

»Das hatte nichts mit Johan und seinen Kindern zu tun. Ich wollte dir nicht begegnen müssen.«

»Also, jetzt verstehe ich überhaupt nichts mehr. Wir sind auf dem falschen Fuß miteinander gelandet, aber irgendwann muss man so was doch hinter sich lassen.« Sie machte eine Geste, als würde sie sich eine Bananenschale über die Schulter werfen.

»Ich begreife ja allmählich, dass Harald sehr um dich bemüht ist. Für mich fühlt es sich anders an, seit ich heute ein bisschen mit dir reden konnte.«

Wir hatten nicht miteinander geredet. Haralds Mama hatte von Haralds Mama erzählt.

»Ich glaube, du verwechselst mich mit jemand anderem«, sagte ich. Denn das tat sie. Sie wusste nicht mehr über mich als vor zehn Sekunden, als vor zehn Stunden.

»Es ist doch in unser aller Interesse, dass es mit uns beiden funktioniert. Vor allem in Haralds.«

»Natürlich.« Es lag ausschließlich in seinem Interesse. »Hast du Angst, dass ich mich nicht genügend um ihn kümmere? Dass ich ihn nicht so gut umsorgen kann wie du?«

»Er ist mein Sohn. Natürlich kannst du das nicht.«

»Nein«, sagte ich, und verstieß wieder gegen die Regeln. »Das kann ich nicht.«

»Aber das braucht doch dir und *mir* nicht im Weg zu stehen.«

»Also, ich glaube ja, dass ich ihn auf eine Weise umsorgen kann, wie du es nicht kannst. Oder nicht können solltest.«

»Meine Güte. Du hörst wirklich nur, was du hören

willst. Hat das Fräulein Psychoanalytikerin jetzt fertig geredet?« Sie schenkte sich Wein ein. Ich streckte die Hand nach der Flasche aus und füllte ebenfalls mein Glas.

»Jetzt musst du mich entschuldigen, ich muss mal kurz meine Augen ausruhen.«

Sie schloss erschöpft die Augen. Eigentlich war das nicht weiter komisch. Ich hatte es Harald oft genauso tun sehen, obwohl er dann meist schon halb bewusstlos war und unfähig, vollständige Sätze zu formulieren. Seine Mutter hielt friedlich die Hände über dem Bauch gefaltet. In dem hatte sie einiges drin gehabt. Zum Beispiel Harald. Wäre es falsch, wenn ich sie mir mal in Ruhe ansähe? Rein klinisch. Poliklinisch. Ich versuchte mich zu erinnern, wie man das auseinanderhielt. Klinisch rein. Ich müsste mir mal die Hände waschen. Sie sahen sauber aus. Die üblichen Trauerränder.

Diese dürren Beine. Sie hatte nicht einmal die Andeutung eines Hallux Valgus, was mich ärgerte. Sie hasste schöne Schuhe, da war es doch egal, ob sie einen hässlichen Knubbel hatte oder nicht. Ich schob mich ans Bett heran. Offensichtlich atmete sie. Es wäre schon etwas seltsam, ihre Bluse aufzuknöpfen – und wenn ich genauer hinschaute, trug sie auch gar keine Bluse, und den Reißverschluss ihrer Fleecejacke runterzuziehen, kam mir fast noch schlimmer vor. Sie schnarchte leicht, und eine kleine Haarsträhne flatterte regelmäßig über ihrer Nase auf, um dann wieder herabzufallen. Waren sie sich ähnlich? War das hier die ultimative Fantasie? Du warst weg, also habe ich deine Mutter genommen? Die Goldringe in ihren Ohren sahen nichtssagend aus, aber sie könnten für mich eine Bedeutung bekommen. Ich könnte sie in einem Schrank verstecken, um sie nie wieder sehen zu müssen, oder sie in meine eigenen Ohren stecken. Sie einschmelzen und mir einen Goldzahn daraus machen. Das könnte völlig anonym geschehen. Niemand würde deswegen eine Augenbraue hochziehen. Ich hatte Lust, ihre Ohrläppchen zwischen Daumen und Zeigefinger zu reiben. Oder das zweite Kopfkissen zu nehmen und es ihr so lange aufs Gesicht zu drücken, bis sie aufhörte zu schnarchen.

Haralds Mama schlug die Augen wieder auf. Als sie mich erblickte, fuhr sie zusammen. Ich war mir nicht sicher, ob ihr bewusst war, dass ich dagesessen und sie angeglotzt hatte. Lange Zeit. Oder nur ganz kurz. Mein Zeitgefühl war außer Betrieb. Sie versuchte, sich auf den Ellenbogen zu stützen.

»Geht es dir gut?«, fragte sie.

Es sah eher aus, als wäre sie diejenige, der es nicht sonderlich gut ging. Einen Moment lang erkannte ich sie nicht wieder. Ihr Gesicht war nackt. Wir schauten nicht länger nur in einen Spiegel. Ich sah alles: ihren Körper und die Hände, mit denen sie Holz hackte, die nichtssagenden Augen, den sich wölbenden Venushügel. *Du hast dich ausgezogen.* In diesem Moment war sie jemand anders.

Sie rieb sich die Stirn, tastete nach ihrer Brille. Sie machte Anstalten sich zu erheben, sank aber wieder zurück. Wäre sie tatsächlich jemand anders gewesen, hätte ich sie gefragt, ob sie etwas bräuchte … eine Tasse Tee?

Sobald sie erwacht war, hatte ich mich instinktiv wieder auf dem Fußboden niedergelassen – vielleicht einen bedrohlichen Moment zu spät – und saß nun, wie ich schon viele Male mit Harald gesessen hatte: ans Bett gelehnt, den Blick zum Kopf auf dem Kissen gerichtet. Sie schloss die Augen. Es sah aus, als würde sie weinen. Hyperhidrose? Nein. Defintiv ein Weinen. Sie schien es nicht zu merken. Ich tat, was ich in solchen Fällen auch mit Harald machte: Ich wartete schweigend, dass er anfangen würde zu reden. Sie funktionierte genauso.

»Kannst du das verstehen?« Diesen Tonfall hatte ich schon mal gehört. Ein Mal. Damals im Mai, als ich sie angerufen und ihr erzählt hatte, dass Harald sich im freien Fall befände.

»Ob ich was verstehen kann?«

»Dass er sich für die Drogen entscheidet?«

Der Ausdruck war ebenso abgenutzt wie alle möglichen Antworten: *Ja. Nein. Es ist eine Krankheit.*

»Den ganzen Sommer hat er bei mir verbracht, um drogenfrei zu werden, und dann tut er es wieder?« Ihre Stimme lag in Scherben. »Alles war umsonst. Es hat nichts gebracht.«

Ich blickte überrascht zu ihr auf. Die Tränen rannen einfach so aus ihren Augen.

»Er hat mich reingelegt. Er hat *gelogen*. Ich wusste gar nicht, dass man so viel lügen kann. Er hat gesagt, er hätte aufgehört, Drogen zu nehmen, und dann hat er doch damit weitergemacht. Wie konnte er das tun, wo er es doch *versprochen* hatte?«

Alle Antworten auf diese Behauptungen waren ebenso abgenutzt wie die Fragen. *Lügen sind ein Teil der Krankheit.*

Die Sucht nach Drogen wird so stark, dass man alles andere in seinem Leben vergisst. Er entscheidet sich nicht, dich *zu betrügen.*

Für einen Moment verstand ich ihre Verzweiflung, all ihre Versuche zu helfen, die unzähligen Reisen nach Malmö, wie erschreckend es war, dass ihr Sohn mit einer Frau zusammenlebte, die ihn dazu brachte, Drogen zu nehmen, wie sie alles in ihrer Macht Stehende getan hatte, und dennoch saß sie wieder hier und wartete auf ein neues Ergebnis, außer sich vor Angst, dass die vergangenen Wochen ebenfalls nichts gebracht haben könnten, sie hatte es versucht und versucht, und wie einsam sie sich bei diesen Versuchen gefühlt haben musste, wie abgewiesen, aussortiert, ständig in ein Chaos aus Angst und ungebrochener Liebe geworfen …

Dann gewann ihr Gesicht seine Schärfe zurück, und ich erkannte sie wieder. Die Haut gestrafft, die Scherben weggefegt. Sie setzte sich auf und glättete ihr Haar, rückte sich die Brille zurecht. Offensichtlich hatte sie gemerkt, dass sie geweint hatte, und schnäuzte sich kräftig, als wolle sie jedes Blutgefäß ihrer Nase zum Platzen bringen, als wäre sie zornig über ihre Tränen.

»Ich habe versucht, für Harald da zu sein. Aber stattdessen warst *du* da.«

Die Therapeutin von Haralds Mama: *Was glauben Sie, wie sich das für Haralds Mama angefühlt hat?*

Macht den Eindruck, als hätte es sie sehr verletzt, oder?

Die Therapeutin, aber vielleicht war es auch ich: *Sie hat sich nicht beachtet gefühlt. Ersetzt?*

Geghostet?, flocht eine von uns ein.

Die Therapeutin, behutsam: *Könnte es sein, dass Sie zu ihrer Angst beigetragen haben?*

Ich erwiderte nichts.

Sie saß jetzt abgewandt, sodass ich ihr Gesicht nicht sah.

»Ich will doch nur nicht, dass Harald in eine Situation gerät, in der er sich zwischen uns entscheiden muss.«

War sie nackt, als sie das sagte?

»Ich glaube, das hat er bereits«, erwiderte ich und leerte mein Weinglas.

Haralds Mama starrte mich an. *Mich.* Nicht meine Frisur oder die Statistin, die ärgerlicherweise die ganze Zeit im Hintergrund stand. Sie sah mich an. Eine weitere lange Minute verging, und ich dachte schon, dieses Gespräch wäre zu Ende war, als sie sagte:

»Findest du, dass du ihn verdienst?«

Ich hatte immer gedacht, dass Harald im Unterschied zu den meisten Männern eher auf seinen Vater fixiert gewesen war und nicht auf seine Mutter. In Haralds Kindheitserzählungen kam permanent der Vater vor – ständig irgendwo und nirgends, krank im Kopf, unfähig, den Abfluss im Badezimmer zu reinigen. Ich hatte mich getäuscht. Die Geschichten von den Helikoptereinsätzen und ihrer Fähigkeit, jedes nur denkbare Problem zu lösen, waren Irrwege gewesen, falsche Fährten in einem Kriminalroman. Noch nie zuvor hatte ich jemanden kennengelernt, der so rücksichtslos, bewusst gemein und nachlässig verurteilend war wie ich selbst. Harald war genau wie die meisten Männer: Er fickte seine Mutter.

»Ich finde nämlich, er hat etwas viel Besseres verdient.«

»Warum fickst du ihn dann nicht?«

»Wie bitte?«

»Wieso treibt ihr es nicht einfach nur innerhalb der Familie?«

»Wenn du dich weigerst, meine Frage zu beantworten, dann wiederhole ich es hier noch mal: *Ich finde, du verdienst ihn nicht. Er hat etwas sehr, sehr viel Besseres verdient.*«

»Und meine Frage lautet: Wann durchtrennst du endlich die Nabelschnur?«

»Da! Das ist ganz genau der Punkt, in dem wir uns unterscheiden, du und ich. Im Unterschied zu dir finde ich, dass es natürlich ist, *selbstverständlich*, dass ich mich um diejenigen kümmere, die ich liebe.«

Der Notarzt, die katzenförmige Sonnenbrille, der Blick seiner Mutter: *Es ist wohl am besten, wenn du das Erbrochene aufwischst.*

»Und eins will ich dir ganz klar sagen. Du solltest dir niemals Kinder zulegen. Das verdienst du nicht. Und ich glaube, das ist dir auch bewusst.«

Ich bin im dritten Monat schwanger. Harald und ich erwarten Zwillinge.

Es ist deine Schuld, dass dein Sohn Drogen nimmt. Er hat damit angefangen, bevor wir uns kennengelernt haben.

In dreißig Jahren bist du tot, und deine Enkel werden sich nicht mehr an deinen Namen erinnern.

»Findest du etwa, dass du es verdienst?« Haralds Mama wurde langsam ungeduldig.

Ob ich es meiner Ansicht nach verdient hätte, mit ihrem Sohn zusammen zu sein? Sie wollte allen Ernstes, dass ich ihr diese Frage beantwortete.

Ich schwieg beharrlich.

»Red lauter«, sagte sie. »Ich höre nichts.«

Schließlich sagte ich: »Dieser Abend ist zu Ende. Ich gehe jetzt.«

Ich rappelte mich auf, und als ich stand, sackte mir der Blutdruck weg. Als mein Blick wieder klar war, stand Haralds Mama an der Tür.

Ich versuchte, mich an ihr vorbeizuschlängeln. Das hatte ich schon mein ganzes Leben getan: mich durch Türen geschlängelt, mich auf schmale Stühle gekauert und mich in Flugzeugsitze ohne Beinfreiheit gefaltet. Haralds Mama hatte nicht vor, mich vorbeizulassen. Ich schob sie, und sie packte mich am Arm. Niemand hatte je meinen Arm gepackt, zumindest nicht im Ernst. Nicht fest. Böse, heiße Wellen pulsierten durch dieses Körperteil, das mir gehörte, eine Arterie pumpte. Ich verblute, dachte ich. Alles, was ich besitze und habe, wird aus mir heraussickern. Gibt es irgendetwas, was mir gehört, das du mir lassen willst?

Es verging ein Moment, und dann schlug ich zu. Kein harter Schlag, und als sie instinktiv wegzuckte, war es eine kaum merkliche Bewegung. Sie starrte mich an. Gehörte diese Hand mir?

Jetzt ist mein Erkennen Stückwerk, dann aber werde ich durch und durch erkennen, wie ich auch durch und durch erkannt worden bin. War Haralds Mama endlich mal zufrieden mit etwas, das ich getan hatte? Hatte sie endlich den Beweis erhalten, der rechtfertigte, was sie über mich dachte? Die Stille legte sich auf uns, und wir blieben reglos stehen. Ich überlegte, ob ich in diesem unerträglichen Augenblick verharren oder einfach ohnmächtig werden sollte. Dann war es vorbei, und ich war zur Tür hinaus.

Als ich in meinem Zimmer zu Boden sank, hing die Erinnerung an ihren Mund noch an meinen Knöcheln: warm, weich und feucht.

19

Als ich aufwachte, war es stockdunkel im Zimmer. Ich war nicht friedlich im Schlaf verstorben. Auch nicht gewaltsam. Es roch intensiv nach Bacon. Mit dem Lüftungssystem stimmte irgendwas nicht. Mein Mund fühlte sich an, als hätte er in einem Schraubstock gesteckt. Ich versuchte meinen Kiefer zu verschieben, aber meine Zähne hatten sich zu tief in die Knirschschiene gebohrt. Ich hörte, wie weiter weg jemand in der Küche klapperte – Besteck, Teller, sicherlich schreckliche saure Gurken, die von einem Gefäß ins andere gegossen wurden, Brot, das so braun war, dass es wie gefärbt wirkte. Ich horchte. Keine Geräusche aus dem Zimmer von Haralds Mama. Da drinnen rührte sich nichts. Vielleicht war sie es ja, die gestorben war. Knall auf Fall. Warum hieß meine einzige Lösung für diesen »Konflikt« eigentlich Tod?

Es war zehn vor sechs. War sie möglicherweise schon weg? Mühsam erhob ich mich aus dem Bett und schaute durch einen winzigen Spalt zwischen den Gardinen. Draußen war es dunkel, aber der Himmel wirkte klar. Keine Wolken in Sicht. Das rote Auto stand noch auf dem Parkplatz, an derselben Stelle, wo sie es gestern abgestellt hatte. Frühstück gab es erst ab sieben. Hatte sie verlangt, vor allen anderen essen zu dürfen? Wie spät ist es? Wie spät ist es nicht? Ich konnte nur annehmen, dass Haralds Mama ihrer inneren Uhr folgte.

Geräuschlos kroch ich wieder ins Bett. Lag sie auf der anderen Seite der Rigipswand? Hielt sie die Luft an? Saß sie auf dem Klo? Haralds Mama. Meine spät im Leben gewachsene Nabelschnur, klebrig und blutig, eine gestopfte Wurst aus der Metzgerei. Hatte ich sie durchtrennt? Ich suchte in meinem Bewusstsein, tastete nach einem wunden Punkt. Schuld? Reue? Nichts dergleichen. Vielleicht sollte ich darüber nachdenken, was Harald fühlen oder sagen oder … brüllen würde. Rein hypothetisch war dies eine Situation, die Harald dazu bringen könnte, mich zu verlassen. Immerhin hatte ich seiner Mutter in die Fresse geschlagen. War ich aus dem Rennen? Haralds eingesunkene Schultern. Sein trauriger Blick. Ich hatte nicht das Gefühl, aus dem Rennen zu sein.

In meinem Augenwinkel flatterte etwas, und plötzlich kamen die SMS in raschem Takt und in chronologischer Reihenfolge:

Wir dürfen nicht starten, werden uns verspäten – trauriges Emoji-Gesicht –, *aber wir sehen uns bald! Vermisse dich!* Drei Herzen.

Fuck, wir stehen immer noch hier, hoffe, wir verpassen nicht das Flugzeug nach Sthlm! Vermisse dich so sehr. Will nicht mehr warten.

Liebling, heute dürfen wir nicht starten :(Muss die Nacht noch hierbleiben :(Glaube, es gibt ein Hotel in Flugplatznähe, schicke ein bisschen Geld, damit du dir trotzdem einen netten Abend machen kannst

Ich checkte mein Konto. Harald hatte mir per Swish zweitausend Kronen geschickt, dazu eine animierte Karte und den Text *KUSS.* Der Vorteil, von einem Juristen geliebt zu werden. Was hatte er wohl gedacht, was ich mit dem Geld anfangen sollte? Ein Drei-Gänge-Menü in der Wildnis?

Sieht aus, als könnten wir bald starten!!! Emoji mit sprühenden Augen und Zunge aus dem Mund, eine rote Rose, eine Sonne, die scheu hinter einer Wolke hervorschaute. Diese Nachricht war vor einer Stunde gesendet worden. Über seine Mutter stand da nichts. Rätselhaft, uneindeutig.

Bin um halb zwölf da!!!!

Wollte ich ein böses Lachen von mir geben? Der Welt ein zufriedenes Hohnlächeln zeigen? Anscheinend nicht. Es perlte in mir, kleine silberne Glöckchen, meine Wangen waren heiß, und meine Kiefer hatten sich auf magische Weise aus ihrer Falle gelöst. Haralds Duft, Sandelholz und Bergamotte, seine Hand an meinem Hinterkopf, die das Einzige war, was mich stillhalten konnte.

Jetzt heben wir ab :)))))) gefolgt von einer Menge Herzen und Kussmünder und Blumen.

20

Der Impuls kam instinktiv, direkt aus meiner linken Hand. Ich wühlte in der Handtasche und fand eine Quittung, einen Kuli. Ich faltete den Zettel zusammen und schob ihn unter ihrer Tür durch, dann ging ich den Flur hinunter. Es war immer noch Winter.

Raus.

Ich habe versucht, dich zu mögen.

Mit freundlichen Grüßen

Claudia

Mutter d. Ich-Erzählerin 140 222 Scheidung Kind
↳ psychisch krank / 173
schizophren

Vater → Alkoholiker 141

Harald → manische Schübe → Drogenabhängigkeit v. Medikamenten

Die Tante als Lernobjekt 141

145 Ich konnte ihm nicht länger Freundin sein

160 H. Mutter + ihr Bemühen, ihr Glauben unlöblich zu sein
↓
162 „Inspirationsvortrag"

178 Das Wortlose d. Kommunikation

S. 228 Familien-kontakte

248 Sie im Dauer angespannt sein-Modus

→ 250 ggf. Einstieg

273 „Dreiecksdrama

– 288 Es gab nichts, was sie nicht meinte zu dürfen